Petra Ivanov

Geballte Wut

W0318807

Zu diesem Buch

»Die drei Richter starren mich schweigend an, genauso die Zuschauer und die Journalisten. Sie haben genug über meine Person gehört. Sie wissen, wer ich bin. Jetzt wollen sie hören, was ich getan habe.«

Sebastians Leben ist eine einzige Abwärtsspirale. Seine Eltern sind von seinen schulischen Leistungen enttäuscht, Freunde hat er kaum. Eine Lehrstelle findet er nur dank der Beziehungen seines Vaters, eines Zahnarztes an der Zürcher Goldküste. Einzig im Billardspielen ist Seb wirklich gut. Als er dabei Isabella kennenlernt, scheint sein Leben eine Wende zu nehmen. Doch es kommt anders als erwartet. Statt auf sicheren Boden, führt ihn diese Beziehung aufs Glatteis. Unfähig, sich aufzufangen, schlittert Seb geradewegs in eine Katastrophe.

»Der Roman erlaubt einen Blick in die grosse Leere hinein, die hinter der Wut des jugendlichen Protagonisten gähnt.«
Christine Lötscher, Schweizerisches Institut für Kinder- und Jugendmedien

Die Autorin

Petra Ivanov, geboren 1967 in Zürich, verbrachte ihre Kindheit in den USA. Nach ihrer Rückkehr in die Schweiz absolvierte sie die Dolmetscherschule und arbeitete als Übersetzerin, Sprachlehrerin sowie Journalistin. Heute ist sie als Autorin tätig und gibt Schreibkurse an Schulen und anderen Institutionen. Ihr Debütroman Fremde Hände erschien 2005. Petra Ivanov hat zahlreiche Auszeichnungen erhalten, u. a. den Zürcher Krimipreis (2010).

Im Unionsverlag sind außerdem lieferbar: *Fremde Hände; Tote Träume; Kalte Schüsse; Stille Lügen; Tiefe Narben; Tatverdacht* und *Leere Gräber.*

Mehr über Buch und Autorin im Anhang
und auf *www.unionsverlag.com*

Petra Ivanov

Geballte Wut

Unionsverlag

Die Originalausgabe erschien 2014 im Appenzeller Verlag.

Im Internet
Aktuelle Informationen, Dokumente, Materialien
zu Petra Ivanov und diesem Buch
www.unionsverlag.com

Unionsverlag Taschenbuch 701
Mit freundlicher Genehmigung des Appenzeller Verlags
© Appenzeller Verlag, Schwellbrunn, 2014
© by Unionsverlag 2015
Rieterstrasse 18, CH-8027 Zürich
Telefon +41 44 283 20 00, Fax +41 44 283 20 01
mail@unionsverlag.ch
Alle Rechte vorbehalten
Reihengestaltung: Heinz Unternährer
Umschlaggestaltung: Martina Heuer, Zürich
Umschlagfoto: Tiorina
Druck und Bindung: CPI – Clausen & Bosse, Leck
ISBN 978-3-293-20701-1

Für Regina

1

»Wer vorsätzlich einen Menschen tötet (…), wird mit Freiheitsstrafe nicht unter fünf Jahren bestraft.«
Art. 111 Schweizerisches Strafgesetzbuch (StGB)

Die Stimme des Richters ist hart. Sein Blick fixiert mich. Trotzdem habe ich das Gefühl, seine Worte gingen mich nichts an. Ich sitze auf der Anklagebank. Wie eine Billardkugel, die beim Eröffnungsstoß vom Tisch gesprungen ist. Aus dem Spiel gefallen. Aus dem Leben. Nur dass im Billard die Kugel aufgehoben und wieder eingesetzt wird. Ich hingegen bleibe am Boden liegen. Zwischen Zigarettenkippen, Staubflusen und Füßen, die mich am liebsten in den Arsch treten würden.

Wie lange ich nicht mitspiele, hängt von den drei Richtern ab. Ich sitze schon seit zwei Jahren hinter Gittern. Ein Niemand – ohne Handy, ohne Facebookseite, ohne Mädchen. Immerhin gibt es im Jugendknast einen Billardtisch. Wenn ich schlecht drauf bin, versenke ich Kugeln und stelle mir vor, wie sie in einen Tunnel fallen und weiterrollen. Weg von den Betreuern, Gutachtern und Sozialarbeitern. Hinaus ins Freie. Wo ich schweigen darf, wenn ich will.

Als ich vierzehn war, habe ich einmal zwei Tage lang kein Wort gesagt. Ich war sauer, weil ich mit meinem Vater wandern gehen musste. Ich sehe nicht ein, weshalb ich mich einen Berg hochquälen soll, nur um auf der anderen Seite wieder hinunterzulatschen. Außerdem war es der erste Tag der Herbstferien. Ich freute mich aufs Abhängen – zwei Wochen ohne Französischverben und Mengenlehre, ohne Standpauken und enttäuschte Blicke. Ich hatte die Probezeit im Niveau A der siebten Klasse nicht bestanden, trotz Nachhilfe. Nicht dass mich die

Blicke störten. Ich wunderte mich einfach, warum meine Eltern nicht begriffen, dass aus ihren Plänen nichts würde. Mein Vater ist Kieferorthopäde. Er war richtig gut drauf, als sich herausstellte, dass ich eine Zahnspange benötigte. Er meinte, es sei von Vorteil, wenn ich verstünde, wie sich eine Zahnkorrektur anfühle. Damals glaubte er noch, ich würde eines Tages in seine Fußstapfen treten, Zahnmedizin studieren und die Praxis übernehmen.

Voll daneben.

Er ist heute nicht hier. Meine Mutter auch nicht. Dafür sitzen im Gerichtssaal eine Menge Journalisten. Ich frage mich, was sie hier suchen. Biete ich eine Freak-Show oder was?

Aber zurück zur Wanderung. Denn da fing alles an. Nur wusste ich es noch nicht. Seltsam irgendwie. Man sollte glauben, ein außerordentlicher Tag fühle sich auch außerordentlich an. Beim Billardspielen zum Beispiel merke ich, ob ein Stoß gelingt, kaum berührt das Queue die Kugel. Spüre ich auch nur das geringste Jucken in den Fingern, versenke ich die Kugel garantiert nicht. Bleibe ich aber ganz ruhig, setzt sie sich fast lautlos in Bewegung. Das satte Plopp, wenn sie in die Tasche fällt, gibt mir jedes Mal einen Kick.

Das Leben ist unberechenbarer als der Lauf einer Billardkugel.

Blitz hatte sich »Drive« heruntergeladen, zusammen wollten wir uns den Film reinziehen und chillen. Ich kannte Blitz noch nicht lange. Einige Monate zuvor war er ins Nachbarhaus gezogen, in einen edlen Glasbau mit Swimmingpool und Dachterrasse. Unsere Hütte war auch nicht schlecht, aber im Vergleich zum Palast der Pfisters wirkte sie irgendwie schäbig. Meine Mutter steht auf Ethnokram, überall starren dich komische Figuren mit riesigen Unterlippen und Haaren aus Stroh an. Die Bilder im Wohnzimmer sehen aus wie meine ersten Versuche mit Fingerfarben, nur dass sie ein Vermögen wert sind. Sie gefallen mir nicht besonders, genauso wenig wie die antiken Tonkrüge auf dem Sideboard. Keiner ist ganz, jedem fehlt ein Stück des Henkels, des Ausgusses oder der Glasur.

Bei Blitz war alles perfekt. Nichts störte das Design. Bei der Einrichtung dominierten klare Linien, weißes Leder und glänzende Oberflächen herrschten vor. Deshalb habe ich zuerst geglaubt, Blitz heiße wirklich Blitz. Irgendwie wäre das richtig gewesen, wenn auch ein bisschen schräg. Blitzsauber. Blitzblank. Blitz Pfister. Aber seine Eltern nannten ihn nur so, weil er blitzschnell war. In seinem Zimmer hingen lauter polierte Goldmedaillen. Dreimal pro Woche trainierte er im Leichtathletikclub.

Trotzdem war er voll in Ordnung. Bevor ich Blitz kennenlernte, hatte ich nie einen richtigen Freund gehabt. Nicht dass ich unbeliebt gewesen wäre, aber die meisten Typen waren entweder bescheuert oder hielten sich für etwas Besonderes. Meine Mutter drängte mich ständig, Klassenkameraden einzuladen. Wegen der sozialen Kontakte, meinte sie. Ich versuchte, ihr klarzumachen, dass ich gut darauf verzichten konnte, mich von anderen fertigmachen zu lassen, doch sie behauptete, für eine gesunde Entwicklung sei der Umgang mit Menschen wichtig. Ich weiß nicht, wie sie heute darüber denkt. Gut möglich, dass sie ihre Meinung geändert hat. Der Psychologe, der über mich ein Gutachten erstellt hat, bezeichnet meine Entwicklung nicht als gesund.

Meine Mutter glaubt, man könne jedes Problem lösen, wenn man darüber rede. Kein Wunder, schließlich ist Probleme besprechen ihr Beruf. Dafür hat sie sogar studiert. Gibt es in einer Firma Knatsch, in einem Team oder einer Abteilung zum Beispiel, tritt sie in Aktion und sahnt dabei groß ab.

Bei mir hat das mit dem Reden nie geklappt.

In der vierten Klasse habe ich es mit Thomas König versucht. Thomas König ist ein Retortenschüler. So nenne ich die Kunstprodukte, die bei Lehrern beliebt sind. Er hatte einen riesigen Kopf und einen schmächtigen Körper – sah aus wie ein Luftballon auf einem Plastikstiel. Sein Blick schoss ständig hin und her, außer wenn er einen Lehrer ansah. Am schlimmsten aber war sein Dauerlächeln. Ein Wunder, dass der Ballon nicht platzte.

Kaum waren wir alleine, legte Thomas König seine Maske ab. In der Pause bestimmte er, wer beim Fußball mitspielen durfte. Ich gehörte nicht dazu. An seinem Geburtstag verteilte er jedem Kuchen, außer dem dicken Danko. Und mir natürlich. Damit hatte ich kein Problem, da ich Kuchen sowieso nicht mag. Als er mir aber die Trainerhose aus dem Turnsack klaute und durch ein Paar glänzende Leggins ersetzte, war das eine andere Sache. Denn Thomas König wusste, ich würde die Leggins anziehen müssen, schließlich kannte er unseren Turnlehrer. Herr Kehl lässt nichts durchgehen. Um nicht mitzuturnen, musste man mindestens mit einem Bein im Grab stehen. Kehl begriff nicht, dass ein Junge, der in Leggins erschien, so gut wie tot war.

Danach habe ich versucht, mit Thomas König zu reden. Du kannst dir vorstellen, was es gebracht hat. Gar nichts. Also habe ich ihm einen Faustschlag verpasst. Vielleicht waren es auch zwei. Da ließ er mich in Ruhe. Und zwar gänzlich. Es war, als existiere ich in seinem Sonnensystem einfach nicht mehr. Das Problem war nur, dass alles um ihn kreiste. Er war sozusagen die Sonne. Deshalb existierte ich von einem Tag auf den anderen für gar niemanden mehr.

Aber zurück zu Blitz. Blitz war anders. Kein Retortenmensch, auch wenn er nahezu perfekt war. An ihm wirkte alles echt. Er war etwas Besonderes, doch er hatte es nicht nötig, andere daran zu erinnern. In seiner Gegenwart fühlte ich mich wohl. Außerdem fuhr er auf Actionfilme ab. Manchmal ahmte er vor dem Bildschirm die Geräusche im Film nach, wie es Kinder tun, wenn sie mit Autos spielen. Total peinlich, aber das war ihm egal. Es lachte ihn auch niemand aus deswegen. Über Blitz machte man sich nicht lustig. Falls jemand allen bei der Geburt Karten ausgeteilt hatte, so hatte Blitz lauter Asse bekommen. Ich hingegen mühte mich mit ein paar Zweiern und vielleicht einer Drei oder einer Vier ab.

Mein Shrink meint, wichtig seien nicht die Karten, sondern wie man sie spiele. Ich bin kein guter Kartenspieler. Außerdem fehlt es mir an Glück. Ernsthaft. In der sechsten Klasse musste ich zur Schulpsychologin, weil ich angeblich aggressiv war. Nach vier Sitzungen rief sie meine Mutter an und bat sie, mich an einer Studie mitmachen zu lassen – über Pechvögel. Ein Kollege schreibe eine Doktorarbeit. Die Schulpsychologin meinte, ich eigne mich hervorragend als Studienobjekt. Verstehst du jetzt, was ich meine?

Ein anderes Beispiel: Hätte mich mein Vater an jenem Wochenende nicht in die Berge mitgeschleppt, sähe mein Leben heute anders aus. Die Wanderung beendete eine meiner seltenen Glückssträhnen. Während ich schweigend hinter meinem Vater herstapfte, suchte sich Blitz jemanden, der mit ihm »Drive« schaute. Und stieß von allen Menschen auf dieser Erde ausgerechnet auf Thomas König.

Blitz' Mutter lächelte, als sie die Tür öffnete. »Komm rein, Sebastian«, begrüßte sie mich. »Die Jungs sind oben.«

Die Jungs. Schon da hätten bei mir die Alarmglocken läuten sollen. Abgesehen von mir hatte Blitz nie Besuch. Wir wohnten ziemlich hoch oben am Hang. Wegen der Seesicht, die unsere Eltern so toll finden. Das Problem war, dass niemand, der nicht dort wohnte, freiwillig zur Seeblickstraße hochstieg. Trotzdem dachte ich mir nichts dabei. Ich war einfach froh, den Abend bei Blitz verbringen zu dürfen statt in den Bergen.

Als ich in sein Zimmer trat, lief der Abspann von »Drive«. Da geschah etwas Seltsames. Ich habe einmal gehört, dass man am Äquator ein Ei auf einer Stecknadel balancieren kann. Das hat mit den Kräften zu tun, die dort auf das Ei einwirken. Es kippt weder auf die eine noch auf die andere Seite. Etwas Ähnliches passierte mit mir. Ich konnte mich nicht bewegen. Zwar wollte ich auf Blitz zugehen, doch etwas hielt mich davon ab. Es dauerte einen Moment, bis mir klar wurde, dass dieses etwas von Thomas König ausging.

»Was macht der Idiot hier?«, fragte ich Blitz.

Wenn sich Blitz ärgert, hüpft sein Adamsapfel auf und ab. Vielleicht weil er versucht, seine Wut hinunterzuschlucken. Ich blendete das Warnzeichen aus.

»Ja, auch schön, dich zu sehen, Seb«, antwortete er ironisch.

»Ich hab gefragt, was König hier zu suchen hat!«

Blitz stand auf und schluckte. »Soviel ich weiß, ist das immer noch mein Zimmer!«

An seiner Logik war nichts auszusetzen. Also wandte ich mich an Thomas König, der mit einem trägen Grinsen auf dem Sofa lümmelte. »Verschwinde!«

»Seb!«, stieß Blitz aus. »Hast du sie nicht mehr alle?«

Ich ging einen Schritt auf Thomas König zu. Ich bin kein Schlägertyp, aber in dem Moment hätte ich alles darum gegeben, den selbstgefälligen Ausdruck von seinem Gesicht wischen zu können. Er brauchte kein Wort zu sagen, die Botschaft kam bei mir an: Jetzt bin ich hier. Verpiss dich.

Doch ich ließ mich nicht mehr von Angebern wie Thomas König terrorisieren. Es war Zeit, ihm das klarzumachen. Bevor er merkte, wie ihm geschah, hatte ich sein biederes Poloshirt gepackt und ihn hochgezogen. Seine Lippen formten ein stummes O. Ich hörte Blitz hinter mir, verstand aber nicht, was er sagte. In meinen Ohren rauschte es, als würde ich durch einen Tunnel fahren.

»Mach, dass du wegkommst!«, zischte ich und stieß Thomas König zur Tür.

Eigentlich wollte ich ihm nur die Richtung weisen. Woher hätte ich wissen sollen, dass der Idiot das Gleichgewicht verlieren würde? Er stolperte und fiel rückwärts gegen das Regal, auf dem Blitz' Pokale standen. Statt sich aufzurappeln, wie es jeder normale Mensch getan hätte, blieb Thomas König einfach sitzen, die Augen fast so weit aufgerissen wie den Mund. Ich war dermaßen fasziniert von diesem Ausdruck, dass ich gar nicht sah, wie der Siegerpokal der kantonalen Meisterschaften über 100 Meter bedrohlich wankte. Erst als Blitz hinter mir nach Luft schnappte, merkte ich, dass etwas nicht stimmte. Ich schaute auf. Wie in Zeitlupe bewegte sich das schwere Teil auf Thomas König zu.

Jetzt kommt wieder das mit dem Pech. Thomas König hat zwar einen großen Kopf, trotzdem war die Wahrscheinlichkeit, dass ihm der Pokal direkt auf den Schädel fiel, ziemlich klein. Aber natürlich tat der Pokal genau das. Und er traf nicht etwa mit der glatten Fläche auf, sondern mit der Ecke des Sockels. Von einem Moment auf den anderen sah ich nur noch Blut. Ich wartete auf einen Schrei, doch der kam nicht. Die Trophäe hatte Thomas König bewusstlos geschlagen.

Im nachhinein stellte sich heraus, dass es sich nur um eine kleine Wunde handelte. Offenbar bluten Kopfwunden immer stark. Zwar musste sie genäht werden, doch einen Schaden trug Thomas König nicht davon, zumindest keinen neuen.

Seit diesem Abend sind Blitz und Thomas König dicke Freunde. Ich hatte mitten im Spiel die Acht versenkt. Will heißen: verloren. Im Leben gelten die gleichen Regeln wie im Billard. Nur dass die Acht viel schlechter erkennbar ist.

Im Gerichtssaal ist es still. Habe ich etwas verpasst? Ich schiele zu meinem Anwalt. Er heißt Markus Brunschweiler, doch in Gedanken nenne ich ihn den Fuchs. Seine kantigen Gesichtszüge verleihen ihm etwas Hinterlistiges, und er hat immer irgendwelche Tricks auf Lager. Als er mich im Gefängnis besuchte, schmuggelte er einen Brief meiner Mutter hinein. Ich bin froh, steht der Fuchs auf meiner Seite. Ihn als Gegner zu haben, ist eine beängstigende Vorstellung.

Der Fuchs blättert in der Anklageschrift – zwölf Seiten Juristendeutsch, das nur er versteht. Und die Jugendanwältin natürlich, schließlich hat sie das Ganze geschrieben. Sie hat sich mächtig ins Zeug gelegt. Sie will, dass ich zu einer hohen Strafe verurteilt werde. Dabei wirkt sie eigentlich ganz nett. Der Fuchs meint, sie habe eine Profilierungsneurose. Das bedeutet, sie hat es nötig, die Starke zu spielen. Keine Ahnung. Tatsache ist, sie hätte auch auf schwere Körperverletzung klagen können. Hat sie aber nicht. Sie will den Richter davon überzeugen, dass ich zwei Menschen töten wollte.

2

»Führt der Täter, nachdem er mit der Ausführung eines Verbrechens oder Vergehens begonnen hat, die strafbare Tätigkeit nicht zu Ende oder tritt der zur Vollendung der Tat gehörende Erfolg nicht ein oder kann dieser nicht eintreten, so kann das Gericht die Strafe mildern.«
Art. 22 Schweizerisches Strafgesetzbuch (StGB)

Für mich war Erfolg immer etwas Erstrebenswertes. Deshalb habe ich gestaunt, als mir der Fuchs erklärte, was Juristen darunter verstehen. Das geht so: Du versuchst, jemanden zu töten, aber aus irgendeinem Grund gelingt es dir nicht. Der andere überlebt. Juristen sagen dann, der Erfolg trat nicht ein. Ziemlich schräg, oder?

Als ich das begriffen hatte, begann ich, genauer hinzuhören. Ich stellte fest, dass häufig von erfolgreichen Geschäftsleuten gesprochen wird. Das gab mir zu denken, da mein Vater Geschäftsleute als Verbrecher bezeichnet. Vor allem solche, die viel verdienen, ohne dafür ehrliche Arbeit zu verrichten, wie er es ausdrückt. Von Arbeit hat mein Vater ganz klare Vorstellungen. Ich bekam eine Ahnung davon, als das Thema Berufswahl aktuell wurde.

Dass ich nicht Zahnarzt würde, war inzwischen klar. Nach der verpatzten Probezeit versetzten mich meine Eltern in eine Privatschule. Sie glaubten, in einer kleineren Klasse könnte ich mein Potenzial besser entfalten. Meine Leistungen wurden nicht besser. Ehrlich gesagt, besteht für mich kein Unterschied, ob zehn oder zwanzig Schüler im Zimmer sitzen, wenn der Lehrer eine Algebraformel erklärt. An der Tatsache, dass ich sie nicht verstehe, ändert die Klassengröße nichts. Ich will sie nicht verstehen. Wozu auch?

Ich weiß genau, was mein Shrink jetzt sagen würde: Ich würde mir etwas vormachen, weil ich es nicht ertrüge, meine Eltern zu enttäuschen. Dr. Wagner nimmt nie ein Blatt vor den Mund. Meine Mutter ist der Meinung, Notlügen seien wichtig, um Verletzungen zu vermeiden. Davon hält Dr. Wagner wenig. Er ist knallhart. Aber zu ihm später. Gut möglich, dass ich tatsächlich kein Potenzial habe, das sich entfalten kann. Auf jeden Fall standen mir nicht viele Berufe offen. An der Berufsmesse schleppte mich mein Vater von Stand zu Stand. An jedem stellte er Fragen. Mir kam es vor, als unterzöge er die Metzger, Schreiner, Köche und Maler einer Prüfung. Nicht dass ich Metzger, Schreiner, Koch oder Maler werden wollte. Der Lohn war schlecht und die Arbeit anstrengend. Ich hörte den Ausführungen also nur mit halbem Ohr zu.

»Könntest du dir vorstellen, mitten in der Nacht mit der Arbeit zu beginnen?«, fragte mein Vater.

Ich sah vermutlich wie ein Fragezeichen aus, denn sein Ausdruck verdüsterte sich. Ich schaute mich um. Wir befanden uns am Stand der Bäcker. Das hätte mir auffallen sollen, denn es roch penetrant nach Brot.

»Hör zu, Sebastian«, begann er.

Ich stellte mich auf eine längere Moralpredigt ein.

»Wir sind deinetwegen hier, nicht meinetwegen. Es geht um deine Zukunft. Einem Schulversager stehen nicht viele Wege offen. Also komm herunter von deinem hohen Ross. Irgendein Beruf wird dich wohl interessieren. Brote zu backen, ist zwar nicht das Gelbe vom Ei, aber immerhin eine ehrliche Arbeit.«

Er seufzte und fuhr sich mit der Hand durch sein spärliches Haar. Vielleicht stellte er sich vor, wie er am nächsten Zahnärztekongress den Kollegen erklärte, sein Sohn sei Bäcker. Um die tiefe Furche zwischen seinen Augenbrauen nicht weiter anschauen zu müssen, studierte ich den Messeplan, den ich in der Hand hielt. Die Bezeichnung »Facility Manager« stach mir ins Auge. Für meinen Vater fielen Manager zwar auch in die Kategorie Verbrecher, vielleicht hätte er aber lieber einen Verbrecher als Sohn als einen Bäcker. Dass ich mich täuschte, sollte ich noch früh genug erfahren.

Ich deutete auf den Eintrag. »Das wär doch was.«

Mein Vater beugte sich über den Prospekt und zog die Stirn kraus. »Facility Manager? Das ist doch nichts anderes als ein Hauswart!«

Ich brauchte dringend eine Verschnaufpause.

»Muss aufs Klo«, sagte ich und verschwand. Draußen lehnte ich mich gegen eine Mauer. Auf dem Messegelände wimmelte es von Menschen. Der Duft von Bratwürsten wehte in meine Richtung und ließ mir das Wasser im Mund zusammenlaufen. Es herrschte Feststimmung, ein krasser Gegensatz zum Thema der Messe: Arbeit. Es wurden sogar Luftballons verkauft. Ich dachte an Thomas König. Der Retortenschüler hatte die Aufnahmeprüfung ans Gymnasium geschafft, vermutlich würde er irgendwann zu jenen Typen gehören, die ohne ehrliche Arbeit absahnten.

Während ich meinen Gedanken nachhing, schweifte mein Blick zum Sicherheitsangestellten, der neben dem Eingang stand. Er trug Kampfstiefel, an seinem Gürtel hingen verschiedene Holster, ein Funkgerät und ein Pfefferspray. Ich fragte mich, ob er den Spray je eingesetzt hatte. Auf der Berufsmesse kaum. In der Sonne zu stehen, ohne einen Finger zu rühren, erschien mir gar nicht übel. Endlich ein Beruf, der mir gefiel.

»Hey«, sagte ich.

Der Sicherheitsangestellte nickte kurz.

»Cooler Job«, stellte ich fest.

»Kann nicht klagen.«

»Verdient man gut?«

»Je nach Qualifikation.«

»Was für Qualifikationen?«

»Du musst fit sein und gut Deutsch sprechen. Und über einen tadellosen Leumund verfügen.«

Während er sprach, schaute er immer geradeaus, als fürchte er, ein Bombenattentäter könnte sich in die Messehalle einschleichen, wenn er kurz wegsah. Vielleicht hoffte er es sogar.

Muss ein gutes Gefühl sein, einen Anschlag zu verhindern. Ich fragte mich, wie häufig das geschah. Darüber wurde selten berichtet. Meist las man über Attentate, die gelangen. Erfolgreiche Attentate.

»Ist das alles?«, bohrte ich weiter.

»Natürlich braucht man eine Ausbildung.«

Meine Hoffnungen sanken. »Eine Schule?«

»Einen Kurs. Nach einer Woche kann man bereits einfachere Aufgaben übernehmen.«

Nur eine Woche! Der Beruf gefiel mir immer besser.

Er wollte noch etwas hinzufügen, da hörte ich plötzlich die Stimme meines Vaters.

»Da bist du ja! Komm, die Messe schließt bald.«

»Das würde mich interessieren«, sagte ich, auf den Sicherheitsangestellten deutend. »Es gibt eine Ausbildung …«

»Lass uns die Mechanikerberufe anschauen«, unterbrach mein Vater. »Darauf könntest du bauen. Mit einem guten Lehrabschluss als Polymechaniker kannst du später die Berufsmatura machen und eine Ingenieurschule besuchen.«

Ich zeigte noch einmal zum Sicherheitsangestellten. »Das ist auch ein Beruf.«

Endlich begriff mein Vater. »Ein Beruf?« Er lachte. »Herumstehen und nichts tun? Das ist keine ehrliche Arbeit.«

Der Sicherheitsangestellte verzog keine Miene.

»Herr Bischof?«

Es dauert einen Moment, bis ich begreife, dass der Richter mich meint. Ich schaue auf.

»Sie sind doch Sebastian Bischof?«

»Ja.«

»Geboren am 5. Juni, von Zürich?«

Ich nicke.

»Bitte antworten Sie mit ›Ja‹ oder ›Nein‹.«

»Ja.«

»Sohn des Paul Bischof, wohnhaft in Zürich, und der Olivia Bischof, wohnhaft in Küsnacht?«

Eine Journalistin beugt sich vor, um mein Gesicht besser zu sehen. Ich möchte ihr sagen, sie solle die Nase in ihre eigenen Angelegenheiten stecken, aber das würde nicht viel nützen. Der Fuchs hat mir erklärt, Journalisten dürften zuschauen. Das hat mit dem öffentlichen Interesse zu tun. Der Bürger soll in der Zeitung lesen können, dass sich der Staat für die Sicherheit einsetzt. Ausnahmen gibt es nur, wenn eine öffentliche Verhandlung für das Opfer unzumutbar wäre oder wenn der Beschuldigte minderjährig ist. Aber das bin ich nicht.

Trotzdem stehe ich vor Jugendgericht. Warum, habe ich bis heute nicht ganz begriffen. Es hat damit zu tun, dass ich für eine Straftat, die ich mit 17 Jahren beging, noch nicht verurteilt wurde. Wenn ein Verfahren gegen einen Minderjährigen offen ist und eine weitere Tat hinzukommt, ist immer noch die Jugendanwaltschaft zuständig. Der Fuchs meint, das sei gut, weil Jugendanwälte nicht so viel drauf hätten wie Staatsanwälte. Zumindest sagte er das, als er mich im Knast besuchte. Ich glaube, er kannte Ursula Kruse-Wiederkehr damals noch nicht. Heute denkt er wahrscheinlich anders darüber.

»Herr Bischof? Sind Sie der Sohn des Paul Bischof und der Olivia Bischof?«

»Ja.«

Vermutlich wünschen sich meine Eltern, ich wäre es nicht. Seit der Scheidung sehe ich meinen Vater kaum. Anfangs hat er mich regelmäßig besucht, in letzter Zeit kommt er nur noch selten. Er hat eine Freundin. Meine Mutter sagt, er versuche, die Vergangenheit hinter sich zu lassen. Damit meint sie mich. Er wohnt jetzt in der Stadt, hat seine Baumwollhose gegen Jeans getauscht und sich die dünnen Haare abrasiert. Echt schwul. Meine Mutter ist im Haus geblieben. Sie lasse sich nicht vom Getratsche vertreiben, sagt sie. Wegrennen sei keine Lösung. Man müsse sich den Schwierigkeiten im Leben stellen.

Dennoch ist sie heute nicht hier. Sie sagt, sie will sich nicht nochmals anhören, was ich getan habe. Ich habe auch keine große Lust, das Ganze erneut durchzugehen, doch genau das werde ich tun müssen. Der Fuchs meint, jede Einzelheit sei für die Richter wichtig, nicht nur der Tatverlauf an sich, sondern auch die Ereignisse davor.

Wie gesagt, begonnen hat alles mit der Wanderung. Nach dem Vorfall mit Thomas König wollte Blitz nichts mehr mit mir zu tun haben. Wenig später beschlossen meine Eltern, mich auf die Privatschule zu schicken, damit ich weiterhin das Niveau A besuchen konnte. Und dort lernte ich Mike Tinner kennen.

3

»Bei der Abklärung der persönlichen Verhältnisse der oder des beschuldigten Jugendlichen arbeitet die Untersuchungsbehörde mit allen Instanzen der Straf- und Zivilrechtspflege, mit den Verwaltungsbehörden, mit öffentlichen und privaten Einrichtungen und mit Personen aus dem medizinischen und sozialen Bereich zusammen; sie holt bei ihnen die nötigen Auskünfte ein.«
Art. 31 Abs. 1 Schweizerische Jugendstrafprozessordnung (JStPO)

»Bist du sicher, dass du es findest?«, fragte meine Mutter.

Ich verdrehte die Augen.

»Soll ich dir einen Stadtplan ausdrucken?«

»Ich finde es, okay?«, brummte ich und griff nach meinem Rucksack.

»Die Haltestelle heißt …«

»Ich habe gesagt, ich finde es!«

Meine Mutter trat einen Schritt zurück und setzte eine beleidigte Miene auf. Ohne ein weiteres Wort drehte sie sich um. Mit zackigen Bewegungen räumte sie das Frühstück weg. Ich schnappte mir ein Brötchen und stand auf.

»Dann geh ich mal.«

»Vergiss nicht, dir die Zähne zu putzen.«

Obschon sie mich ständig beobachtete, entging ihr ziemlich viel. Zum Beispiel, dass ich kein Kind mehr war. Fehlte nur noch, dass sie mir einen Pausenapfel einpackte. Dabei klagte sie immer, sie habe zu wenig Zeit. Trotzdem setzte sie sich jeden Morgen zu mir an den Frühstückstisch. Munter kommentierte sie alles, vom Wetter bis zu den Nachrichten, die im Radio liefen. Über den Hosenanzug, den sie zur Arbeit trug, wickelte sie jeweils eine Schürze, damit die Bluse keine Flecken abkriegte, wenn sie mir die Brötchen strich. Damit du dir kein falsches

Bild machst: Ich bin nicht behindert. Dass mir meine Mutter Brötchen strich, lag nicht an mir. Sie muss immer alles selbst in die Hand nehmen.

In der S-Bahn versuchte ich, mir die genaue Lage der Schule in Erinnerung zu rufen. Die dreistöckige Villa befand sich in einem Park am Zürichberg. Ich musste in die Stadt fahren und dort ins Tram umsteigen. Den Namen der Haltestelle hatte ich vergessen, doch ich konnte mich an die Weinhandlung gegenüber erinnern.

Ich staunte, wie voll die Züge um diese Zeit waren. Die meisten Pendler starrten vor sich hin oder blätterten in der Gratiszeitung. Als ich ausstieg, strömten die Menschen zur Tramhaltestelle. Ich lies mich mitziehen. Nur wenige Minuten später fuhr ich den Berg hinauf. Stadteinwärts stauten sich die Fahrzeuge. Ein Mann am Steuer eines BMW bohrte in der Nase. Eine Mutter tadelte ihr Kind, das den Arm aus dem Fenster streckte. Wir kamen an Lebensmittelläden, Blumengeschäften und einer Post vorbei. Ein Sandsteingebäude kam mir bekannt vor. Ich versuchte, das Schild neben dem Eingang zu lesen, doch das Tram war zu schnell. Kennst du das Gefühl, dich an etwas zu erinnern, ohne zu wissen, woran? Da war so ein Brummen in meinem Hirn, als versuchte mein Gedächtnis, an das Bild anzudocken, das meine Netzhaut soeben gespeichert hatte. Die Verbindung kam nicht zustande.

Die Strecke erschien mir viel länger als beim ersten Mal. Ich hatte am Bahnhof noch einen Energydrink kaufen wollen, es aber vergessen. Als ich die Häuserzeile betrachtete, die vor dem Fenster vorbeizog, stellte ich fest, dass sich kaum mehr Geschäfte in den Gebäuden befanden, sondern fast ausschließlich Wohnungen. Hatte ich die Haltestelle verpasst? Die Weinhandlung war mir nicht aufgefallen.

Plötzlich machte das Tram einen weiten Bogen, stoppte, und die Türen sprangen auf. Endstation. Der Tramführer stieg aus und zündete sich eine Zigarette an. Ich fluchte und holte mein iPhone hervor. Die Internet-Verbindung war schlecht. Bis ich die Homepage der Schule gefunden hatte, fuhren wir bereits wieder den Berg hinunter. Unter dem Stichwort »Lage« fand ich den Namen der Tramhaltestelle. Sie befand sich ziemlich weit von der Endstation entfernt. Als wir dort ankamen, stellte sich heraus, dass man die Weinhandlung vom Tram aus gar nicht sehen konnte.

Die Schulsekretärin blickte mich mit zusammengepressten Lippen und hochgezogenen Augenbrauen an, als ich um halb neun in ihr Zimmer trat. Dazu seufzte sie tief. Kurz erwog ich, ihr eine Lügengeschichte – ein Unfall oder was Ähnliches – aufzutischen, doch ich sparte mir die Mühe. Die Sekretärin führte mich zum Klassenzimmer und setzte ein gezwungenes Lächeln auf, als die Lehrerin zur Tür kam. Damals wusste ich noch nicht, dass die »Futura« um jeden Schüler froh war. Die Schule brauchte das Geld. Meine Eltern ließen sich meinen Niveau-A-Abschluss offenbar einiges kosten. Das hatte Vorteile, wie sich noch herausstellen sollte. Zum Beispiel war es echt schwierig, von der Schule zu fliegen. Ich weis nicht, ob ich das System so schnell durchschaut hätte. Aber dazu hatte ich Mike.

Er saß in der hintersten Reihe. Ich nahm ihn zuerst nicht wahr, weil ich meine Aufmerksamkeit auf die Lehrerin richtete. Ich glaube nicht, dass sie besonders schön war. Ich kann es aber schlecht beurteilen, denn ich schaute ihr nicht ins Gesicht. Mein Blick blieb unterhalb ihres Halses hängen.

Sie trug keinen Büstenhalter!

Hätte sie wie meine Mutter gestärkte Blusen bevorzugt, wäre mir das kaum aufgefallen. Doch Denise Kalbermatten stand nicht auf Blusen, sondern auf Schlabberklamotten. Weiche, dünne, geschmeidige Kleider, die sich auf jede Kurve legten. Was hätte ich darum gegeben, mit dem Stoff den Platz zu tauschen!

»Sebastian«, begrüßte sie mich. »Willkommen an der ›Futura‹. Wir freuen uns, Sie in der Klasse zu haben.«

Dass sie mich siezte, fand ich schräg. Doch beim Eintrittsgespräch hatte der Schulleiter erklärt, gegenseitiger Respekt sei einer der Grundwerte der Schule. Es gab noch weitere, ich habe sie aber vergessen. Ehrlich gesagt, waren mir die Werte egal.

Neben dem Anblick von Denise Kalbermatten verblasste alles. Ich fragte mich, ob sie Sport unterrichtete, und malte mir aus, wie ihre Brüste beim Rennen auf und ab hüpften. Mir wurde schwindlig.

Als es mir gelang, meinen Blick von Denise Kalbermattens Kurven loszureißen, bemerkte ich Mike. Er beobachtete mich mit einem schiefen Grinsen. Eine Haarsträhne fiel ihm über das rechte Auge, so dass er den Kopf leicht schräg halten musste, um etwas zu sehen. Mit einer lockeren Bewegung schob er sie zur Seite. Unterhalb seines Wangenknochens sah ich eine dünne Narbe. Sie verlieh ihm etwas Verwegenes, das nicht zu seinem weichen Kinn passte. Als hätte ein Meerschweinchen Hauer oder ein Goldfisch Krallen.

Mir wurde der Platz neben ihm in der hintersten Reihe zugewiesen. Das hatte den Nachteil, dass Denise Kalbermattens Kurven ziemlich weit weg waren, dafür sah sie aber den Zettel nicht, den mir Mike zuschob, nachdem die Vorstellungsrunde zu Ende war.

»Dreh die Heizung runter«, stand darauf.

Ich schaute mich um. Direkt neben mir war ein Radiator an der Wand befestigt. Schwitzte Mike? Warm war es im Zimmer nicht, was vermutlich an den vorsintflutlichen Fenstern lag. Die Villa war uralt, von Doppelverglasung hatte man beim Bauen wohl noch nichts gehört. Da mich Mike drängte, drehte ich ein wenig am Ventil. Er bedeutete mir, die Heizung ganz auszuschalten. Mit einem Schulterzucken machte ich, was er verlangte. Es dauerte eine gute halbe Stunde, bis ich begriff, was er vorhatte.

»Es ist schon wieder so kalt«, beschwerte sich Denise Kalbermatten mit einem Frösteln. »Was ist bloß mit dieser Heizung los?«

Sie durchquerte den Raum, um den Radiator zu berühren. Als sie neben mir stand, blieb mir mit einem Schlag die Luft weg. Hast du dich schon mal ahnungslos in einen Psychothriller hineingezappt? Die Hauptdarstellerin steht entspannt am Herd, du beobachtest, wie sie in einem Topf Spaghetti rührt, merkst, dass du Hunger hast. Du fragst dich, ob sie jetzt den Reibkäse aus dem Kühlschrank holen oder die Flasche Wein auf der Ablage öffnen wird, siehst Kinderzeichnungen an der Wand. Die Szene ist friedlich, du entspannst dich. Plötzlich schwillt die Musik an. Bevor du dich auf den Stimmungswechsel einstellen kannst, platzt ein blutüberströmter Zombie in die Küche. Weil du überhaupt nicht damit gerechnet hast – es hätte auch ein langweiliger Familienfilm sein können –, erschrickst du zu Tode. Adrenalin schießt durch deinen Körper, das Blut verlässt deinen Kopf, du kannst nicht mehr denken. Wie gelähmt starrst du auf den Bildschirm.

Genau so ging es mir. Nur dass kein Zombie vor mir stand, sondern Denise Kalbermatten. Und was ich sah, war das pure Gegenteil eines Horrorfilms. Ihre Brüste schaukelten sachte, als sie sich zum Radiator hinunterbeugte. Unter dem Stoff hatten sich ihre Brustwarzen vor Kälte aufgerichtet wie die Spitzen zweier Eisberge. Mir wurde heiß, dann kalt, dann wieder heiß. Ich wusste, dass ich atmen sollte, konnte mich aber nicht daran erinnern, wie das ging.

Alles an Mikes Plan war perfekt – bis auf das Timing. Das ganze Spektakel dauerte nur wenige Sekunden, denn die Pausenglocke läutete. Denise Kalbermatten verließ das Zimmer, um den Hauswart zu suchen.

Ich stieß die angehaltene Luft aus und lies mich gegen die Stuhllehne fallen. Mike erhob sich träge und machte eine Kopfbewegung Richtung Fenster. Ich folgte ihm nach draußen. Hinter einer großen Eiche holte er ein Päckchen Zigaretten hervor. Eigentlich rauchte ich nicht, aber mein Herz wummerte noch immer wie ein Presslufthammer. Die ersten Züge brannten im Hals, dann breitete sich eine angenehme Mattigkeit in mir aus.

Während der Strafuntersuchung hat eine Sozialarbeiterin mein Umfeld abgeklärt. Im Mittelpunkt stand meine Familie. Die Sozialarbeiterin wollte aber auch wissen, ob ich Freunde hätte, die mir viel bedeuteten. Ich weiß nicht, ob ich Mike heute als

Freund bezeichnen würde. Unter einem Freund stelle ich mir jemanden wie Blitz vor. Mike war gerne mit mir zusammen, aber nur, weil er mich brauchte. Alles, was er tat, war Show. Er war wie ein Schauspieler auf der Bühne, klar, dass er Zuschauer benötigte, sonst wäre der Auftritt für ihn öde gewesen. Etwa so, als würdest du auf ein leeres Tor schießen oder auf eine Prüfung lernen, die nicht bewertet wird.

Das hat mir Dr. Wagner erklärt. Keine Ahnung, ob ich irgendwann selbst darauf gekommen wäre. Vielleicht stimmt es auch nicht. An der Tatsache, dass wir viel Zeit zusammen verbrachten, ändert es nichts. Ob mich Mike mochte oder nicht, war mir eigentlich egal. Ich hatte sowieso nichts Besseres zu tun. Okay, das stimmt vielleicht nicht ganz. Dr. Wagner würde jetzt wieder behaupten, ich würde mir etwas vormachen, weil ich die Wahrheit nicht ertrage. Die wäre, dass ich außer Mike niemanden hatte, mit dem ich abhängen konnte. Dr. Wagner nennt das einen Abwehrmechanismus. Er behauptet, ich würde die Realität verleugnen, wenn sie schmerzhaft sei. Ich weiß nicht. Ich hätte bestimmt andere Freunde finden können. Es gab schließlich jede Menge Schüler an der »Futura«. Aber keiner hatte Style wie Mike Tinner.

Er wohnte in der Stadt, in einer modernen Siedlung, die trotz der fast hundert Mieter wie ausgestorben wirkte. Ich sah dort nie jemanden, nicht einmal Mikes Mutter. Er lebte alleine mit ihr, sein Vater war irgendwann abgehauen. Vielleicht hatte er sich auch den Kopf rasiert und sich eine Freundin zugelegt.

Mich kümmerte das nicht. Viel wichtiger war, dass wir die Bude für uns hatten. Ich meine, richtig für uns, auch am Abend. Manchmal blieb Mikes Mutter mehrere Tage weg. Das habe ich meinen Eltern nie erzählt. Sie freuten sich über meine Freundschaft mit Mike, schließlich war er ein sozialer Kontakt. Damals haben sie sich noch keine Gedanken darüber gemacht, dass es auch schlechte soziale Kontakte gibt. Nicht dass etwas an Mike falsch gewesen wäre. Er war völlig in Ordnung. Später behauptete meine Mutter dennoch, er habe einen schlechten Einfluss auf mich gehabt.

Von Mike habe ich viel gelernt. Zum Beispiel kochen. Wenn seine Mutter verreiste, hinterließ sie ihm Geld, damit er auswärts essen konnte. Bald merkte Mike, dass eine Mahlzeit in einem Restaurant dreimal so viel kostet wie zu Hause. Er kam auf die Idee, selber zu kochen. Nicht um Geld zu sparen, sondern um sein Taschengeld aufzubessern. Wenn er fürs Essen weniger ausgab, hatte er mehr Kohle für anderes.

Das Erste, was er mir beibrachte, war Pizza à la Mike. Im Supermarkt erklärte er mir das Grundprinzip: Zuerst kam der Teig, und zwar der größte, der im Kühlfach lag. Anschließend folgte die Sauce. Vor dem Regal mit Tomatensaucen blieb er stehen und zeigte auf die Auswahl. Wir entschieden uns für Bolognese.

»Und jetzt wird es spannend«, meinte er grinsend. »Was magst du auf deiner Pizza?«

»Käse?«, schlug ich zögernd vor.

»Komm schon, Mann, ein bisschen mehr Fantasie!«

»Schinken?«

Er holte eine Packung Schinken. »Weiter?«

»Keine Ahnung.«

Kopfschüttelnd begann er, den Einkaufswagen zu füllen. Er schmiss Würste, eine Dose Mais, irgendwelche mexikanischen Bohnen, eine Tüte Chips und eine Packung Fondue hinein.

»Wozu das Fondue?«, fragte ich. »Ich dachte, wir machen Pizza.«

Er hielt die Packung hoch. »Käse. Gehört doch dazu, oder?«

»Du leerst Fondue über die Pizza?«, fragte ich verblüfft.

Er zeigte mir den Stinkefinger. Ich beschloss abzuwarten. Auf dem Weg zur Kasse griff er sich eine Flasche Weißwein.

»Minderjährige dürfen keinen Alkohol kaufen«, sagte ich.

»Fondue kocht man mit Wein«, erklärte er. »Das wissen die an der Kasse auch.«

Tatsächlich zuckte die Kassiererin nicht mit der Wimper, als sie die Flasche über den Scanner zog. Auf dem Weg nach Hause erklärte mir Mike, worauf man beim Alkohol kaufen achten müsse.

»Kein Bier«, sagte er. »Klappt nie. Du musst so tun, als würdest du für deine Mutter einkaufen. Im Internet findest du jede Menge Rezepte. Für eine Schokoladenmousse brauchst du zum Beispiel Kirsch. Du schnappst dir also eine Tafel Schokolade, einen Becher Rahm und eine Flasche Kirsch. Wenn die Kassiererin meckert, behauptest du, deine Mutter brauche die Zutaten für eine Mousse. Das nimmt sie dir sofort ab.«

»Du machst dir Schokoladenmousse?«, fragte ich erstaunt. Das klang nach fortgeschrittenen Kenntnissen.

»Bist du schwer von Begriff, oder was?«, stöhnte Mike. »Die Schokolade isst du. Den Rahm kippst du über einen Teller Ravioli, und den Kirsch trinkst du. Darum geht es doch, kapiert?«

»Also machen wir heute kein Fondue?«

»Mann, du bist so was von bescheuert.«

Zu Hause machten wir uns an die Arbeit. Den Teig breitete Mike auf einem Backblech aus, dann leerte er die Sauce darüber. Anschließend schichtete er alles auf die Pizza, was wir eingekauft hatten. Zum Schluss verteilte er den Fonduekäse darüber. Ich hatte ihn mir flüssig vorgestellt, aber er war pampig, wie bröckeliger Mozzarella.

»Schmilzt aber besser«, erklärte Mike.

Eine halbe Stunde später duftete es verführerisch nach Käse. Mike nahm die Pizza aus dem Ofen, drückte mir einige Servietten in die Hand und holte zwei saubere Teller aus dem Schrank.

»Morgen kommt die Putzfrau«, sagte er. »Wird langsam Zeit.«

In der Küche sah es aus, als wäre ein Tornado hindurchgefegt. Sie war ziemlich groß, doch nirgends entdeckte ich auch nur einen einzigen freien Zentimeter. Ich hätte aufzählen können, was Mike jeden Tag gegessen hatte. Ich machte es mir mit meinem Pizzastück auf dem Sofa bequem, während Mike die Flasche Wein öffnete.

Ich hatte noch nie Weißwein getrunken. Gerade toll schmeckte er nicht, aber nach dem dritten Glas erinnerte ich mich plötzlich wieder daran, woher ich das Gebäude in der

Nähe der »Futura« kannte: Im zweiten Geschoss befand sich das Tropeninstitut. Dort hatte ich mich gegen Gelbfieber impfen lassen, als ich mit meinen Eltern nach Brasilien in die Ferien geflogen war. An die Reise selbst konnte ich mich nicht erinnern.

Nach dem fünften Glas Wein erinnerte ich mich an gar nichts mehr.

Als ich erwachte, fühlte ich mich, als hätte ich einen Wrestling-Match verloren. Ich habe zwar noch nie Wrestling gemacht, im Fernsehen aber einige Kämpfe gesehen. Meine Zunge klebte wie Karton am Gaumen, in meinem Kopf war es zu einem Kurzschluss gekommen. Es dauerte lange, bis ich Mike erkannte, der grinsend über mir stand.

»Hast wohl noch nie getrunken?«, spottete er.

Es abzustreiten, wäre sinnlos gewesen.

»Du bist echt nicht zu fassen, Seb.« Er schüttelte den Kopf. »Fehlt nur, dass du noch Jungfrau bist.«

»Easy«, sagte ich, nachdem es mir gelungen war, meine Zunge vom Gaumen zu lösen.

»Stimmt es etwa?«, stieß Mike aus.

»Spinnst du?«, krächzte ich. »Mann, kriegt man in dieser Bude vielleicht ein Glas Wasser?«

Ich hoffte, ihn dadurch abzulenken, aber nachdem er mir das Wasser gebracht hatte, bohrte er weiter. Ich hatte noch nicht mal ein Mädchen geküsst, geschweige denn mit einem geschlafen. Einmal war es fast so weit gekommen (zum Küssen, nicht zum Sex), aber im letzten Moment entschloss sich Melanie Ingold, mit mir Schluss zu machen. Nach nur fünf Tagen. Das war in der sechsten Klasse gewesen. Lange her.

4

»Diese Instanzen, Einrichtungen und Personen sind verpflichtet, die verlangten Auskünfte zu erteilen; das Berufsgeheimnis bleibt vorbehalten.«
Art. 31 Abs. 2 Schweizerische Jugendstrafprozessordnung (JStPO)

Obwohl wir mehrmals erwischt worden waren, rauchten Mike und ich hinter der großen Eiche fast täglich unsere Zigaretten. Im Winter war es dort trocken, im Sommer schattig. Vom Sekretariat aus konnte man uns zwar sehen, doch wen kümmerte das. Die »Futura« brauchte unser Schulgeld. Es war ein gutes Gefühl, gebraucht zu werden.

Die Schelte lief immer gleich ab: Mit ernster Stimme verkündete Denise Kalbermatten, der Schulleiter erwarte uns in seinem Büro. Locker schlenderten wir hin. Den Worten des Schulleiters würden keine Taten folgen. Mike setzte eine überhebliche Miene auf, ich verschränkte die Arme vor der Brust und sah demonstrativ aus dem Fenster. Das brachte den Schulleiter auf die Palme. Sein Pech, dass es verboten war, Schüler zu erwürgen.

Genauso war es verboten, gegen ehemalige Schüler auszusagen. Ein Schulleiter untersteht dem Amts- und Berufsgeheimnis. Ich bin aber sicher, dass der Schulleiter der »Futura« trotzdem auspackte. Denn irgendwer stellte mich als Monster dar. Die Sozialarbeiterin der Jugendanwaltschaft wusste später sowohl über das Rauchen als auch über mein Verhalten Bescheid. Ich sei unfähig, Fehler einzugestehen, und hätte ein verzerrtes Selbstbild, wurde ihr erzählt. Zudem mangle es mir an Einfühlungsvermögen. Sagt ausgerechnet einer, der seine Schüler als Geldquelle betrachtet.

Der Gutachter, den die Jugendanwältin aufbot, war der gleichen Meinung. Er packte seine Diagnose in Fremdwörter, vermutlich in der Hoffnung, ich würde sie nicht verstehen und mich deshalb nicht beschweren. Im Gutachten steht zum Beispiel, ich litte an einer hyperkinetischen Störung des Sozialverhaltens. Ich begriff lange nicht, was das bedeutete, obwohl man es mir erklärte. Fragen konnte ich schlecht. Wen auch? Alle waren gegen mich, außer der Fuchs. Vielleicht hätte er die Antwort gewusst, aber ich war mir damals nicht sicher, ob er wirklich auf meiner Seite stand.

Natürlich hätte ich mit meinen Eltern darüber reden können. Aber meine Mutter weinte bereits, wenn sie mich sah; ich wollte ihr nicht unter die Nase reiben, dass mich der Gutachter für einen Psychopathen hielt. Und mein Vater hatte seine Koffer bereits gepackt. Außerdem ist er nicht gerade der große Kommunikator, wie meine Mutter sagt. Er hat sogar ein Geheimnis daraus gemacht, dass er sich die Prostata hatte operieren lassen.

Als ich nach mehreren Monaten Knast endlich einmal ins Internet durfte, schlug ich als Erstes »Hyperkinetische Störung« in Wikipedia nach. Da standen Begriffe wie Aufmerksamkeitsdefizit, ADHS oder Hyperaktivitätsstörung. Ziemlich weit unten kam dann das mit dem Sozialverhalten. Unter einer Störung des Sozialverhaltens verstehen die Shrinks »ein anhaltendes Muster von unkontrollierten, dissozialen, aggressiven und aufsässigen Verhaltensweisen«. Was immer das heißen soll. Ob es der Gutachter überhaupt verstand? Vermutlich hatte er sich die Wikipediaseite ausgedruckt, bevor er seine Aussage machte. Später hat mir Dr. Wagner erklärt, diese beiden Störungen, also die hyperkinetische und die soziale Störung, träten oft zusammen auf. Wie bei mir.

Er war der Meinung, das Gutachten stimme.

Das ging mir schlecht runter. Bis ich begriff: Eine hyperkinetische Störung ist eine Krankheit. Ich war also gar nicht schuld an meinem Verhalten. Genauso wenig wie an meinen schlechten Schulleistungen. Sie gehörten zum Krankheitsbild. Leider hält Dr. Wagner nicht viel von meiner Schlussfolgerung.

Er behauptet, jeder Mensch habe einen Rucksack zu tragen (er meint damit Probleme), für sein Verhalten sei er trotzdem verantwortlich. Der Gutachter sah das ähnlich. Nicht so der Fuchs. Er erklärte mir, er werde die Diagnose in seine Verteidigungsstrategie einbauen. Wenn ich an einer Verhaltensstörung litte, könne mich das Gericht nicht verurteilen. Ziemlich schlau, wie? Ich sehe allerdings einen Haken. Was, wenn mich die Richter für den Rest meines Lebens in eine Klapsmühle einweisen?

Der Richter hat keine weiteren Fragen zu meiner Person, wie er es nennt. Erleichtert lehne ich mich zurück. Ich habe nicht gemerkt, dass ich die ganze Zeit an meinem Daumennagel herumgekratzt habe. Ein Häutchen hat sich gelöst, darunter beginnt die Haut zu bluten. Ich starre auf das Rot. Neben mir raschelt es, als der Fuchs in seinen Notizen blättert. Ich nutze die Gelegenheit, um mich verstohlen umzusehen. In der ersten Reihe kritzeln alle wie wild. Dort sitzen die Journalisten. Einer hält den Stift verkrampft in der Hand, als hätte er keine Übung im Schreiben. Die Tussi neben ihm nickt stumm vor sich hin.

Hinter den Journalisten sehe ich einige Personen, die ich kenne. Meinen Betreuer in der Anstalt, die Sozialarbeiterin und den Psychologen, der das Gutachten über mich erstellt hat. Weiter hinten sitzen lauter Fremde. Sie sind entweder mit den Opfern verwandt oder arbeiten auf einem Amt oder bei einer Behörde. Ein Typ mit Nerd-Brille rutscht auf der Holzbank hin und her. Sie knarrt laut. Ich frage mich, wie viele Menschen vor mir in diesem Saal verurteilt wurden. Ob die Schuldsprüche herumschwirren wie die Seelen Verstorbener? Vor Jahren habe ich einmal einen Film gesehen, der von einem Dorfplatz handelte, auf dem im Mittelalter Hinrichtungen stattfanden. Weil einer der Toten nicht zur Ruhe kam, spukte es. Der Hauptdarsteller deckte auf, dass der Mann zu Unrecht geköpft worden war. Daraufhin hat sich der Bürgermeister öffentlich entschuldigt. Endlich konnte der Tote ruhen, und der Spuk verschwand.

Über Recht und Unrecht habe ich mir in den letzten Jahren viele Gedanken gemacht. Dr. Wagner kommt andauernd darauf zu sprechen. Mir ist aufgefallen, dass es zwei Sorten Recht gibt: das Gesetz und die Gerechtigkeit. Vor Gericht gilt nur das Gesetz, egal, wie du darüber denkst. Du musst dir das so vorstellen: Ein Typ provoziert dich. Er nennt dich vor allen eine Schwuchtel, macht dir das Leben so richtig zur Hölle. Du rastest aus. Drischst auf ihn ein. Vor Gericht wirst du deswegen verurteilt. Du bist der Täter, egal, ob der andere die Prügel verdient hat oder nicht. Ich finde das nicht gerecht, doch Dr. Wagner sagt, wenn jeder das Gesetz selber in die Hand nähme, würde Anarchie herrschen. In einer Demokratie beschließe das Volk, welche Gesetze es wolle. Dass diese angewendet würden, sei nur richtig. Seine Ansicht, nicht meine.

»Was würden Sie denn tun, wenn man Sie eine Schwuchtel nennt?«, wollte ich wissen.

»Entweder ignorieren oder mit jemandem darüber reden«, erwiderte er. »Je nachdem, wie stark es mich beschäftigt.«

»Sie würden jemandem erzählen, dass man Sie eine Schwuchtel genannt hat?«

»Ja.«

Wie peinlich war das denn! »Wem?«

»Das kommt auf die Situation an. Wer hat mich beschimpft?«

»Jemand in der Schule.«

»Wenn es ein Mitschüler war, würde ich mich an eine Lehrperson wenden.«

Ich stellte mir vor, wie ich Denise Kalbermatten meine Sorgen klagte und sie mich zum Trost an ihre Brust drückte.

»Warum lachen Sie?«, fragte Dr. Wagner.

»Egal«, antwortete ich. »Und was ist, wenn es die Lehrerin nicht interessiert?«

»Reden wir hier über einen tatsächlichen Vorfall?«

Dr. Wagner ist kein Fan von »Was wäre, wenn ...?« Ich gab zu, dass ich schon in eine ähnliche Situation geraten war. Allerdings nicht in der Schule. Er bat mich, sie zu schildern. An dieser Stelle muss ich vielleicht erklären, dass ich nicht freiwillig bei Dr. Wagner in der Therapie bin. Das gehört sozusagen zum Gesamtdeal im Maßnahmenzentrum. Mehr dazu später.

Es war ein Samstagabend in meinem letzten Jahr an der »Futura« gewesen. Mike wollte zwei Kollegen am See treffen. Von Goran hatte ich schon viel gehört, offenbar war er ziemlich cool. Er hatte Kohle, gute Kontakte und konnte dir alles beschaffen, was du brauchtest. Keiner legte sich mit ihm an. Deshalb war ich erstaunt, wie normal er aussah. Ich hatte einen Bodybuildertypen erwartet, doch Goran war weder besonders groß noch breit. Er trug nicht einmal ausgefallene Klamotten. Seinen Begleiter Noah kannte ich nicht. Er fingerte dauernd an etwas in seiner Hosentasche herum. Ich fragte mich, was er dort versteckte.

Mike und Goran zogen sich zurück, um etwas zu besprechen. Noah bemerkte meinen neugierigen Blick. Er schaute über die Schulter, und als er sicher war, dass uns niemand beobachtete, zog er ein Springmesser hervor. Der Griff war schwarz und mit rutschfestem Gummi überzogen. Er sah aus wie der Griff einer Pistole. Blitzschnell ließ Noah die Stahlklinge herausspringen. Darauf stand »MP« und, in kleiner Schrift, »Smith & Wesson«. Mein Kinn klappte nach unten.

»Militärpolizei?«, fragte ich, auf die Buchstaben deutend.

Weil ich aufgeregt war, überschlug sich meine Stimme. Ausgerechnet in diesem Moment kam eine Gruppe Shipis vorbei. Sie äfften mich nach und grölten.

Etwas musst du verstehen. Ich hasse es, ausgelacht zu werden. Am liebsten hätte ich den Typen die Fresse poliert. Doch sie waren zu viert, und ich war alleine, abgesehen von Noah, den ich gerade erst kennengelernt hatte. Mir war nicht klar, ob er mir Rückendeckung geben oder sich aus dem Staub machen würde. Ich beschränkte mich deshalb darauf, den Shipis den Stinkefinger zu zeigen, was ihnen ziemlich schlecht runterging. Alle vier blieben stehen. Ich weiß nicht, was passiert wäre, wenn Noah sich nicht neben mir aufgebaut hätte. Die Shipis blickten zum Messer, dann zu mir, einer murmelte etwas wie »vergiss es«. Langsam zogen sie weiter. Sie waren schon fast außer Hörweite, als sich einer umdrehte und »Schwuchtel« rief.

Dr. Wagner wollte wissen, warum mich das kränkte.

»Weil ich keine Schwuchtel bin!«

»Lassen wir das Thema Homosexualität für den Moment beiseite«, sagte er. »Ist es Ihnen wichtig, was andere über Sie denken?«

»Klar ist mir das wichtig!« Ihm etwa nicht?

»Was wollten Sie damit erreichen, dass Sie den Jugendlichen den Mittelfinger gezeigt haben?«

»Mir Respekt verschaffen!«

»Und? Ist es Ihnen gelungen?«

»Was?«

»Haben Sie sich mit der Geste Respekt verschafft?«

»Klar.«

Dr. Wagner lehnte sich zurück und sagte nichts. Das macht er oft. Manchmal finde ich es ziemlich mühsam. Meistens fragt er nach einigen Minuten, was mir durch den Kopf gehe. Aber damals starrte er mich einfach mit seinen wässrigen Augen an. Als ich die Stille nicht mehr aushielt, fragte ich ihn, wie er sich denn Respekt verschaffen würde. Er ging nicht darauf ein. Stattdessen wollte er wissen, wen ich respektiere.

Ich musste nicht lange überlegen. »Noah Blomberg.«

»Warum?«

»Weil ihn keiner anmacht.«

Das erfuhr ich, als ich Noah näher kennenlernte. Noah und Goran waren Partner. Sie wickelten allerlei Geschäfte zusammen ab. Nie wurden sie übers Ohr gehauen. Dafür sorgte Noah. Es war nicht nur sein Springmesser, das abschreckte. Es war seine Art. Er gab dir zu verstehen, dass es für dich gefährlich werden konnte, wenn du dich mit ihm anlegtest. Ich fand das beeindruckend. Dr. Wagner hingegen ließ es kalt. Er behauptete, den Starken zu markieren, sei nicht dasselbe, wie stark zu sein. Im Gegenteil. Wer wirklich stark sei, habe es nicht nötig, sich an der Angst anderer aufzugeilen. Meine Worte, nicht seine. Aber so hat er es gemeint.

Heute verstehe ich, was er damit sagen wollte. Aber die Sache ist gar nicht so einfach. Wenn dich keiner respektiert, bist du ein Niemand. Und wer will schon ein Niemand sein?

Richtig. Niemand.

5

»Mit Freiheitsstrafe bis zu drei Jahren oder Geldstrafe wird bestraft, wer vorsätzlich ohne Berechtigung Waffen (…) anbietet, überträgt, vermittelt, erwirbt, besitzt, herstellt, abändert, umbaut, trägt, in einen Schengen-Staat ausführt oder in das schweizerische Staatsgebiet verbringt.«
Art. 33 Abs. 1 Bundesgesetz über Waffen, Waffenzubehör und Munition (WG)

Ich wollte ein Springmesser. Natürlich war es nicht so, dass ich mich im Spiegel betrachtete und sagte: »Ich bin ein Niemand. Deshalb will ich ein Messer. Damit werde ich mich stark fühlen. Also beschaffe ich mir eines.« Erstens schaue ich nicht gerne in den Spiegel, weil mich das enttäuscht. Das Gesicht, das zurückstarrt, ist langweilig. Mittelgroße Augen, mittelgroße Nase, mittelgroßer Mund. Braune Augen, braunes Haar. Das einzig Auffällige an mir ist ein kreisrundes Muttermal an meiner Schläfe. Es sieht aus wie ein Einschussloch. Zweitens habe ich mir damals nicht überlegt, warum ich ein Messer wollte. Ich wollte es einfach. Das mit dem Nachdenken kam erst später, als mir Dr. Wagner Fragen zu stellen begann.

Es musste genau das gleiche Einhandmesser wie Noahs sein: Marke Smith & Wesson, Typ Military Police, die Klinge aus rostfreiem Stahl, das Heft aus Flugzeugaluminium. Mit Scheibenzertrümmerer, Edelstahlclip und einer 7,3 Zentimeter langen Klinge. Ich hatte es gegoogelt. Nicht ganz billig. Und nicht gerade einfach zu beschaffen ohne Kreditkarte. Für Internetkäufe durfte ich zwar die Karte meiner Mutter benutzen, doch sie wollte immer wissen, was ich bestellte. Für ein Springmesser hätte sie kein Verständnis aufgebracht, auch wenn ich nicht vorhatte, es einzusetzen. Ich wollte es nur in meiner Hosentasche spüren, vielleicht ab und zu in der Hand wenden.

Mike war mir auch keine Hilfe. Im letzten Schuljahr wurde er immer seltsamer. Manchmal war er total gut drauf, lachte und sprudelte vor Ideen. Dann wieder machte er einen auf depro. Mit der Zeit erkannte ich das Muster: Montags hatte er seinen Tiefpunkt. Dienstags und mittwochs war er auch schlecht drauf, ab Donnerstag ging es aufwärts. Freitags, samstags und sonntags war er ein Stimmungsmacher. Mit der Schule hatte das nichts zu tun. Mikes Noten waren zwar schlecht, doch das war ihm egal. Wir wussten beide nicht, wie es weitergehen würde, im Gegensatz zu meinen Eltern stresste Mikes Mutter aber nicht. Bei mir zu Hause herrschte damals dicke Luft. Mein Vater wollte, dass ich das zehnte Schuljahr machte, um bessere Aussichten auf eine gute Lehrstelle zu haben, um vielleicht sogar die Aufnahmeprüfung an die Berufsmittelschule zu schaffen. Er begriff nicht, dass ein zusätzliches Schuljahr meine Noten kaum verändern würde.

In der achten Klasse hatten wir in verschiedenen Betrieben schnuppern müssen. Eine Woche lang habe ich einem Sanitärinstallateur über die Schulter geschaut. Es war die Hölle. Er hat in einem Wohnblock Leitungen und Abflussrohre montiert. Im ganzen Gebäude wurden die Küchen und Badezimmer komplett renoviert. Es wimmelte von Arbeitern, Kabeln, Drähten und Farbeimern, überall war Zementstaub. Das absolute Chaos. Alle wussten, was sie zu tun hatten, nur ich nicht. Weder fand ich das Material, das ich herbeischleppen sollte, noch konnte ich die Leute auseinanderhalten. Nur die Maler waren einfach zu erkennen an ihren verkleckseten Kleidern. Nie wollte ich auf dem Bau arbeiten.

Mikes Mutter drängte nicht. Für sie war es in Ordnung, wenn sich Mike mit der Berufswahl Zeit ließ. Erzählte er mir zumindest, und ich nahm es ihm ab. Er machte sich keine Gedanken über die Zukunft. Die komme früh genug, behauptete er. Das Leben finde in der Gegenwart statt. Wenn ich seine Launen betrachtete, war die Gegenwart von Montag bis Mittwoch ziemlich scheiße. Ich fragte nie, weshalb. Über solche Dinge redeten wir nicht. Mit Blitz wäre das vielleicht anders gewesen. Mike und ich unternahmen vieles zusammen, aber nichts gemeinsam. Dr. Wagner hat mich auf den Unterschied aufmerksam gemacht. Es gab keine Verbindung zwischen Mike und mir, außer dass wir uns am gleichen Ort befanden oder gerade das Gleiche taten. Keine Beziehung, wie es der Shrink ausdrückt. Auf Beziehungen fährt Dr. Wagner ab.

Mir genügte es, Spaß zu haben. Und um Mike herum war immer etwas los. Schien die Sonne, hingen wir am See ab, tranken Wein, Kirsch (die Schokoladenmousse-Nummer lief am besten) oder, wenn Mike welchen auftreiben konnte, Wodka, den wir mit Cola mischten. Dabei schauten wir uns die Mädchen an, die vorbeispazierten, und bewerteten ihr Aussehen. Mike hatte immer noch nicht verdaut, dass ich Jungfrau war. Er hatte es sich in den Kopf gesetzt, diesen erbärmlichen Zustand zu ändern. Deshalb wollte er meinen Frauengeschmack kennenlernen. Also machten wir uns daran, ein Notensystem für Mädchen zu entwickeln. Beurteilt wurden Figur, Gesicht und Brüste. Gut, die Brüste gehörten zur Figur, doch sie verdienten eine separate Note. Eine Sechs war top, eine Vier genügend, alles darunter nicht der Rede wert.

»Die da zum Beispiel.« Mike zeigte auf eine langbeinige Blondine in kurzem Rock und hohen Stiefeln. »Nicht schlecht, oder? Etwas flach vielleicht, hat aber einen geilen Arsch. Eine Fünf?«

Ich schüttelte den Kopf. »Die sieht aus wie plattgewalzt. Vier.«

An lauen Abenden spaziert die halbe Stadt am See entlang. Am linken Ufer hängen Streber und Deutsche ab, am rechten Ufer Hip-Hopper und alle anderen Ausländer. Da Tussis aus dem Süden viel mehr Haut zeigen, hatten wir das rechte Ufer gewählt. Vom Chinesischen Garten her näherte sich eine Frau mit ziemlicher Oberweite. Leider sah sie mit ihrem langen Hals und dem krummen Rücken wie eine Schildkröte auf Nahrungssuche aus. Gleich hinter ihr folgte eine Latina. Ihr Hüftschwung war echt geil. Eindeutig eine Sechs.

Mike stieß einen Pfiff aus. »Diese Arschbacken! Zum Anbeißen. Die würde ich sofort flachlegen.«

Ich zuckte zusammen. »Nicht so laut!«

Mike grölte. »Die will doch gefickt werden! Schau mal, wie sie sich bewegt. Glaub mir, ich kenn mich da aus.«

Die Frau hörte Mike nicht. Ihr Blick war auf etwas anderes gerichtet. Plötzlich sah ich, worauf. Ein Typ kam ihr entgegen: breite Schultern, breiter Kiefer, breiter Gang. Und ein breites Grinsen, das von einem Moment auf den anderen verschwand, als er den Kopf in unsere Richtung drehte. Shit.

»Lass uns verschwinden«, zischte ich.

»Mann, schau dir diese sexy …«

»Mike!« Ich stand auf und zog ihn hoch.

Erst jetzt bemerkte er den Typen, der langsam auf uns zukam. Der Bruder der Latina? Ihr Freund? Egal. Seine Absicht war klar. Zornig ballte er die Hände zu Fäusten. Mir entging nicht, wie sich seine Muskeln unter dem engen T-Shirt wölbten.

Ich packte Mike und rannte davon. Stolpernd folgte er mir. Er versuchte, sich loszureissen, hatte aber zu viel Alkohol intus. Seine Arme flatterten hilflos, als wäre er ein Pinguin, der zu fliegen versuchte. Hinter mir hörte ich eine Reihe spanischer Flüche, dann eine nasale Frauenstimme, die »Beniiito« rief. Da ich mir nicht sicher war, wie gut Beniiito dressiert war, rannte ich weiter. Planlos preschte ich über die Wiese, beinahe fiel ich über eine alte Frau, die oben ohne Sonne tankte. Mir blieb keine Zeit, die runzligen Brüste in Augenschein zu nehmen.

»Beniiito!« Die Stimme klang jetzt wie eine Kreissäge. »Komm zurück!«

Ich wagte einen Blick über die Schulter. Ich sah, wie Beniiito zögerte, offenbar hin- und hergerissen zwischen der Versuchung, uns weiter zu verfolgen und dem Drang zu gehorchen. Vor uns lag ein dichtes Gebüsch, dahinter hätten wir problemlos verschwinden können – wenn Mike nicht plötzlich einen Anfall von Größenwahn gehabt hätte. Ohne Vorwarnung blieb er stehen und drehte sich um, die Hände in die Seiten gestützt.

»Na komm schon, Steroidschlucker!«, rief er. »Zeig, was du drauf hast.«

Mir blieb fast das Herz stehen, doch ich bewunderte Mikes Mut. Ich machte mir schon beim Anblick des mahlenden Kiefers in die Hose, obwohl ich das damals nie zugegeben hätte. Beniiito fletschte die Zähne und setzte sich wieder in Bewegung. Mike auch, diesmal ohne meine Hilfe. Er war wieder voll bei Bewusstsein und betrachtete das Ganze als Spiel. Dass er der Verlierer sein würde, kümmerte ihn nicht. Oder er wollte es nicht wahrhaben. Aber ehrlich, was kann ein 15-Jähriger schon gegen einen Neandertaler wie Beniiito ausrichten? Genau: nada.

Wie immer, wenn es um Mike ging, kam alles ganz anders, als ich erwartete. Während ich der geborene Pechvogel war, gehörte Mike zu den Glückspilzen dieser Welt. Beniiito hatte ihn fast eingeholt, als ein Großmütterchen auftauchte. Die Alte sah aus, als wäre sie der Fantasie eines Comic-Zeichners entsprungen, mit Handtasche am Arm, Haarknoten, Stock und allem. Es war vor allem der Stock, der zum Einsatz kam. Sie hielt ihn hoch, um Beniiito damit in den Bauch zu stoßen.

»Junger Mann! Was fällt Ihnen eigentlich ein? Lassen Sie gefälligst das Kind in Ruhe!«

Ich wartete darauf, dass Mike protestierte. Mit 15 Jahren als Kind bezeichnet zu werden, war eine Beleidigung. Doch er ließ lediglich den Kopf hängen, blickte unter der langen Haarsträhne hervor und machte einen auf hilflos. Ich erkannte ihn kaum wieder.

»Verschwinden Sie!«, befahl das Großmütterchen. »Und suchen Sie sich in Zukunft gleichaltrige Gegner.«

Beniiito zog den Schwanz ein und schlich davon. So einfach war das. Das Großmütterchen legte Mike die Hand auf die Schulter und blickte ihn besorgt an. Und dann – halt dich fest – bot die Alte ihm eine Glace an. Ohne Witz. Mike setzte ein Lächeln auf, das ich noch nie gesehen hatte. Darin lag eine Mischung aus Unschuld und Verletzlichkeit. Es gefiel dem Großmütterchen. Kurz darauf saßen wir auf einer Bank und verspeisten je drei Kugeln Glace. Anschließend machten wir uns auf die Suche nach der Cola-Flasche, die wir unterwegs verloren hatten.

Ich erwartete, dass sich Mike über die Alte lustig machen würde. Doch er erwähnte sie mit keinem Wort. Als ich später eine spöttische Bemerkung über ihre Aufmachung fallen ließ, warf er mir einen vernichtenden Blick zu. Keine Ahnung, was mit ihm los war. Wie gesagt, ich verstand Mike nicht. Von einem Augenblick auf den anderen konnte er sich in einen Fremden verwandeln. Warum, verstand ich erst viel später. Ausnahmsweise war es aber nicht Dr. Wagner, der mir die Augen öffnete, sondern der Fuchs.

Etwas muss ich an dieser Stelle erwähnen. Der Fuchs ist zwar mein Anwalt, doch er ist nicht an mir als Mensch interessiert. Es dauerte eine Weile, bis ich das begriff. Für den Fuchs bin ich ein Klient. Wenn er seine Sache gut macht, spricht sich das herum, und er kriegt noch mehr Klienten. Da er für jede Arbeitsstunde 200 Franken kassiert (ohne Scheiß!), will er natürlich möglichst viel Arbeit. Er lebt davon, dass es schlechte Menschen gibt. Im Gegensatz zu Dr. Wagner will er sie nicht verändern. Bestünde die Welt ausschließlich aus Thomas Königs, wäre der Fuchs am Arsch. Dass er mir Briefe ins Gefängnis schmuggelte, hatte nichts zu bedeuten. Meine Mutter hatte ihn darum gebeten. Und sie bezahlt seine Rechnungen.

Als mich der Fuchs also nach Mike fragte, tat er es aus einem anderen Grund als Dr. Wagner. Er wollte nichts über unsere Beziehung erfahren, zumindest nicht über das, was Dr. Wagner unter einer Beziehung versteht. Der Fuchs interessierte sich vor allem für Mikes schlechten Einfluss auf mich. Das ist die Aufgabe eines Strafverteidigers: Er versucht, seine Klienten in ein positives Licht zu rücken, indem er alle anderen schlecht macht. Das Gericht soll glauben, dass ich im Grunde genommen ein guter Mensch bin. Dass andere an meinem Verhalten schuld sind. Wenn das gelingt, gibt es eine mildere Strafe oder sogar einen Freispruch.

Während sich Dr. Wagner also mächtig ins Zeug legte, damit ich der Wahrheit ins Gesicht sehe – nämlich, dass ich etwas Abscheuliches getan habe und alleine dafür verantwortlich bin –, spann der Fuchs ein Lügennetz. Eigentlich waren es keine richtigen Lügen, sondern Halbwahrheiten, denn er erfand nichts. Er hob einfach Unwesentliches hervor. Er hatte solche Übung darin, Schlupflöcher zu finden, dass er gleich verstand, was mit Mike los war.

»Koks«, stellte er teilnahmslos fest.

»Was?«

»Kokain«, erklärte er. »Mike Tinner hat konsumiert.« Nachdenklich strich er sich übers Kinn. Wir saßen im Besucherraum der Anstalt. Ich war damals auf der geschlossenen Abteilung, Besuch zu kriegen, war eine große Sache, auch wenn es nur der eigene Anwalt war. Er brachte die Außenwelt mit, eine Welt, die mir manchmal so weit weg erschien, als hätte sie nie existiert. Die Erinnerung an Teppich unter den Füßen und einen Xbox-Controller in den Händen schwang mit; Geräusche wie das Heulen des Staubsaugers meiner Mutter, das Klicken ihrer Absätze auf dem Steinboden oder das leise Surren des Garagentors, wenn mein Vater nach Hause zurückkehrte, gehörten dazu. Aber auch Simsen, Chatten oder einfach mit einem Bier chillen und an nichts Weiteres denken. Alles verboten in der Anstalt. Außer nichts denken. Aber das wird auch nicht gerne gesehen.

»Dass Ihr bester Freund kokainabhängig war, können wir zu unserem Vorteil nutzen«, meinte der Fuchs. »Sie waren naiv, unschuldig. Dieser Mike hat Sie auf die schiefe Bahn gebracht.«

Ich erklärte ihm, dass mir Mike nie Kokain angedreht hatte.

Er sah mich scharf an. »Dass Mike Tinner konsumiert hat, sagt vieles über seinen Charakter und sein Umfeld aus. Dieser Junge war während Jahren Ihr einziger Umgang. Ein Vorbild, sozusagen.«

Ich wusste nicht, was ich darauf erwidern sollte. Etwas stimmte an seiner Logik nicht, doch ich musste zuerst verdauen, dass Mikes Stimmungsschwankungen auf Drogen zurückzuführen waren. Vor allem, dass ich zu blöd gewesen war, es zu erkennen. Dabei habe ich später selbst gekokst. Aber da gehörte Mike längst der Vergangenheit an.

Von einem Tag auf den anderen kam er nicht mehr zur

Schule, ging nicht ans Telefon und beantwortete keine Mails. Als ich auf dem Festnetz anrief, nahm seine Mutter ab. Ich war total überrascht. Ich hatte noch nie mit ihr gesprochen. Sie erklärte, Mike sei nach Australien gegangen, um Englisch zu lernen. Ich kaufte es ihr ab. Ich weiß noch genau, was ich dachte: Nun werde ich nie erfahren, woher die Narbe unterhalb Mikes Wangenknochen stammt.

Der Fuchs spann die Geschichte weiter. »Ohne Mike hätten Sie auch Noah Blomberg nicht kennengelernt.«

»Was hat Noah damit zu tun?«, fragte ich.

Der Fuchs unterdrückte einen Seufzer. »Von ihm haben Sie die Tatwaffe erhalten, so haben Sie es mir zumindest geschildert.«

»Das Messer?«

»Ja, das Springmesser.«

»Aber ich habe es ihm freiwillig abgekauft«, entgegnete ich überrascht.

»Der Besitz von Waffen ist verboten«, erklärte der Fuchs. »Das wusste Blomberg mit Sicherheit. Dass er damit Minderjährige in Versuchung führte, ist besonders verwerflich.«

Verführen hatte einen perversen Beigeschmack, aber ich wusste, was der Fuchs meinte. Dennoch teilte ich seine Meinung nicht. Wenn Dr. Wagner behauptet, ich hätte eine Wahrnehmungsstörung, was würde er erst über den Fuchs sagen? Für mich klang die Erklärung des Fuchses verdächtig nach Ausrede. Er hingegen nannte es eine Verteidigungsstrategie.

Als hätte er gespürt, dass ich an ihn denke, blickt der Fuchs in meine Richtung. Nur kurz. Nicht um zu sehen, wie es mir geht, sondern um sicherzustellen, dass ich seine Anweisungen befolge. Vor der Verhandlung hat er mir eingeschärft, wie ich mich zu verhalten habe. Ich solle aufrecht sitzen, die Hände auf den Tisch legen, so dass sie gut sichtbar seien, und den Gerichtspräsidenten anschauen, wenn er spricht. Auf meinem Gesicht solle sich Interesse und Reue spiegeln. Das mache sich gut.

Einfacher gesagt als getan. Die drei Richter starren mich schweigend an, genauso die Zuschauer und die Journalisten. Sie haben genug über meine Person gehört. Sie wissen, wer ich bin: Sebastian Bischof. 20 Jahre alt. Schreinerlehrling. Immer noch Jungfrau (das wissen sie hoffentlich nicht). Seit knapp zwei Jahren in einem Maßnahmenzentrum untergebracht. Davor im Knast. Auf der Beobachtungsstation. Auf Abwegen.

Jetzt wollen sie hören, was ich getan habe. Ich sehe es ihnen an. Sie gieren richtig danach. Riechen Blut. Ich hatte fast vergessen, wie es ist, begafft zu werden. Das ist das Gute am Maßnahmenzentrum. Ich falle nicht auf. Dort sind wir alle Freaks. Jeder auf seine eigene Art und Weise. Dr. Wagners Standardfrage kommt mir in den Sinn: »Wie fühlen Sie sich?« Klingt simpel. Aber mir fällt es nicht immer leicht, die Wahrheit zu erkennen, schon gar nicht, sie auszusprechen. Deshalb üben wir das andauernd. Stumm bewege ich die Lippen.

Ich
fühle
mich
scheiße.

6

»Als Waffen gelten: (...) Messer, deren Klinge mit einem einhändig bedienbaren automatischen Mechanismus ausgefahren werden kann, Schmetterlingsmesser, Wurfmesser und Dolche mit symmetrischer Klinge (...)«
Art. 4 Abs. 1 Bundesgesetz über Waffen, Waffenzubehör und Munition (WG)

Mit dem Springmesser in der Hosentasche habe ich mich gut gefühlt. Richtig gut. Es zu beschaffen, war nicht einfach gewesen. Ich hatte alles versucht, bin sogar in ein Messergeschäft spaziert und habe behauptet, ich sei volljährig. Dass ich 18 Jahre alt war, nahmen sie mir nicht ab. Im nachhinein stellte sich heraus, dass sie gar keine Springmesser verkauften. Als ich nicht mehr weiter wusste, rief ich Goran an und verlangte Noahs Nummer. Gorans Nummer hatte ich von Mike. Er hatte sie mir eines Abends ohne Grund geschickt. Einfach damit er etwas zu tun hatte.

Goran wollte Noahs Nummer nicht herausrücken. Aber er versprach, ihm auszurichten, dass ich ihn suche. Ich war überrascht, dass Noah schon am nächsten Tag anrief. Als ich erklärte, worum es ging, schnitt er mir das Wort ab.

»Geschäfte regelt man nicht übers Handy«, sagte er. »Samstag um 22 Uhr im ›Roxanne‹.« Ohne ein weiteres Wort legte er auf.

Ich war noch nie im »Roxanne« gewesen. Ich fragte mich, wie ich es schaffen sollte hineinzukommen. Ich verbrachte den halben Abend vor dem Spiegel, stellte mein Haar mit Gel auf, probierte verschiedene Klamotten an. In allen sah ich wie sechzehn aus. Kein Wunder, schließlich war ich sechzehn.

Meine Mutter zog erstaunt die Augenbrauen hoch, als sie mich sah. »Nanu, du hast dich aber herausgeputzt!« Sie zwinkerte. »Wann stellst du sie mir vor?«

»Was?«

»Wann darf ich sie kennenlernen?«

»Wen?«

Sie rollte die Augen. »Dein Mädchen!«

»Es gibt kein Mädchen«, murmelte ich, während ich mir die Turnschuhe zuschnürte.

Sie wechselte in den Berufsmodus. »Du willst nicht darüber sprechen. Das verstehe ich. Wenn du Fragen hast, dein Vater und ich sind immer für dich da. Das weißt du, oder?«

Ich zog mir eine Kapuzenjacke über.

»Sebastian?«

»Ja, ist gut«, wimmelte ich sie ab.

Was erwartete sie von mir? Dass ich sie fragte, wie ich ein Mädchen kriegte? Mit Mikes Verschwinden waren meine Chancen ziemlich gesunken. Ich besuchte inzwischen das zehnte Schuljahr an einer Berufswahlschule. In meiner Klasse gab es gerade mal drei Mädchen. Keine war besonders scharf. Sheila trug ein Kopftuch, Simona Kämpferstiefel und ein mit Eiter verklebtes Nasenpiercing, Dragica eine Jeans, die so eng war, dass ihr Bauch wie Hefeteig darüberquoll. Ich hätte das Kopftuch, den Eiter und sogar die Speckschwarte in Kauf genommen, doch alle drei wollten nichts von mir wissen. Schlimmer noch: Sie nahmen mich gar nicht wahr.

Ganz anders der Typ am Eingang des »Roxanne«. Als ich mich an ihm vorbeischleichen wollte, packte er mich am Arm.

»Kein Einlass unter achtzehn«, sagte er mit monotoner Stimme.

Ich richtete mich auf. Immerhin war ich 1.79 Meter groß. »Ich bin achtzehn«, erwiderte ich locker.

»Ausweis?«

»Hab ich vergessen.«

Der Typ schüttelte den Kopf. »Geh nach Hause, Kleiner.«

Die Art, wie er es sagte, jagte meinen Puls in die Höhe. Am liebsten hätte ich ihm gezeigt, wo er sich seinen Ausweis hinschieben konnte. In diesem Moment tauchte jedoch Noah in der Tür auf.

»Er gehört zu mir«, sagte er beschwichtigend.

»Du kennst die Regeln«, sagte der Türsteher.

»Easy.« Noah klopfte ihm auf die Schulter, nahm mich am Oberarm und ging mit mir um die Ecke. Nachdenklich schüttelte er den Kopf und kramte eine Packung Zigaretten hervor. Er bot mir keine an.

»Also«, sagte er. »Was genau willst du? Ein Messer?«

»Ein Springmesser«, platzte ich heraus.

Wenn er überrascht war, so ließ er es sich nicht anmerken. Langsam ließ er den Zigarettenrauch entweichen. Als ich schon glaubte, er habe mich nicht verstanden, fragte er, ob ich genaue Vorstellungen hätte.

»Smith & Wesson, Military Police«, ratterte ich herunter.

Er grinste und zog seines hervor. »Du meinst dieses hier?«

Beim Anblick des Messers juckte es mich in den Fingern. Ich wollte den Gummi auf der Handfläche spüren. Den Auslöser mit dem Daumen betätigen. Die Klinge aufblitzen sehen. Ich wollte wissen, wie schwer sich 116 Gramm anfühlten, wie groß die Beule in meiner Hosentasche war, wenn ich das Messer darin verschwinden ließ.

Ich wollte es haben.

»Wie viel kannst du zahlen?«, fragte er.

Ich zuckte die Schultern. »Einen Fünfziger?«

»Vergiss es. Mindestens einen Lappen.«

»Sechzig?«, feilschte ich.

Noahs Augen wurden schmal. »Neunzig.«

»Siebzig und dafür organisierst du mir einen Ausweis, auf dem steht, dass ich achtzehn bin.«

Noahs Mundwinkel zuckten. »Bin ich ein Gemischtwarenladen oder was?«

»Achtzig und einen Ausweis.«

Er hob die Hand und schlug ein. »Deal. Aber der Ausweis kostet zusätzlich.«

»Wie viel?«

»Zweihundert.«

Ich nickte, völlig überrumpelt. Ich hatte nicht damit gerechnet, dass es so einfach wäre. Als er mir das Messer zuwarf, hätte ich es fast fallenlassen.

»Ich habe das Geld aber nicht dabei«, stotterte ich.

»Kannst du mitbringen, wenn du den Ausweis holst. Hast du ein Foto?«

Ich schüttelte den Kopf. Wir vereinbarten, dass ich ihm eines mailen würde. Den Ausweis herzustellen, würde etwa eine Woche dauern. Er machte es nicht selber, hatte jedoch einen Kollegen, der jede Fälschung problemlos hinkriegte. Bevor er ins »Roxanne« zurückkehrte, drehte er sich noch einmal um.

»Ich mag es nicht, übers Ohr gehauen zu werden. Verstehen wir uns?«

»Alles klar.«

Er deutete auf das Messer in meiner Hand. »Würde ich nicht so offen zeigen. Sonst bist du es ziemlich bald los.«

Dann war er weg. Rasch ließ ich das Springmesser in die Hosentasche gleiten. Ich spürte, wie es gegen meine Lende drückte. Ein irre gutes Gefühl. Zum ersten Mal vermisste ich Mike. Ich hätte es ihm gerne gezeigt. Ich überlegte, bei wem ich sonst vorbeischauen könnte, mir fiel aber niemand ein, also ging ich zum Bahnhof. Eine Weile hing ich beim McDonald's herum, dort war aber nicht viel los. Die Bänke draußen waren mit einer Frostschicht überzogen, niemand setzte sich hin. Ich kaufte mir einen Cheeseburger und ging damit in die EinkaufSpaßage unterhalb des Hauptbahnhofs. Als ich die Marktstände sah, kam mir in den Sinn, dass bald Weihnachten war. Jedes Jahr wurden im Hauptbahnhof während der Adventszeit Dutzende von Holzhäuschen aufgestellt, an denen Weihnachtskram und Glühwein verkauft wurden. Ein Becher Glühwein wäre genau das Richtige gewesen, doch um diese Zeit waren die Stände geschlossen.

Ich lehnte mich gegen eine der hölzernen Buden und aß den Burger. Dort, wo das Messer gegen mein Bein drückte, fühlte sich die Haut heiß an. Ich fragte mich, wie scharf die Klinge war. Obwohl am Bahnhof überall Polizisten lauerten, nahm ich das Messer hervor. Mit einer Hand stopfte ich mir den letzten

Bissen Burger in den Mund, mit der anderen ließ ich die Klinge herausspringen. Vorsichtig fuhr ich mit der Fingerspitze darüber und zuckte zusammen, als eine feine rote Linie erschien. Kaum zu fassen! Fasziniert wandte ich mich dem Marktstand zu. Im Nu hatte ich eine Kerbe ins Holz geritzt. Ich versuchte es mit einem »S«. Die Kurven gelangen nicht so gut. Ich setzte zu einem »B« an, da hörte ich Stimmen. Rasch klappte ich das Messer zu und ließ es verschwinden.

Zwei Typen bogen um die Ecke. Dass sie Streber waren, erkannte ich von Weitem. Daran änderten auch die Bierdosen nichts, die sie in der Hand hielten. Einer trug Camelboots und eine rot-schwarz karierte Holzfällerjacke, der andere Turnschuhe, die seit zwei Jahren out waren. Sie gingen bestimmt aufs Gymnasium. Obwohl sie etwa ein Jahr älter waren als ich, wirkten sie nicht besonders stark. Und bestimmt hatte keiner ein Springmesser in der Tasche.

Langsam löste ich mich von der Wand. Der Blick des Holzfällers streifte mich kurz. Offenbar hielt er mich für einen Niemand, denn er schaute gleich wieder weg. Als ich einen Schritt auf ihn zuging, drehte er den Kopf erneut in meine Richtung. Ich berührte das Messer. Ich spürte förmlich, wie die Wärme meinen Arm hinaufkroch. Der Holzfäller flüsterte seinem Freund etwas ins Ohr. Ein unsicherer Ausdruck huschte über das runde Gesicht. Er hatte Schiss! Dabei hatte ich das Messer nicht einmal gezückt!

Ich ging einen weiteren Schritt auf die beiden zu, da drehten sie sich um und eilten mit gesenktem Blick davon. Ein Lachen stieg in mir auf. Ich stand da, mitten in der EinkaufSpaßage, und es fühlte sich an, als gehöre alles mir. Die Stände, der Boden unter meinen Füßen, die Luft, die ich einatmete. Wahnsinn! Ich bereute nur, den Strebern das Bier nicht abgeknöpft zu haben. Sie hatten sich längst aus dem Staub gemacht. Unschlüssig sah ich mich um. Ohne den gefälschten Ausweis würde ich nirgends Alkohol bekommen. Die Nummer mit der Schokoladenmousse konnte ich nicht abziehen, da der Supermarkt geschlossen hatte.

Kurz erwog ich, es trotzdem im Spirituosenladen zu versuchen. Ich entschied mich dagegen. Meine Eltern erwarteten mich vor Mitternacht. Mit dem neuen Messer in der Tasche wollte ich keinen Ärger. Im nachhinein kann ich nur den Kopf schütteln. Hatte ich befürchtet, sie würden mich filzen? Dazu waren sie viel zu naiv. Das merkte ich später, als ich begann, ihnen Lügen aufzutischen. Egal, wie unwahrscheinlich meine Geschichte war, sie glaubten sie immer.

Das zehnte Schuljahr war zur Hälfte um, noch immer hatte ich keine Lehrstelle gefunden. Ich hatte mich als Kaufmann, Informatiker, Hochbauzeichner und Polygraf beworben. Meine Mutter las jede Bewerbung durch, korrigierte sie und meinte stolz, sie sei toll. Das Problem war, dass ich meine Zeugnisse beilegen musste. Und das Resultat des Multichecks. Das ist ein Eignungstest, der Logik, Arbeitsgeschwindigkeit, Wissen und vernetztes Denken prüft. Ich schnitt nicht besonders gut ab. Dies, obwohl meine Mutter mir zur Vorbereitung einen Intelligenztest mitgebracht hatte. Sie behauptete, der Eignungstest sei nach dem gleichen Prinzip aufgebaut. Im Intelligenztest gab es zum Beispiel eine Aufgabe mit jeweils zwei Bildern, die fast gleich aussahen. Ich musste so schnell wie möglich die Unterschiede finden. Manchmal trug die Figur nur auf einem der Bilder eine Brille, oder die Mundwinkel zeigten nach oben statt nach unten. Damit hatte ich keine Mühe, ich schnitt sogar ziemlich gut ab. Doch beim Multicheck fehlte ausgerechnet diese Aufgabe. Stattdessen musste ich Zahlenreihen weiterführen. Rechnen konnte ich noch nie gut. Das liegt daran, dass mich mein Mathelehrer vom ersten Schultag an nicht mochte. Warum, weiß ich bis heute nicht. Er gab mir schwierigere Aufgaben als den andern Schülern und bewertete meine Prüfungen strenger. Dr. Wagner glaubt mir nicht. Aber ausnahmsweise täuscht er sich. Sogar meine Mutter ist meiner Meinung.

Auf der Berufsberatung haben sie mir geraten, einen Beruf zu wählen, der nicht zu hohe Anforderungen stellt. Die Beraterin hat es nicht so ausgedrückt. »Besinnen Sie sich auf Ihre

Stärken«, riet sie. Als ich fragte, welches meine Stärken seien, schlug sie einen Eignungstest vor. Dieser ergab, dass Detailhandelsfachmann gut zu mir passen würde. Anscheinend war ich »wortgewandt« und »kundenorientiert«.

Mein Vater wollte nichts davon wissen.

»Verkäufer?«, schnaubte er. »Willst du dir für einen Hungerlohn die Beine in den Bauch stehen? Dir wird nach einer Woche langweilig.«

»Es gibt verschiedene Branchen«, erklärte ich. »In einem Elektronikgeschäft zu arbeiten, wäre vielleicht cool. Oder in einem Musikgeschäft. Die Berufsberaterin meint, ich hätte Talent für so etwas. Weil ich mich gut ausdrücken kann.«

»Natürlich kannst du das, im Vergleich zu anderen Verkäufern. Es sind ja alles Ausländer!«

»Trotzdem.«

»Als Verkäufer machst du nichts anderes, als den Kunden in den Arsch kriechen.«

Ob das schlimmer ist, als ihnen im Mund herumzustochern, fragte ich mich. Doch ich sagte nichts. Wenn mein Vater sich eine Meinung gebildet hatte, war es nahezu unmöglich, ihn umzustimmen. Besonders deutlich wurde das jeweils in den Ferien. Einmal machten wir eine Rundreise in den USA. Wir waren mit einem Mietauto in der Wüste unterwegs, und alles sah gleich aus: sandig. Mein Vater bog in eine nicht beschilderte SeitenStraße ein. Meine Mutter protestierte und behauptete, es sei der falsche Weg. Sie holte sogar die Karte hervor und zeigte, wo wir uns befanden.

»Die Abzweigung führt nirgendwohin«, erklärte sie.

»Es ist eine Abkürzung«, behauptete mein Vater.

»Ich bin anderer Meinung. Die Straße endet in einer Sackgasse.« Erneut fuhr meine Mutter mit dem Finger dem Strich auf der Karte entlang.

»Ich weiß, was ich tue«, widersprach mein Vater gereizt.

»Ich stelle deine Kompetenz nicht infrage, Paul. Du bist müde, den ganzen Tag zu fahren, ist anstrengend. Lass uns auf die Hauptstraße zurückkehren.«

So ging das eine ganze Weile hin und her. Mich kümmerte es nicht, denn ich war damit beschäftigt, Pokémon-Kämpfe auf dem Gameboy auszutragen. Ich bekam nur mit, dass wir irgendwann wendeten. Im Rückspiegel sah ich, wie Vater den Kiefer zusammenpresste. Meine Mutter schwieg, bis wir im Hotel ankamen. Am Abend versuchte sie, mit meinem Vater über den Vorfall zu reden. Er ignorierte sie und schlug vor, bowlen zu gehen. Meine Mutter willigte ein. Später erklärte sie mir, ein vorübergehender Rückzug sei manchmal sinnvoller, als auf seinem Standpunkt zu beharren.

Trotzdem versuchte ich, meinen Vater davon zu überzeugen, dass Detailhandelsfachmann der richtige Beruf für mich sei. Das Resultat: Er wurde selbst aktiv. Eine Woche später kam er mit der Neuigkeit nach Hause, er habe mir eine Schnupperlehrstelle organisiert. Bei einem Zahntechniker.

»Im Labor?«, fragte ich mit wenig Begeisterung. »Was macht man dort?«

»Ein Zahntechniker stellt zum Beispiel Kronen, Brücken, Prothesen und natürlich Zahnspangen her. Er bekommt von mir den Abdruck des Patientengebisses und macht daraus ein Gipsmodell. Ein höchst anspruchsvoller Beruf! Vielleicht nicht geistig, aber du brauchst geschickte Hände und ein gutes Vorstellungsvermögen.«

In meinem Zimmer rief ich die Seite der Berufsberatung auf. Geschickte Hände gehörten tatsächlich zu den Anforderungen eines Zahntechnikers. Ich las aber auch, dass man einen guten Schulabschluss sowie super Leistungen in Physik und Chemie benötigte. Ich seufzte. Dann sah ich etwas, das meine Stimmung hob.

»Ein Zahntechniker muss Farben gut erkennen!«, teilte ich meinem Vater mit. Er sah aus wie ein Fragezeichen. Er vergisst immer, dass ich unter einer Farbsehschwäche leide. Ich bin nicht direkt farbenblind, doch etwa die Hälfte der Farben kann ich nicht unterscheiden. Von einem Zahntechniker wird verlangt, dass er die kleinsten Nuancen erkennt. Schließlich muss ein Stiftzahn gleich aussehen wie die anderen Zähne. Plötzlich begriff mein Vater. Ich sah, wie sich Enttäuschung auf seinem Gesicht breitmachte.

Damit war das Thema erledigt. Zumindest für den Moment. Mein Vater mischte sich nicht mehr in meine Berufswahl ein. Ich glaubte, dass damit alle Schwierigkeiten aus dem Weg geräumt waren. Doch sie begannen erst.

7

»Wer jemandem eine fremde bewegliche Sache zur Aneignung wegnimmt, um sich oder einen andern damit unrechtmäßig zu bereichern, wird mit Freiheitsstrafe bis zu fünf Jahren oder Geldstrafe bestraft.«
Art. 139 Abs. 1 Schweizerisches Strafgesetzbuch (StGB)

Ich war nicht der Einzige, der Detailhandelsfachmann werden wollte. Als ich zum ersten Bewerbungsgespräch eingeladen wurde, glaubte ich, ich hätte die Lehrstelle auf sicher. Meine Bewerbung hatte dem Personalchef gefallen, nun wollte er mich persönlich kennenlernen. Dann erfuhr ich, dass noch vier weitere Bewerber im Rennen waren. Jeder musste drei Tage im Geschäft schnuppern. Danach würde der Personalchef seine Entscheidung treffen.

Meine Mutter fuhr mich am ersten Morgen hin. »Damit Herr Schwarzmann sieht, dass du aus einer intakten Familie stammst«, erklärte sie mir.

»Wozu soll das gut sein?«, fragte ich.

»Für einen Lehrmeister ist es beruhigend zu wissen, dass er auf Unterstützung zählen kann, wenn es Schwierigkeiten gibt.«

Ich fragte mich, mit welchen Schwierigkeiten sie rechnete. So, wie sie mich beim Abschied an sich drückte, hätte man meinen können, ich ginge als Stuntman schnuppern. Sie gab mir jede Menge Ratschläge mit auf den Weg. Ihre Lippen bewegten sich sogar noch, nachdem ich die Autotür hinter mir zugeschlagen hatte. Ich schaute nicht zurück. Fehlte nur, dass sie mir winkte. Stattdessen ging ich mit gemischten Gefühlen auf den Eingang des Geschäfts zu. Der Discounter bot alles an von PCs über Fernseher bis hin zu HiFi-Anlagen. Vielleicht würde ich Prozente kriegen, wenn ich dort arbeitete.

Meine Mutter hätte sich die Mühe sparen können, mich herzufahren. Herr Schwarzmann war an diesem Tag gar nicht im Büro. Der Leiter der Computerabteilung nahm mich in Empfang. Herr Almeda stellte mich einem mageren Zweitjahrlehrling vor, der mit »Kevin« angeschrieben war. Ich bekam einen roten Kittel und meinen ersten Auftrag: neue Ware auspacken und in die Regale füllen. Zu Beginn fand ich es ganz okay. Doch nach zwei Stunden brauchte ich eine Pause. Ich ließ eine halbvolle Schachtel Kabel stehen und machte mich auf die Suche nach Kevin. Vielleicht konnte er mir sagen, ob es irgendwo etwas zu trinken gab. Ich fand ihn nicht. Ich spähte in jeden Gang, ging zur Kasse und sogar zum Kundendienst. Kein Kevin.

Aber ich sah den Abteilungsleiter, der einer Kundin ein PC-Spiel erklärte. Der Hülle nach zu urteilen, handelte es sich um »Adventure Collection«, eine Sammlung ziemlich langweiliger Games. Neugierig trat ich einen Schritt näher. Herr Almeda runzelte irritiert die Stirn.

»Und Sie denken, mein Enkel wird sich über das Spiel freuen?«, fragte die Kundin.

»Er wird am Bildschirm kleben!«, gurrte Herr Almeda.

Ich beugte mich vor, um die Hülle besser sehen zu können. Tatsächlich, »Adventure Collection 5«. Auf der CD waren drei verschiedene Spiele, zwei davon totale Langweiler. »Runaway« ging halbwegs, weil die Hauptfigur Brian, die von der Mafia gejagt wird, die Stripteasetänzerin Gina trifft. Viel passiert zwischen ihnen aber nicht, das Spiel ist schließlich ab 12 Jahren.

»Wie alt ist Ihr Enkel?«, fragte ich.

»Er wird übermorgen achtzehn«, antwortete die Kundin. »Das Spiel soll ein Geburtstagsgeschenk sein.«

»Bist du fertig mit Einräumen?«, fragte mich Herr Almeda.

»Ich mache gleich weiter«, antwortete ich und deutete aufs Spiel. »›Adventure Collection‹ ist etwas für Kinder. Zeigen Sie ihr doch ›Call of Duty‹ oder ›Red Orchestra‹, die sind echt cool.«

Herr Almeda kehrte mir den Rücken zu. Gleichzeitig redete er mit einer Stimme, die wie ein gurgelnder Bach klang, auf die Kundin ein und versuchte, ihr »Adventure Collection« anzudrehen.

Die Kundin nickte, sah dann aber mich an. »Was ist das für ein Orchester, das Sie vorhin erwähnt haben? Ein Musikspiel?«

Ich verzog keine Miene, darauf war ich echt stolz. »›Red Orchestra‹ ist ein Actiongame. Soeben ist die zweite Version erschienen, ›Heroes of Stalingrad‹. Schauplatz ist die Schlacht von Stalingrad im Zweiten Weltkrieg. Sie wird absolut echt nachgebildet. Man wählt, ob man Russe oder Deutscher sein will und zieht in den Kampf. Für die Online-Partien braucht man natürlich eine Internetverbindung, aber man kann auch alleine spielen. Die Grafik ist super, noch besser wird Ihrem Enkel aber der Sound gefallen. So etwas hat er bestimmt noch nie gehört.«

Die Kundin musterte mich skeptisch. »Ich halte nicht viel von Kriegsspielen.«

Genau wie meine Mutter. Egal, wie oft ich ihr erkläre, dass man in »Red Orchestra« auch lerne, wie sich ein Soldat in einem blutigen Gefecht fühlt, sie ist komplett dagegen. Dabei ist die Gemütsverfassung eines Kämpfers für den Verlauf der Schlacht wichtig, man muss sich also in die Figur hineinversetzen, um nicht zu verlieren. Normalerweise hält meine Mutter viel von Empathie. Aus irgendeinem Grund ziehen meine Argumente aber nicht. Deshalb wusste ich, dass ich auch die Meinung der Kundin nicht würde ändern können.

»Wie wäre es mit ›Elder Scrolls‹ oder ›Herr der Ringe‹? Das sind Fantasy-Spiele«, schlug ich vor.

»Herr der Ringe?«, wiederholte sie erfreut. »Das Buch ist ein Klassiker.«

Das Buch kannte ich nicht, aber das Game. Ich erwähnte nicht, dass die Schlachten nicht ganz ohne waren. Mein Argument, die Spieler müssten zusammenarbeiten, um zu überleben, überzeugte sie. Zufrieden kehrte ich zu meiner Schachtel Kabel zurück. Der Enkel wusste es vielleicht nicht, doch ich hatte ihm soeben einen Gefallen getan. Dass ich damit gleichzeitig meine Chance auf die Lehrstelle verspielt hatte, war mir hingegen nicht klar. Ich packte Kabel aus und dachte mir nichts dabei, als Herr Almeda plötzlich neben mir stand. Ziemlich sauer verbot er mir jeden weiteren Kundenkontakt. Ich wollte wissen warum, doch er gab mir keine Antwort. Überhaupt sprach er kaum mehr mit mir. Beim Abschlussgespräch drei Tage später erklärte Herr Schwarzmann, Herr Almedas Rückmeldung sei schlecht ausgefallen. Offenbar könne ich mich nicht in ein Team einfügen.

Ich saß da, als hätte mir jemand gesagt, ich könne eine DVD nicht von einem Kabel unterscheiden. Ich hatte immer genau gemacht, was mir Kevin aufgetragen hatte. Obwohl ich hauptsächlich Schachteln auspacken und Regale abstauben musste, hatte ich nie geklagt. Ich hatte sogar die Klappe gehalten, als mir Kevin seine Arbeit zuschob, damit er früher Pause machen konnte. Ich begriff nicht, was schiefgelaufen war.

Dr. Wagner meinte, Herr Almeda habe sich durch mich bloßgestellt gefühlt. Ich hätte der Kundin zu verstehen gegeben, sie werde von ihm schlecht beraten. Was auch stimmte. Ich hatte eindeutig mehr Ahnung von Games als Herr Almeda. Das zahlte er mir heim, indem er mich beim Personalchef schlechtmachte. Meine Worte, nicht Dr. Wagners. Aber darauf lief es hinaus. Ich wusste damals zwar nicht, was Sache war, doch ich zweifelte keinen Augenblick daran, dass die Absage ungerechtfertigt war.

»Gut möglich, dass sie unfair war«, meinte Dr. Wagner, als ich ihm davon erzählte. »Dennoch müssen Sie lernen, mit Enttäuschungen umzugehen. Sie lassen sich nicht vermeiden.«

»Aber es war nicht meine Schuld!«

»Die Schuldfrage steht nicht im Raum.«

»Was kann ich dafür, dass der Scheißkerl keinen blassen Schimmer von Games hat?«

Dr. Wagner sah mich ruhig an. »Nichts, aber Sie sind verantwortlich für Ihr Verhalten nach der Absage.«

Ich wollte widersprechen, doch wie meistens hatte Dr. Wagner recht. Hätte ich andere Entscheidungen getroffen, stünde ich heute nicht vor Gericht. Das Problem war, dass ich nie merkte, wann ich Entscheidungen traf. Im nachhinein erkenne ich, dass ich an vielen Kreuzungen vorbeigekommen bin. Ich sah aber immer nur den Weg, auf dem ich mich gerade befand.

Ich hatte nicht geplant, mich zu rächen. Es passierte einfach. Ich hatte keine Lust mehr, Bewerbungen zu schreiben. Statt nach Hause zu gehen, hing ich deshalb nach der Schule in der Stadt ab, trank Bier (Alkohol bekam ich problemlos mit dem neuen Ausweis) und dachte an nichts. Ich streifte herum, ziellos, gelangweilt. Da stieß ich auf eine Filiale des Discounters, in dem ich geschnuppert hatte. In der Stadt gibt es eine ganze Menge davon. Auf einmal stieg eine riesige Wut in mir auf. Ohne es zu wollen, betrat ich das Geschäft. Ich betrachtete die Angestellten mit ganz anderen Augen. Ihre roten Kittel verhöhnten mich.

In meiner Hosentasche spürte ich das Messer. Einer der Rotkittel fragte schleimig, ob er mir behilflich sein könne. Ich stellte mir vor, wie sich sein Gesichtsausdruck verändern würde, wenn ich ihm das Messer unter die krumme Nase hielte. Würde er die Augen aufreissen? Schreien? Oder erstarren? Vielleicht fiele er in Ohnmacht! Die Vorstellung brachte mich zum Lachen.

Trotzdem tat ich es nicht. Frag mich nicht warum. Wie gesagt, ich traf keine bewussten Entscheidungen. Stattdessen ging ich in die Elektronikabteilung. Dort musterte ich das Computerzubehör, das ordentlich an Ständern hing. Ohne nachzudenken, griff ich nach einem Bluetooth-Headset und ließ es in meiner Jacke verschwinden. Es war nicht so, dass ich das Headset brauchte. Und wenn doch, hätte ich es mir auch kaufen können. Kohle hatte ich genug, meine Eltern knauserten nicht mit Taschengeld. Ich fand einfach, das Geschäft schulde mir etwas. Ein Bluetooth-Headset war kein Ersatz für eine Lehrstelle, aber immerhin.

Ich überlegte, was ich sonst noch einstecken könnte, als plötzlich eine Frau auf mich zukam. Ich hatte sie vorher nicht bemerkt. Sie sah etwa so auffällig aus wie eine Wolke an einem Nebeltag. Als sie mich bat mitzukommen, dämmerte mir, dass sie mich beobachtet hatte. Es stellte sich heraus, dass sie als Ladendetektivin für den Discounter arbeitete.

»Bitte öffnen Sie Ihre Jacke«, befahl sie.

»Warum?«

Sie griff nach dem Telefonhörer. Kurz darauf erschien der Boss. Ich erwog, mich dumm zu stellen, doch da waren zwei gegen einen. Wenn sie mich durchsuchten, fänden sie mein Springmesser. Rasch legte ich das Headset auf den Tisch. Warum ich es genommen hatte, interessierte weder den Boss noch die Detektivin.

Mein Vater rastete aus, als er von der Sache erfuhr. Ob er nicht immer großzügig gewesen sei, wollte er wissen. Ob es mir je an etwas gemangelt habe? Ob ich mir die Zukunft endgültig versauen wolle? Womit er das verdient habe? Und so weiter. Wenn er wütend wird, pulsiert eine Ader an seiner Schläfe. Es sieht aus, als würde sie hecheln.

Meine Mutter versuchte, ihn zu besänftigen. Der Diebstahl sei ein Hilfeschrei, erklärte sie. Ich hätte es nicht böse gemeint. Ich würde mich bloß ohnmächtig fühlen, weil ich eine Absage erhalten hätte. Meine Mutter wird nie wütend. Sie redet. Deshalb fuhr sie gleich am nächsten Tag in den Discounter. Sie muss überzeugend aufgetreten sein, denn der Boss zog die Anzeige zurück. Bei Diebstahl geht das. Bei vorsätzlicher Tötung nicht.

»Kommen wir zum Sachverhalt«, sagt der Richter.

Ein seltsamer Begriff. Es gibt einen eingestandenen Sachverhalt und einen bestrittenen Sachverhalt. Einen inneren Sachverhalt und einen äußeren Sachverhalt. Ein Sachverhalt wird erstellt, abgeklärt oder ist erwiesen. All das habe ich vom Fuchs gelernt.

Dass Sachverhalt ein beschönigendes Wort für Tat ist, hat mir hingegen Dr. Wagner beigebracht. Eine Tat kann brutal, blutig oder hinterlistig sein. Sie wird verleugnet, verherrlicht oder bagatellisiert. Man versucht, sie zu erklären oder zu entschuldigen.

Sie kann nie rückgängig gemacht werden.

»Herr Bischof, laut früheren Aussagen bestreiten Sie nicht, sich am 2. August gegen 22.50 Uhr mit Kevin Deutwyler am Bahnhof Küsnacht aufgehalten zu haben. Ist das richtig?«

Ich nicke.

»Bitte antworten Sie mit Ja oder Nein.«

»Ja.«

Wozu auch abstreiten? Kevin hat alles gestanden. Nicht nur das. Er hat mich verpetzt. Dabei hielt ich ihn für einen Kumpel – trotz des roten Kittels. Ich hatte nicht damit gerechnet, ihn nach meinen Schnuppertagen je wiederzusehen. Doch der Zufall wollte es anders.

Es war kurz nach den Frühlingsferien, drei Monate vor Ende meines letzten Schuljahrs. Ich saß am See und futterte Chips. Mein Leben hatte eine unerwartete Wende genommen: Ich hatte eine Lehrstelle als Koch. Ich verdankte sie einem Mädchen mit Pferdegebiss, dem mein Vater zu einem Hollywoodlächeln verholfen hatte. Der Stiefvater des Mädchens war zufälligerweise Direktor des Hotels Seerose. Er war so glücklich über die Verschönerung seiner Tochter, dass er meinem Vater jeden Gefallen getan hätte.

Ich war also ziemlich entspannt, auch wenn Koch nicht mein Traumberuf war. Hauptsache, die Lehrstellensuche hatte ein Ende. Plötzlich erfasste ein Windstoß die Tüte in meiner Hand und blies sie ins Wasser. Ein Schwan stürzte sich auf die Chips. Aus irgendeinem Grund fand ich das total komisch. Genau da kam Kevin vorbei. Ohne den roten Kittel hätte ich ihn fast nicht wiedererkannt. Er trug eine Lederjacke und Kopfhörer, die er von den Ohren schob, als er mich erkannte.

»Hey!« Er hob die Faust zum Gruß.

»Wo hast du deinen roten Kittel gelassen?«

»Hab Ferien.« Er ließ sich neben mich ins Gras fallen. »Und du?«

»Nehme mir frei.« Seit ich den Lehrvertrag hatte, schwänzte ich regelmäßig. Wozu noch die Schulbank drücken?

»Cool. Willst du ein Bier?« Aus einer Tüte holte er ein Sixpack. »Nicht kalt, aber kühl.«

Ich löste eine Dose aus der Verpackung. »Was hörst du?«

»Bushido.« Er reichte mir die Kopfhörer.

Ich schüttelte den Kopf. Wir quatschten eine Weile über Musik, die neusten Filme und Schwäne.

»Meinst du, sie mögen Bier?«, fragte ich.

»Mal schauen«, grinste Kevin.

Der Schwan wartete auf weitere Chips. Seine schwarzen Äuglein starrten uns gierig an. Kevin streckte die Hand mit der Bierdose aus, und sofort reckte der Schwan den Hals. Sein Schnabel klapperte, als er die Dose zu picken versuchte. Kevin drehte sie um und leerte das Bier über den Schwan. Augenblicklich zog sich dieser zurück und schüttelte den Kopf. Er wirkte verärgert, obwohl ich nicht genau sagen kann, woran man erkennt, dass ein Schwan verärgert ist. Wir kriegten uns fast nicht mehr ein vor Lachen. Der Schwan verzog sich.

Kevin zuckte die Schultern. »Sein Problem, wenn er lieber Seewasser als Bier säuft.«

»Schnecken mögen Bier«, sagte ich. »Meine Mutter killt sie, indem sie im Garten Köder aufstellt. Die Schnecken riechen das Bier, kriechen hinauf und fallen hinein. Dann ersaufen sie.«

»Bescheuert.«

Ein Spatz flog vorbei.

»Und Vögel?«

»Keine Ahnung.«

Wir versuchten eine Weile, Spatzen zu fangen, doch sie waren zu schnell. Als eine Frau mit einem Dalmatiner an der Leine vorbeispazierte, wechselten wir einen Blick. Kevin grinste. Wir packten unsere Sachen und folgten ihr. Leider ließ sie den Hund nie von der Leine. Nach einer Viertelstunde gaben wir auf und machten uns auf die Suche nach einem neuen Opfer. Wir fanden es unter einer Bank. Zu sehen waren nur eine Schnauze und ein gedrungener Hals. Die Augen des

Hundes waren geschlossen, die Leine, die an einem Nietenhalsband festgemacht war, lag in der Hand eines schlafenden Rockers.

»Wir brauchen ein Gefäß fürs Bier«, flüsterte Kevin.

Aus meinem Rucksack klaubte ich ein Sandwich. Ich riss die Verpackung auf und schmiss den Inhalt weg. Die Plastikschale war dicht. Sorgfältig füllte Kevin sie mit Bier. Hund und Herrchen pennten ahnungslos.

»Schleich dich langsam heran«, befahl Kevin.

»Wieso ich?«

»Mach schon!«

Ich wollte protestieren, befürchtete aber, den Hund zu wecken. Ich nahm all meinen Mut zusammen und ging vorsichtig auf ihn zu. Eines muss man dem Hund lassen. Dumm war er nicht. Er tat, als würde er nichts bemerken; als ich ihm aber die Schale vor die Schnauze stellte, flog er mir wie ein Stein aus einer Schleuder entgegen. Jetzt sah ich, dass es sich um einen Bullterrier handelte.

»Scheiße Mann, ein Kampfhund!«, schrie ich.

Ich wappnete mich gegen den zu erwartenden Schmerz. Ich war mir sicher, der Bullterrier würde mir den Arm, den Hals oder sonst was aufreissen. Doch mitten im Sprung hielt er inne. Es war, als habe jemand mitten im Film auf Pause gedrückt. Der Hund fiel mit einem Knurren zu Boden. Da sah ich, dass ihn die Leine zurückgehalten hatte. Beziehungsweise der Rocker am anderen Ende der Leine. Dieser schlief nicht mehr, sondern hievte seinen massigen Körper von der Bank und blickte erstaunt in unsere Richtung. Ich versuchte abzuschätzen, was größeren Schaden anrichten würde: die Fäuste des Rockers oder die Zähne des Hundes.

Schon zog ich den Kopf ein, da setzte der Rocker eine zerknirschte Miene auf.

»Hat Baby euch erschreckt?«, fragte er. »Sie ist völlig harmlos, hat bloß eine laute Klappe. Es ist euch doch nichts passiert, oder?«

Baby? Ich biss mir auf die Unterlippe, um nicht loszuprusten. Auch Kevin konnte sich kaum beherrschen. Trotzdem gelang es ihm, den Rocker zu beruhigen.

»Alles in Ordnung«, sagte er.

Der Rocker nickte erleichtert und kraulte den Hund hinter den Ohren. Wir hauten ab, bevor er das Bier entdeckte.

»Baby!«, keuchte Kevin, über den Kiesweg stolpernd. »Er nennt den Kampfhund Baby!«

»Fass, Baby!«, stimmte ich in den Spott ein. »Bring Papa das schöne Bein, braves Hündchen.«

Wir klopften den ganzen Weg Sprüche. In der Stadt angekommen, spendierte ich Kevin eine Wurst. Wir setzten uns auf eine niedrige Steinmauer und schauten dem Verkehr zu. Irgendwann sagte Kevin, er müsse los. Ich wäre gern mit ihm gegangen, egal wohin, aber er fragte mich nicht, ob ich mitkommen wolle. Nachdem er fort war, blieb ich eine Weile mit dem senfverschmierten Wachspapier in der Hand sitzen. Ich konnte mir nicht erklären, warum ich plötzlich so mies drauf war. Ich schaute in die Gesichter der Menschen, die an mir vorbeigingen, und dachte an die Ostereier, die meine Mutter jedes Jahr dem Werkheim im Dorf abkauft. Auf die gefärbten Eier malen die Behinderten Gesichter. Zum Teil sehen sie echt schräg aus. Sie zu zerschlagen und das Ei danach zu schälen, macht mir Spaß. Ich stellte mir vor, wie sich Risse in den Gesichtern der Menschen um mich herum bildeten. Wie ich die Köpfe gegeneinanderschlug, so dass die selbstzufriedenen Masken zersplitterten. Danach fühlte ich mich ein bisschen besser. Doch nur ein bisschen.

8

»Der Täter soll ›Experte‹ für sein persönliches Deliktverhalten werden. Er soll seinen ›Delikttteil‹, den Persönlichkeitsanteil, der bei der Deliktausübung Regie führt, sowie dessen Beweggründe möglichst genau kennenlernen.«
Therapiekonzept Forensische Abteilung Maßnahmenzentrum Uitikon

Richtig besser fühlte ich mich erst, nachdem ich eine Scheibe eingeschlagen hatte. Eigentlich wollte ich nicht nach Hause, doch ich hatte keine Ahnung, was ich in der Stadt noch tun könnte. Also stieg ich in die S-Bahn. Anschließend schleppte ich mich den Berg hinauf. Lustlos kickte ich einen Stein vor mir her. Ich kam an einem Riegel-Einfamilienhaus vorbei, dessen Bewohner ich nicht kannte. Hinter einer Hainbuchenhecke fiel mir ein geschlossenes Fenster auf. Die untergehende Sonne spiegelte sich in der Scheibe, als würde ein kitschiger Liebesfilm abgespielt. Ohne zu überlegen, hob ich den Stein auf und schleuderte ihn gegen das Spiegelbild der Sonne. Dass ich traf, überraschte mich. Dass die Scheibe in Brüche ging, noch mehr. Das Geräusch von zersplitterndem Glas zerriss die Stille. Kurz darauf folgte ein spitzer Schrei. Einen Augenblick stand ich wie gelähmt da, dann rannte ich davon. Leider wurde ich erkannt. Keine Ahnung, von wem. Noch am selben Abend klingelte es an unserer Haustür. Ich wurde ins Wohnzimmer zitiert, wo ich erfuhr, dass der Stein ein Mädchen an der Schulter getroffen hatte.

»Glücklicherweise ist Charlotte nur leicht verletzt«, sagte mein Vater streng. »Doch das hätte auch danebengehen können.«

Woher hätte ich wissen sollen, dass sich ein Mädchen im Raum befand?

Die Eltern des Mädchens nickten. »Charlotte hat großes Glück gehabt. Was hast du dir bloß dabei gedacht?«

»Nichts.«

»Nichts?«, wiederholte Charlottes Vater. »Ist das alles, was du zu sagen hast? Du hast grundlos einen Stein gegen die Scheibe geworfen?«

»Er wollte bestimmt nicht treffen«, kam mir meine Mutter zu Hilfe.

»Sebastian wird natürlich für den Schaden aufkommen«, schob mein Vater rasch nach.

»Eine Entschuldigung wäre uns lieber!«, meinte Charlottes Mutter.

Alle sahen mich an.

Mein Vater legte mir die Hand auf die Schulter. »Natürlich tut es ihm leid. Nicht wahr, Sebastian?«

»Ja«, murmelte ich.

Charlottes Eltern schienen mehr zu erwarten, doch ich wusste nicht, was ich hinzufügen sollte. Ich war froh, als sie gingen.

»Das muss aufhören!«, polterte mein Vater, kaum war die Tür zu. »Zuerst der Diebstahl, jetzt das! Was ist bloß mit dir los, Sebastian?«

Als ich nicht antwortete, fuhr er fort: »Dieses Mal wird dein Verhalten Konsequenzen haben. Du wirst nicht nur für den Schaden aufkommen, sondern einen Monat lang von der Schule direkt nach Hause kommen! Und dein Handy abgeben!«

»Paul«, sagte meine Mutter beschwichtigend. »Das war doch bloß ein Jungenstreich. Erinnerst du dich nicht mehr, wie du in dem Alter warst?«

»Ich habe jedenfalls keine Scheiben eingeschlagen!«

»Dafür hast du mit dem Auto deines Vaters eine Spritztour gemacht.« Sie lächelte, wenn auch etwas gequält. »Ohne Führerschein. Du hast noch Jahre später davon erzählt.«

»Diebstahl und Sachbeschädigung sind keine Streiche! Hör auf, Sebastian in Schutz zu nehmen. Was er braucht, ist eine starke Hand.«

»Was er wirklich braucht, ist ein bisschen mehr Verständnis. Vor allem von dir!«

»Bin ich etwa schuld daran, dass unser Sohn ein totaler Versager ist?«

Ich schlich davon. Sie merkten es nicht.

Später, als ich im Bett war, kam meine Mutter zu mir und wollte reden. Sie behauptete, mein Vater habe es nicht so gemeint. Er fühle sich lediglich hilflos. Sie setzte sich auf den Bettrand und strich mir über den Kopf, als wäre ich ein kleiner Junge. Statt mich zu trösten, entfachte das meine Wut erneut, die sich mit dem Klang des zerspringenden Glases vorübergehend gelegt hatte. Ich schob ihre Hand weg.

»Unsere Versicherung wird den Schaden übernehmen«, sagte sie. »Wir werden einfach behaupten, es sei ein Unfall gewesen. Das war es doch, oder?«

War es ein Unfall gewesen? Nein. Absicht? Auch nicht. Aber was dann? Ich konnte es nicht erklären. Ich wusste nur, dass es sich gut angefühlt hatte.

Es wurde sogar besser.

Wenige Tage später kam mir auf der Straße ein Mädchen mit Pferdeschwanz und Brille entgegen. Ich hätte es gar nicht bemerkt, wenn es sich nicht plötzlich so seltsam benommen hätte. Es zog den Kopf ein und drückte sich gegen ein parkiertes Auto, als wolle es damit verschmelzen. Ich blieb stehen. Das Mädchen schloss die Augen.

»Ist etwas?«, fragte ich gereizt.

»N-nein.«

»Was soll der Scheiß?«

Es machte sich noch kleiner.

»Wer bist du?«

Als immer noch keine Antwort kam, ging ich einen Schritt auf das Mädchen zu. »Raus mit der Sprache!«

»Charlotte.«

Mir ging ein Licht auf. Und dann noch eines. »Du warst es! Du hast mich verpetzt!«

Charlotte begann zu weinen. Sie musste mich beobachtet haben, als ich den Stein geworfen hatte. Statt zur Seite zu gehen, war sie einfach am Fenster stehengeblieben. Und nun gab man mir die Schuld an ihrer Verletzung. Was für ein hinterlistiges Biest! Kein Wunder, fürchtete sie sich vor mir.

»Wegen dir habe ich Hausarrest!«, knurrte ich. Das stimmte zwar nicht ganz – theoretisch durfte ich nicht weg, doch es war niemand da, der mich kontrollierte.

»Entschuldigung«, stotterte sie.

»Ist das alles, was du zu sagen hast?«, äffte ich ihre Eltern nach.

Charlotte heulte. Rotz lief ihr aus der Nase, doch sie wischte ihn nicht weg. Ihre Arme hingen an ihrer Seite herunter, als gehörten sie nicht zu ihr. Irgendwie wirkte sie so unschuldig. Das nervte mich gewaltig. Plötzlich kam mir eine Idee.

»Hast du ein Handy?«

Sie nickte.

»Gib es mir.«

Verstört blickte sie auf. Hinter den dicken Brillengläsern wirkten ihre Augen riesig.

»Her damit, habe ich gesagt!«

Zitternd kramte sie es hervor.

Ich steckte es ein. »Du sagst niemandem, dass du es nicht mehr hast, kapiert?«

Ihr Mund klappte auf.

»Ist das klar?«

Sie nickte.

Ich riss ihr die Brille von der Nase, warf sie auf den Boden und stampfte mit dem Fuß darauf herum. »Wenn du auch nur ein Sterbenswort darüber verlierst, wird es dir ergehen wie deiner Brille!«

Jetzt nickte sie heftig, als säße ihr Kopf auf einer Feder. Sie erinnerte mich an diese Figuren, die Autofahrer manchmal am Armaturenbrett befestigen. Während der Fahrt wackeln sie dauernd vor sich hin. Bevor ich weiterging, gab ich ihr zur Sicherheit noch einen Stoß. Sie machte keinen Mucks, als sie hinfiel.

»Wie haben Sie sich danach gefühlt?«, wollte Dr. Wagner wissen.

»Gut«, antwortete ich.

Er schlug die Beine übereinander. »Die Wut war weg.«

Es war keine Frage, sondern eine Feststellung. Zu Beginn unserer Sitzungen vermutete ich, Dr. Wagner habe ein Sprachproblem. Hat er aber nicht. Er macht oft eine Feststellung, die eigentlich eine Frage ist. Er verpackt in Worte, was ich fühle. Oder was er glaubt, dass ich fühle. Denn oft weiß ich es selbst nicht. Gefühle sind nicht so einfach zu beschreiben wie Ereignisse. Wut zum Beispiel ist nicht immer gleich. Manchmal überfällt sie mich wie ein Angreifer von hinten. Ich sehe sie nicht kommen, habe keine Chance, mich gegen sie zu wehren. Dann wieder schleicht sie sich langsam an, eine Nebelschwade, die mir um die Füße streicht, sich ausdehnt, meinen Körper einwickelt. Es kann aber auch sein, dass die Wut sich an mich hängt. Hast du schon mal eine Tasche getragen, die dir andauernd gegen das Bein schlägt? So ist sie auch, die Wut. Pochend, nervenzerreibend, beharrlich. Am schlimmsten finde ich es, wenn sie schwer wird.

»Ich möchte auf jenen Tag zurückkommen«, sagte Dr. Wagner. »Auf den Moment, in dem sich Kevin Deutwyler von Ihnen verabschiedet hat. Wie haben Sie sich gefühlt?«

»Scheiße.«

»Können Sie das ausformulieren?«

»Irgendwie … wütend.«

»Beschreiben Sie diese Wut.«

Ich starrte auf meine Handfläche, als fände ich dort die Worte. Das Gute an Dr. Wagner ist, dass er nie stresst. Ich konnte die helle Blase, die vom Halten der Blattsäge stammt, ewig betrachten. So lange, bis meine Gefühle in Form von Worten meine Zunge erreichten.

»Sie war schwer.«

»Schwer wie ein Gewicht oder zäh?«

»Mehr wie ein Gewicht. Als würde man aus dem Wasser steigen.«

Dr. Wagner sah mich ohne zu blinzeln an. »Könnte dieses Gefühl auch Trauer gewesen sein?«

»Trauer?«, wiederholte ich.

Dr. Wagner schwieg.

»Warum hätte ich traurig sein sollen?«, fragte ich.

»Vielleicht weil Sie sich einsam gefühlt haben.«

»Das ist bescheuert.«

»Waren Sie es?«

»Was?«

»Einsam.«

»Keine Ahnung, Mann!«

»Sie sind wütend.«

»Ich habe keine Lust mehr, über diesen Scheiß zu reden!«

Dr. Wagner lehnte sich zurück. Obwohl er schwieg, konnte ich die Gedanken, die er in Bewegung gesetzt hatte, nicht stoppen. Es war wie eine Dominoreihe. Fiel der erste Stein, kippte einer nach dem anderen. Ich erinnerte mich daran, wie es sich angefühlt hatte, Blitz als Freund zu haben. Klar hätte ich das gerne mit Kevin erlebt. Aber deswegen gleich traurig werden? Vielleicht war ich ein bisschen enttäuscht. Immerhin, hätte ja sein können, dass Kevin den Nachmittag auch cool fand und mich nach meiner Handynummer gefragt hätte. Hat er aber nicht.

Dr. Wagner faltete die Hände. »Trauer zu verleugnen, ist nachvollziehbar.«

»Warum?«

»Weil Trauer schmerzt. Und Schmerzen sind schwer auszuhalten. Einfacher ist es, ein Ventil für sie zu finden.«

»Was für ein Ventil?«

Er schaute mich ruhig an. Da begriff ich, was er meinte.

Wut.

Ich sah Kevin Deutwyler erst ein Jahr später wieder, erneut zufällig. Ich erkannte ihn zuerst gar nicht, weil ich zugedröhnt war. Aber mehr dazu später. Denn davor ist eine Menge passiert. So richtig geblieben ist mir aber vor allem etwas. Besser gesagt, jemand. Sie heißt Isabella da Moura Brandão. Und ihre Beine sind fast so lange wie ihr Name.

9

»Die Diskrepanz zwischen dem Wollen und Können eines jungen Delinquenten stellt eine spezifische Eigenheit dieser Altersgruppe dar. In der therapeutischen Arbeit ist diesem Umstand besondere Aufmerksamkeit zu schenken.«
Therapiekonzept Forensische Abteilung Maßnahmenzentrum Uitikon

Im August begann ich im Hotel Seerose eine Lehre als Koch. Zwar hatte ich vorher einige Tage geschnuppert, trotzdem war ich nicht darauf vorbereitet, wie anstrengend die Arbeit sein würde. Ich bin kein Weichei, aber den ganzen Tag Lebensmittel schleppen, Töpfe vom Herd hieven und gebrauchtes Arbeitsmaterial wegräumen, braucht ganz schön Energie. Hinzu kam, dass alles schnell gehen musste. Die Hände der Köche flogen über die Arbeitsfläche. Wenn sie Gemüse rüsteten, klangen ihre Messer wie Maschinengewehre. Dabei schnitten sie sich so gut wie nie. Im Gegensatz zu mir.

Schon am zweiten Tag verletzte ich mich am Daumen. Ich musste einen Berg Zwiebeln hacken, der einfach nicht kleiner wurde. Dass der Küchenchef ungeduldig darauf wartete, machte die Sache nicht einfacher. Wenn ich schnell schnitt, wurden die Stücke zu groß. Nahm ich mir Zeit, trommelte er nervös mit den Fingern neben dem Schneidebrett auf der Arbeitsfläche herum. Ich versuchte, mich zu konzentrieren, doch die Zwiebeln rutschten dauernd davon. Dazu tränten meine Augen, bis ich das Messer nur noch verschwommen sah. Als sich zwischen den Zwiebelstücken etwas Rotes ausbreitete, begriff ich nicht gleich, dass es mein Blut war. Erst als mir der Küchenchef kopfschüttelnd das Messer aus der Hand nahm, spürte ich den Schmerz.

»Die Pflaster sind da drüben«, sagte er und zeigte zur Toilette. »Ich mache hier weiter.«

Dann schmiss er meine Zwiebeln weg.

»Geh schon«, drängte er mich. »Bevor du alles volltropfst!«

Ich starrte immer noch auf die Zwiebeln. »Die meisten waren okay.«

»Wenn die Gäste Blutwurst wollen, bestellen sie welche«, sagte er. »Los!«

In der Toilette spülte ich meinen Daumen mit kaltem Wasser ab. Als ich die klaffende Wunde sah, wurde mir beinahe übel. Ich fragte mich, ob sie genäht werden musste. Verbandsmaterial fand ich keines, auf einem Regal über dem Waschbecken lag jedoch eine Schachtel Heftpflaster. Mit einer Hand versuchte ich, sie zu öffnen. Sie fiel herunter. Als ich mich bückte, um sie aufzuheben, wurde mir schwindlig. Fluchend setzte ich mich auf den Toilettendeckel. Das Blut rann mir über die Handfläche, rasch drehte ich das kalte Wasser auf und hielt meinen Daumen darunter. Allmählich ließ der Schwindel nach. Ich riss ein Stück WC-Papier von der Rolle und versuchte, meine Hand abzutrocknen, doch das Papier löste sich in Fetzen auf. Sie blieben auf der nassen Haut kleben.

Auf einmal war sie wieder da, die Wut. Ich holte mit dem Fuß aus und trat gegen die Schachtel am Boden. Die Pflaster flogen heraus und verteilten sich im Raum. Ich starrte sie an. Mein Daumen pochte, meine Augen brannten, und ich fragte mich, ob der Küchenchef tatsächlich von mir erwartete, dass ich so weiterarbeitete. Als hätte er meine Gedanken gelesen, rief er nach mir. Ich nahm das größte Pflaster vom Boden, klebte es über den Schnitt und öffnete die Tür. Keiner interessierte sich dafür, wie es mir ging. Der Küchenchef reichte mir einen Handschuh – um das Essen zu schützen, nicht mich – und deutete auf eine Kiste Salat, die gewaschen werden musste. Ein neuer Berg Zwiebeln lag feingehackt neben dem Herd.

So ging das Tag für Tag. Schälen, stressen, rüsten, hacken, putzen, hetzen, schleppen. Die Berufsschule, die ich einmal pro Woche besuchte, kam mir vor wie ein freier Tag. Während der Lehrer die verschiedenen Gruppen von Lebensmitteln vorstellte, döste ich vor mich hin. Unsere Klasse war ganz in

Ordnung, es hatte sogar einige Mädchen dabei. Die meisten arbeiteten in Altersheimen oder Spitälern, Tiziana und Daniela wie ich in einem Hotel. Daniela sah nicht einmal schlecht aus. Ihre Augen hatten die Form von Halbmonden, und wenn sie lachte, erschien ihre Zungenspitze zwischen den Zähnen. Schon am ersten Schultag bot sie mir in der Pause eine Zigarette an. Hätte ich nicht kurz darauf Isabella da Moura Brandão kennengelernt, hätte vielleicht etwas aus uns werden können.

Normalerweise fehlt es mir nicht an Worten. Doch ich weiß nicht, wie ich Isabella da Moura Brandão beschreiben soll. Als ich ihr das erste Mal begegnete, nahm ich nur ihren Arsch wahr. Das lag daran, dass sie ihn mir entgegenstreckte. Selten hatte ich etwas Schöneres gesehen. Ihre Pobacken wölbten sich unter der engen Jeans, zwei weiche Rundungen, die danach schrien, berührt zu werden. Und zwar von mir! Denn es war, als habe sie sich extra für mich in Pose geworfen. Hatte sie aber nicht. Sie setzte gerade zu einem Billardstoß an. Ich stand nur zufällig hinter ihr.

Trotzdem konnte ich den Blick nicht von ihr lösen. Der Rand eines weißen Slips zeigte sich über der Jeans, ganz schmal, wie ein leises Versprechen. Darüber sah ich einen breiten Streifen karamellfarbener Haut und mittendrin, zu perfekt, um wahr zu sein, zwei Grübchen. Feiner Flaum bedeckte die Stelle, an der sich eine leichte Vertiefung abzeichnete.

»Hey, Seb! Jemand zu Hause?« Eine Hand schnippte vor meinem Gesicht.

Es dauerte eine Weile, bis ich begriff, dass sie Tim Tomaschett gehörte. Und noch länger, bis ich mich daran erinnerte, dass ich mit ihm, Guy Wilke und Olli Mendoza hergekommen war, um Billard zu spielen. Alle drei besuchten mit mir die Berufsschule. Nur wenige Schritte von der Schule entfernt lag ein Billardzentrum. Nach dem Unterricht war dort meist einiges los.

»Was hast …« Mitten im Satz brach Tim ab. »Oh Mann!«

»Ich hab sie zuerst gesehen!«, zischte ich.

Guy atmete hörbar aus. »Schau dir diese Schienen an!«

Nur mit Mühe gelang es mir, den Blick vom perfekten Hintern zu lösen. Ich ließ ihn nach unten gleiten, zwei endlos langen Beinen entlang. Mir war, als käme der Boden nie in Sichtweite. Ich erinnerte mich an ein Kartenspiel, das ich einmal besessen hatte. Auf der Hülle war der Schwarze Peter abgebildet. Zog man an der oberen Hälfte, wurden die Beine darunter immer länger und länger, bis die Schachtel schließlich aufging.

»Das ist Isabella da Moura Brandão«, sagte Olli, scheinbar unberührt.

Wir starrten ihn an.

»Ihr Cousin Paulo Ferreira ist im dritten Lehrjahr bei uns im Restaurant.« Olli zeigte auf einen schmalen Typen neben Isabella.

Erst jetzt nahm ich die anderen drei Billardspieler wahr. Mit wachsender Eifersucht betrachtete ich die muskelbepackten Oberarme und rasierten Augenbrauen. Ich fühlte mich auf einmal total uncool. Das hielt mich jedoch nicht davon ab, Isabella da Moura Brandão weiterhin anzustarren. Sie war ein Magnet und ich eine winzige Stecknadel, die nicht den Hauch einer Chance hatte gegen ihre Anziehungskraft.

»Wer spielt mit wem?«, fragte Tim.

»Restaurant gegen Hotel«, schlug Guy vor.

»Dann sind wir zwei ein Team. Olli, du spielst mit Seb. Wer beginnt?«

»Ihr«, sagte Olli. »Seb ist noch nicht gelandet.«

Sie hatte den Stoß ausgeführt. Langsam richtete sie sich auf. Gewelltes, braunes Haar floss ihr über die Schultern und den Rücken hinunter. Eine Strähne hatte sich in einem der goldenen Ringe verfangen, die an ihren Ohren baumelten. Wie gerne hätte ich die Strähne befreit! Isabella da Moura Brandão merkte es jedoch selbst und hob die Hand, um sie auszufädeln. Ganz langsam, genau im Takt zu »La Tormenta«, das leise aus den Lautsprechern erklang. Bis zu jenem Augenblick hatte ich die Musik von »Aventura« ziemlich scheiße gefunden, aber als ich nun der flüsternden Stimme lauschte, die auf Spanisch über die Qualen der Liebe sang (ich verstehe kein Spanisch, doch etwas anderes konnten die Worte nicht bedeuten), war es, als sei das Lied extra für mich geschrieben worden. Ich beobachtete, wie sich Isabella sanft dazu wiegte und kaum merklich die Lippen bewegte.

»Du bist dran, Seb!« Ollis Stimme klang wie der Warnton, der im Auto meiner Mutter losgeht, wenn man sich nicht angurtet.

»Nur keinen Stress.« Ich riss meinen Blick von Isabella los und sah, dass die Anzahl Kugeln auf unserem Billardtisch abgenommen hatte. Offenbar war das Spiel seit einigen Runden im Gang.

Normalerweise spiele ich sehr gerne Billard. Mein Vater hat es mir vor Jahren in den Ferien beigebracht. Es war April, und wir verbrachten zwei Wochen am Mittelmeer. Zum Baden war es zu kalt gewesen, deshalb hingen wir den ganzen Tag in der Hotelanlage herum. Meine Mutter lag am Strand und las ein Buch nach dem andern. Unter einem überdachten Platz neben dem Pool befanden sich zwei Billardtische. Von Anfang an gelang mir fast jeder Stoß. Keine Ahnung, warum. Mein Vater war völlig erstaunt. Spiele verliere ich meistens. Billard nicht. Mir gefällt, dass man dabei nicht stressen muss. Je mehr Zeit du dir lässt, desto besser spielst du. Wenn ich mich über den Tisch beuge und mir überlege, welche Kugel ich versenken will, sehe ich nichts anderes mehr. Ich werde völlig ruhig. Manchmal höre ich sogar meinen eigenen Herzschlag. Bin ich so weit, ziehe ich das Queue langsam zurück und achte nur noch auf jene Stelle der weißen Kugel, die ich treffen will. Alles andere geschieht von alleine. Die weiße Kugel saust auf eine farbige zu, berührt sie genau im richtigen Winkel und befördert sie in die Tasche. Der dumpfe Aufschlag, wenn sie dort landet, ist wie ein Applaus.

Doch an jenem Tag fiel es mir schwer, mich zu konzentrieren. Immer wieder schielte ich zum Tisch nebenan. Einer der rasierten Augenbrauen war dran. Er spielte schlecht. Seine Bewegungen waren hektisch, statt auf die Kugel zu fokussieren, behielt er Isabella im Auge. Immer wieder spannte er die Muskeln in Armen und Schultern an. Reine Show. Um einen satten Schuss zu landen, braucht es keine Kraft.

»Verdammt, Seb«, stöhnte Guy. »Mach endlich, oder räum das Feld!«

Ich stieß.

»Scheiße, Mann!«, rief Olli. »Was tust du? Du hast eine halbe Kugel versenkt! Wir haben die vollen, du Idiot!«

Tim lachte gellend. Und da geschah es. Sie drehte den Kopf. In meine Richtung! Isabella da Moura Brandão sah mich an! Ihre Augen waren dunkel und standen leicht schräg, die Brauen darüber glichen zwei schmalen Bögen, die sich in der Mitte fast berührten. Doch es waren ihre Lippen, die mich umhauten. Sie sahen aus, als wären sie von verschiedenen Künstlern gezeichnet worden. Die Oberlippe war schmal und hochgezogen, die Unterlippe voll wie ein Kissen. Wie gerne hätte ich mich vergewissert, dass sie sich genauso weich anfühlte!

Die Partie war verloren. Olli und ich hatten keine Chance. Er weigerte sich, noch eine Runde mit mir zu spielen. Tim opferte sich, doch auch ihm verging bald die Lust. Ich versuchte, mich zu konzentrieren, schließlich wollte ich das Billardzentrum auf keinen Fall verlassen. Einige Minuten gelang es mir sogar – bis Isabella da Moura Brandão wieder an der Reihe war. Und diesmal führte sie den Stoß von der anderen Seite des Tisches aus. Das war das endgültige Aus. Ich hatte gedacht, nichts könnte den Anblick ihres Arsches übertreffen. Als sie sich nach vorne beugte und ich genau in ihren Ausschnitt sah, wusste ich, dass ich mich getäuscht hatte. Wie eine Bogenschützin zog sie den Arm mit dem Queue nach hinten. Ihre rechte Brust hob sich leicht, verharrte kurz an Ort und Stelle und kehrte wackelnd an ihren ursprünglichen Platz zurück, als das Queue nach vorne schoss.

Ich war geliefert. Von weitem nahm ich wahr, wie sich Olli verabschiedete. Auch Guy musste sich bald darauf aus dem Staub gemacht haben, denn plötzlich war nur noch Tim da. Statt weiterhin so zu tun, als würde ich spielen, holte ich zwei Bier und gab vor, eine Pause zu benötigen.

»Vergiss es, Mann, du hast nicht den Hauch einer Chance«, machte Tim mir Mut, als wir uns mit der Flasche in der Hand an den Billardtisch lehnten.

Ich wusste, dass er recht hatte. Und doch hoffte ich. Es war völlig unlogisch. Aber Hoffnung ist etwas Komisches. Sie keimt von alleine. Sie musste schon immer in mir geschlummert und genau auf diesen Augenblick gewartet haben, um zu wachsen. Es war die Hoffnung auf ein tolles Mädchen, das nur mir gehörte. Wenn ich heute zurückblicke, finde ich mich bescheuert. Ich meine, ich brauchte nur in den Spiegel zu schauen, um die Wahrheit zu erkennen. Doch ich wollte sie nicht sehen. Selbsttäuschung, nennt es Dr. Wagner. Mag sein, aber ich war nicht alleine schuld, dass meine Hoffnung gedieh. Sie wurde genährt, und zwar von Isabella da Moura Brandão selbst.

Ich weiß, was du denkst. Dass ich lüge, weil ich die Wahrheit nicht ertrage. Die wäre, dass sich kein Mädchen nach mir umdrehen würde, weil ich völlig durchschnittlich bin. Weder sehe ich besonders gut aus, noch hatte ich damals einen durchtrainierten Body. Trotzdem bemerkte mich Isabella. Sie sprach mich sogar an. Nicht an jenem Abend, sondern eine Woche später.

Am liebsten wäre ich täglich ins Billardzentrum gegangen. Leider musste ich arbeiten. Beim Bewerbungsgespräch hatte ich behauptet, die unregelmäßigen Arbeitszeiten machten mir nichts aus. Ich trieb nicht Sport, gehörte keinem Verein an.

Seit ich aber Isabella da Moura Brandão gesehen hatte, verfluchte ich meinen Beruf. Es wurde Montag, bis ich wieder ins Billardzentrum gehen konnte. Den ganzen Tag lauerte ich zwischen den Billardtischen. Sie kreuzte nicht auf. Ich fragte mich, ob sie arbeitete. Oder studierte. Wo sie wohnte. Vielleicht mochte sie Billard gar nicht, sondern hatte nur ihrem Cousin zuliebe mitgespielt. Was immer der Grund war, ich wartete vergeblich.

Ich beschloss, es an meinem nächsten freien Tag wieder zu versuchen. In dieser Nacht lag ich wach und malte mir aus, wie es gewesen wäre, wenn ich Isabella getroffen hätte. Was hätte ich ihr gesagt? Hätte ich es überhaupt gewagt, sie anzusprechen? Wie hätte sie reagiert? Lauter Fragen und keine Antworten. Ich weiß nur, dass ich am nächsten Tag verpennte. Mein Chef war ziemlich sauer.

Es lief nicht gut in der Lehre. Mir wurde lauter Langweiliges aufgetragen wie Kartoffeln schälen, Salat waschen oder Zwiebeln hacken. Außerdem waren die Arbeitszeiten echt mühsam. Ich begann in der Regel gegen neun und schuftete bis nach Mittag. Dann hatte ich drei Stunden Pause und musste um fünf wieder antraben. Meistens war irgendwann nach elf Schluss. Selten kam ich vor Mitternacht nach Hause. Todmüde fiel ich ins Bett. Kaum schlief ich, klingelte bereits der Wecker. Freizeit hatte ich so gut wie keine mehr. Die Mittagspause zählte nicht, sie war zu kurz, um etwas zu unternehmen, und zu lange, um im Hotel zu bleiben und auf die Abendschicht zu warten.

Hinzu kam, dass ich mich mit dem Saucier nicht verstand. Das ist der Koch, der unter anderem die Saucen zubereitet. Angeblich ist seine Aufgabe die schwierigste. Matej Horak führte sich dementsprechend auf. Er hielt den Kochlöffel wie einen Pinsel, und wenn er eine Sauce kostete, schloss er die Augen und hob die Hand. Dazu gab er Geräusche von sich. War er unzufrieden, hörte man ein kehliges Brummen. Konnte die Sauce noch gerettet werden, folgten Grunzlaute. War hingegen alles verloren, ging das Brummen in ein Klagelied über. Dabei wiegte er sich vor der Pfanne hin und her, als stünde er vor einem Grab. Fast noch schlimmer war es aber, wenn ihm die Sauce schmeckte. Dann stöhnte er.

Ich erspare dir die Details. Nur so viel: Als ich ihn das erste Mal hörte, wurde ich knallrot. Die Tamilin, die für den Abwasch zuständig war, kicherte hinter vorgehaltener Hand. Die anderen Köche ließen sich nichts anmerken. Entweder waren sie das Stöhnen gewöhnt oder zu gestresst, um es wahrzunehmen. Ich versuchte, so zu tun, als ginge es mich nichts an. Doch ich konnte Matej Horak nicht einfach ausblenden. Dauernd wollte er etwas von mir. Ich musste die Saucenspritzer wegwischen, Abfälle entsorgen und seine benutzten Pfannen abtransportieren, obwohl das jeder Koch eigentlich selber macht.

Leider war er nicht nur Saucier, sondern gleichzeitig Souschef. Das ist sozusagen der Vize-Boss der Küche. Hinzu kam, dass das Hotelrestaurant dank seiner Saucen irgendwelche Sterne bekommen hatte. Somit war klar, wer das Sagen hatte. Egal, wie mies er mich behandelte, niemand mischte sich ein. Die Einzige, die ihn nicht fürchtete, war meine Mutter.

Als ich ihr schilderte, wie er mit mir umsprang, verlangte sie sofort ein Gespräch. Matej Horak lehnte ab. Versteh mich nicht falsch! Wenn ich gewusst hätte, dass meine Mutter im Betrieb anrufen würde, hätte ich nichts von Matej Horak erzählt. Das war etwa gleich peinlich, wie im Turnen Leggins zu tragen. Doch meine Mutter war nicht zu bremsen. Als die anderen Köche davon erfuhren, verloren sie den Respekt vor mir. Die Stimmung im Betrieb hätte mir echt zugesetzt, wäre da nicht Isabella da Moura Brandão gewesen.

Es sollte volle sieben Tage dauern, bis ich sie wiedersah. Erneut gingen Olli Mendoza und ich nach der Berufsschule ins Billardzentrum, diesmal ohne Tim Tomaschett und Guy Wilke. Es war ziemlich warm draußen, das Billardzentrum fast leer. Ich sah auf den ersten Blick, dass Isabella an keinem der Tische spielte. Olli seufzte erleichtert. Schon bald verging ihm aber die Lust am Spiel. Nach einer knappen Stunde hatte ich ihn dreimal geschlagen. Wie gesagt, ohne Ablenkung spiele ich gut. Er war drauf und dran, sich zu verabschieden, als ich hinter mir ein rauhes Lachen hörte. Mir fiel fast das Queue aus der Hand.

Sie ging nur wenige Meter neben mir vorbei. Diesmal wurde sie lediglich von zwei Typen begleitet, von Paulo und einem der rasierten Augenbrauen. Paulo erzählte irgendeine Story aus der Küche. Offenbar war sie lustig, denn sogar Isabellas Brüste lachten mit. Sie hüpften auf und ab wie Bojen bei Wellengang. Als das Lachen verklang, hielten auch die Brüste inne. Am liebsten hätte ich einen Witz erzählt, nur um das Hüpfen wieder in Gang zu bringen. Doch mir fiel keiner ein.

Mit meiner Konzentration war es natürlich vorbei. Zu Beginn freute sich Olli, endlich hatte er eine Chance. Irgendwann wurde es ihm aber zu blöd. Kopfschüttelnd wandte er sich ab. Panik stieg in mir auf. Ich wollte nicht gehen! Doch wer spielt schon alleine Billard? Olli ließ sich nicht erweichen. Bevor er das Billardzentrum verließ, erwies er mir jedoch einen riesigen Gefallen. Nicht absichtlich. Weil er aber mit Paulo zusammenarbeitete, winkte er ihm zum Abschied. Und da geschah es. Isabella da Moura Brandão nahm mich wahr.

»Seb! Kommst du jetzt oder nicht?«, rief Olli auf dem Weg zur Kasse.

Hätte ich mich bewegen können, wäre ich ihm vermutlich gefolgt. Wir hätten den Tisch bezahlt und anschließend Tim und Guy gesucht. Am See hätten wir ein paar Biere getrunken, danach vielleicht einige Hamburger gefuttert. Irgendwann hätte ich mich nach Hause aufgemacht. Ein Abend wie jeder andere. Doch ich konnte mich nicht von der Stelle rühren. Olli verlor die Geduld. Ohne auf mich zu warten, marschierte er davon.

Ich stand da mit dem Queue in der Hand und einem bescheuerten Ausdruck auf dem Gesicht. Und nun geschah es. Isabella da Moura Brandão sagte etwas zu Paulo, der nickte, und sie kam auf mich zu. Glaube ich. Denn so richtig bekam ich es nicht mit. Auf einmal stand sie vor mir. So nahe, dass ich nur die Hand hätte ausstrecken müssen, um sie zu berühren. Über ihren Augen sah ich zwei feine Wimperntuschstriche, wie Vogelspuren im Schnee. Wo sie sich geschminkt hatte, glitzerten goldene Punkte. Der Geruch von Waschmittel und Äpfeln stieg mir in die Nase.

»Seb, richtig?« Sie lächelte. »Ich bin Isabella.«

10

»Vorsätzlich begeht ein Verbrechen oder Vergehen, wer die Tat mit Wissen und Willen ausführt. Vorsätzlich handelt bereits, wer die Verwirklichung der Tat für möglich hält und in Kauf nimmt.«
Art. 12 Abs. 2 Schweizerisches Strafgesetzbuch (StGB)

Die volle Unterlippe wölbte sich mir entgegen.

»Willst du dich uns anschließen?«, fragte sie. »Wir haben einen Spieler zu wenig.«

Ich wusste, dass sie von mir eine Antwort erwartete. Ich hatte jedoch vergessen, wie man Laute formt. Nicht nur das, ich konnte mich auch nicht mehr bewegen. Ich stand da wie eine der Säulen, die die Decke stützten. Als ich sah, wie sich eine kleine Falte zwischen den wohlgeformten Augenbrauen bildete, kam ich zu mir.

»Klar!« Ich schnappte nach Luft. »Auf jeden Fall, ich meine …«

Sie runzelte die Stirn.

Ich räusperte mich. »Ich meine, alleine macht Billard doch keinen Spaß.«

Ich war richtig stolz auf den zusammenhängenden Satz. Offenbar war sie damit auch zufrieden. Sie drehte sich um und kehrte zum Tisch zurück, wo sie mir Paulo Ferreira und Flex – die rasierte Augenbraue – vorstellte. Paulo entschied, dass ich mit Flex spielen sollte.

»Sonst hat meine arme Cousine keine Chance.« Er grinste. »Und sie verliert nicht gerne!«

Isabella schob die Unterlippe vor. »So schlecht spiele ich auch wieder nicht!«

»Aber Seb vielleicht.«

Gerne hätte ich gesagt, dass ich ziemlich gut war, doch auf einmal war ich nervös. Was, wenn mir nichts gelang? Isabellas Blick ruhte auf mir wie ein Scheinwerfer. Ich wollte ihr zeigen, was ich drauf hatte. Sie so beeindrucken, dass sie nur noch Augen für mich hatte! Doch unter Druck versage ich oft. Dr. Wagner meint, ich hätte zu hohe Erwartungen an mich. Mag sein. Aber nicht in Sachen Billard. Ich wusste, dass ich fast jede Kugel versenken konnte, egal, wo sie lag. Das war keine Erwartung, sondern Tatsache.

Als ich an der Reihe war, atmete ich tief ein. Ich konzentrierte mich ganz aufs Spiel. Kurz lenkte mich der Geruch von Äpfeln ab, der über dem Tisch hing. Ich fragte mich, ob Isabella Shampoo mit Apfelgeruch benutzte oder ob es ihr Parfüm war. Dann nahm ich die weiße Kugel ins Visier. Auf einmal waren alle weg: Paulo, Flex und ja, sogar Isabella da Moura Brandão. Hätte sie sich bewegt oder etwas gesagt, wäre sie sofort wieder in mein Bewusstsein gerückt. Doch sie schwieg, gespannt auf meinen Stoß.

Keine der vollen Kugeln lag frei. Ich würde über die Bande spielen müssen. Laut Regeln musste ich dabei meine Kugel entweder versenken oder, wenn mir das nicht gelang, die weiße, beziehungsweise die angespielte farbige Kugel eine Bande anlaufen lassen. Nicht jeder nimmt es mit den Regeln genau. Ich wollte aber kein Risiko eingehen, also wählte ich eine Kugel, die es mir erlaubte, die weiße problemlos anlaufen zu lassen.

Flex unterbrach mich. »Hey, die grüne Kugel liegt viel günstiger! Was willst du mit der roten?«

Entweder kannte er die Regeln nicht, oder er hatte den Stoß nicht zu Ende gedacht. Ich blendete seine Stimme aus. Vor meinem inneren Auge sah ich den Weg, den die weiße Kugel zurücklegen würde. Ich korrigierte den Winkel um wenige Grade und überprüfte ihn noch einmal. Als ich zufrieden war, holte ich aus. Manche Spieler denken, dass sie jetzt noch Gelegenheit haben, kleine Korrekturen anzubringen. Aber das ist nicht der Fall. Wenn du das Queue zurückziehst, ist es eigentlich schon gelaufen. Du musst der Versuchung, den Stoß abzuändern, widerstehen können. Sogar dann, wenn du plötzlich das Gefühl hast, einen Fehler zu machen. Du musst darauf vertrauen, dass deine Überlegungen stimmen. Als Anfänger hatte ich das nicht begriffen. Im letzten Moment überkamen mich immer Zweifel.

»Entschlossenheit, Sebastian«, pflegte mein Vater zu sagen. »Wenn du einen Entscheid gefällt hast, darfst du ihn nicht mehr hinterfragen. Mit einem zögerlichen Stoß versenkst du keine Kugeln.«

Ich nahm mir seine Worte zu Herzen. Damals ahnte ich noch nicht, dass mir meine entschlossenen Stösse einmal zum Verhängnis würden. Mit einem Queue in der Hand mag Entschlossenheit gut sein, nicht aber mit einem Messer. Der Fuchs hat mir erklärt, dass die Jugendanwältin behauptet, ich hätte den Tod der Geschädigten in Kauf genommen – weil ich so entschlossen zustieß. Wenn die Richter ihre Meinung teilen, wird meine Strafe hoch ausfallen. Apropos: Die Geschädigten sind die Opfer. Dr. Wagner mag das Wort nicht. Wenn ich mit ihm über den 2. August spreche, muss ich die Opfer beim Namen nennen.

Das mit dem Tod in Kauf nehmen ist recht kompliziert. Juristisch gesehen, meine ich. Stell dir das so vor: Du rast mit dem Auto durch ein Dorf. Du weißt ganz genau, dass du nicht bremsen kannst, wenn jemand auf die Straße tritt. Aber das ist dir egal. Du nimmst den Erfolg in Kauf. Mit Erfolg ist hier der Tod gemeint. Du findest dich also damit ab, dass ein Fußgänger möglicherweise draufgeht. Geschieht es tatsächlich, wirst du wegen eventualvorsätzlicher Tötung angeklagt. Auch wenn du gar nie jemanden umbringen wolltest. Dafür wanderst du für mindestens fünf Jahre in den Knast. Meistens länger. Anders ist es, wenn du an Größenwahn leidest. Denkst du dir nämlich, es werde schon nichts passieren, bist du fein raus. Sogar wenn der Erfolg eintritt.

Ein anderes Beispiel. Du zielst mit einer Knarre auf einen Menschen. Bist du unsicher, ob du triffst, und der Typ stirbt tatsächlich, hast du ein Problem. Das ist wieder eine eventualvorsätzliche Tötung. Du hast den Tod in Kauf genommen. Bist du hingegen davon überzeugt, dass du danebenschießen wirst, triffst aber dennoch, so ist das weniger schlimm. Du wirst nur wegen fahrlässiger Tötung angeklagt. Dafür kriegst du höchstens drei Jahre, mit etwas Glück bloß eine Geldstrafe. Ich finde das echt schräg.

Meine Entschlossenheit wird heute vor Gericht also Thema sein. Der Fuchs wird behaupten, ich hätte lediglich mit dem Messer herumgefuchtelt. Die Jugendanwältin hingegen wird die Richter davon zu überzeugen versuchen, dass ich gezielt zugestoßen und dabei den Tod in Kauf genommen hätte.

Aber zurück zum Billard. Da ist Entschlossenheit eine gute Sache. Dank ihr gelang es mir, die rote Kugel wie ein Vollprofi zu versenken – und Isabella zu beeindrucken. Sie sagte nichts, doch ihre Lippen kräuselten sich zu einem Lächeln. Leider verschwand das Lächeln, als ich auch die nächste und die übernächste Kugel versenkte. Ich erwog, danebenzuzielen, doch dann hätte sie vielleicht geglaubt, die ersten drei Treffer seien Zufall gewesen. Also versenkte ich noch eine vierte und eine fünfte Kugel. Blieb nur noch die Acht. Glücklicherweise lag sie so ungünstig, dass ich keine Chance hatte.

Paulo war an der Reihe. Als er die Tasche knapp verfehlte, schob Isabella die Unterlippe vor. Sie verlor wirklich nicht gern. Flex gelang es nicht, das Spiel für uns zu entscheiden. Mit einem resoluten Blick machte sich Isabella bereit. Sie hielt das Queue, als habe sie einen Speer in der Hand. Ich wollte ihr einen Tip geben, doch auf einmal lösten sich der Billardtisch und die gesamte Umgebung in Luft auf.

Ich hatte einmal zufällig in eine Sendung über Sehstörungen hineingezappt. Ein Arzt erklärte die Bedeutung von »Tunnelblick«. Normalerweise sieht der Mensch alles im Umfeld von etwa 180 Grad. In der Natur ist das wichtig, weil man so Gefahren oder eine mögliche Beute erkennt. Beim Tunnelblick aber nimmt man nur noch die Gegenstände in der Blickrichtung wahr. Als Grund hatte der Arzt Augenerkrankungen, Vergiftungen oder Alkohol genannt. Jetzt machte ich eine neue wissenschaftliche Entdeckung, es gab noch einen vierten Grund für den Tunnelblick:

Als sich Isabella da Moura Brandão nach vorne beugte, sah ich nicht nur in ihren Ausschnitt, sondern viel tiefer. Zwischen ihren Brüsten tat sich ein Tunnel auf, der danach schrie, erkundet zu werden. Er wirkte wie ein Sog. Wäre nicht der Billardtisch zwischen uns gestanden, hätte mich der Tunnel verschluckt. Ich war unfähig, mich zu bewegen. Zum Glück waren wir im Billardzentrum und nicht draußen in der Natur. Für ein Raubtier wäre ich eine leichte Beute gewesen. Der Bann wurde erst gebrochen, als sich Isabella wütend aufrichtete. Offenbar hatte sie nicht getroffen.

Ich war wieder an der Reihe. Als ich mich in Stellung brachte, merkte ich, dass meine Handflächen ganz feucht waren. Trotzdem versenkte ich die Acht.

»Mir reichts!« Isabella stemmte die Hände in die Hüften. »Gehen wir?«

Mein Herz setzte einen Schlag aus. Fieberhaft überlegte ich, wie ich sie dazu bringen könnte zu bleiben. »Hat jemand Durst?«, fragte ich. »Ich spendiere eine Runde.«

Flex stimmte sofort zu. Auch Paulo hatte nichts gegen ein Bier. Erleichtert ging ich zur Bar. Als ich zurückkam, lagen die Kugeln wieder auf dem Tisch. Offenbar hatte Isabella eine neue Mannschaftsverteilung durchgesetzt, denn diesmal spielte ich mit ihr. Ihre Laune war wesentlich besser. Je später es wurde, desto mehr füllte sich das Billardzentrum. Ich nahm die anderen Spieler aber kaum wahr. Für mich gab es nur unseren Tisch und Isabella da Moura Brandão. Ich merkte nicht einmal, wie die Stunden vergingen. Irgendwann sagte Paulo aber, jetzt sei Schluss. Ich versuchte, ihn umzustimmen, aber auch Flex hatte genug.

»Sonst bin ich vor Monatsende pleite«, klagte er.

»Ich lade euch ein!«, bot ich an.

Isabella streckte sich. »Ich mag nicht mehr spielen. Aber etwas zu essen könnte ich vertragen.«

»Habt ihr Lust auf Pizza? Geht auf mich.«

Damit waren alle einverstanden. Gleich neben dem Billardzentrum befand sich eine Pizzeria mit riesiger Auswahl. Wir waren so hungrig, dass wir kein Wort sagten, während wir die Pizzen verschlangen. Anschließend spülten wir das Essen mit Bier hinunter. Paulo legte Isabella den Arm um die Schultern und seufzte zufrieden. Er begann, über einen Typen zu reden, den ich nicht kannte, doch es war mir egal. Mir genügte es, einfach dazusitzen und zuzuhören. Es war ein bisschen, als läge ich an einem Strand und lauschte den Wellen. Die Pizza fühlte sich warm an in meinem Bauch, das Polster hinter meinem Rücken weich. In diesem Augenblick wollte ich mit nichts und niemandem auf der Welt den Platz tauschen. Außer vielleicht mit Paulos Arm.

Am nächsten Donnerstag war die zweite rasierte Augenbraue wieder mit von der Partie. Trotzdem winkte mich Paulo zu sich und fragte, ob ich mitspielen wolle. Er setzte sogar freiwillig eine Runde aus. Erneut bildeten Isabella und ich ein Team. Als wir gewannen, klatschte sie vergnügt in die Hände. Dennoch hatte sie keine Lust weiterzuspielen.

»Lass uns ins ›33‹ gehen«, schlug sie vor. »Heute ist Indie Dance Night.«

»Indie ist out«, brummte Flex.

Die zweite Augenbraue stimmte zu.

»Abdel steht am Plattenteller«, mischte sich Paulo ein.

Die Art, wie er es sagte, ließ mich aufhorchen. Als wäre Abdel ein Codewort. Sofort verstummten die Proteste. Paulo warf Isabella einen Blick zu, und sie nickte kaum merklich. Langsam drehte sie sich zu mir.

»Kommst du auch mit, Seb?«, fragte sie mit weicher Stimme.

Ich schluckte. »Klar!«

»Der Eintritt ist nicht ganz billig«, sagte Paulo. »Hast du genug Kohle dabei?«

»Kein Problem«, versicherte ich.

Wieder wechselten Paulo und Isabella einen Blick, doch ich kam nicht auf die Idee, dass ich der Grund dafür sein könnte.

Dr. Wagner sagt, wenn man sich etwas sehr wünsche, neige man dazu, die Realität zugunsten der Fantasie auszublenden. Wünschst du dir zu Weihnachten zum Beispiel einen Laptop, wirst du dir einreden, im rechteckigen Paket unter dem Weihnachtsbaum befinde sich tatsächlich ein Laptop, auch wenn du weißt, dass das Paket zu klein und zu dick ist. Packst du dann ein Buch aus, ist deine Enttäuschung riesig.

Etwas Ähnliches lief bei mir ab. Ich redete mir ein, Isabella da Moura Brandão habe mich gebeten mitzukommen, weil ich ihr gefiel. Dass sie mich im »33« zum Tanzen aufforderte, fasste ich als Bestätigung auf. Ich dachte tatsächlich, aus uns könne etwas werden. Während wir in zerhackten Lichtstrahlen tanzten, malte ich mir aus, wie meine Finger langsam unter ihr Top gleiten und die sanften Rundungen erkunden würden. Normalerweise ist mir Tanzen total peinlich, aber in dem Augenblick vergass ich alles. Sogar Paulo, der uns von einem Barhocker aus beobachtete. Die beiden Augenbrauen hatten sich abgesetzt.

Als der DJ eine Pause einlegte, stand Paulo auf. Isabella verließ die Tanzfläche.

»Bin gleich zurück, Seb«, sagte sie. »Bestellst du mir einen Tequila Sunrise? Ich hab solchen Durst! Und einen Americano für Paulo.«

Sie öffnete leicht den Mund und fuhr sich mit der Zungenspitze über die Lippen. Ich musste mich gegen die Bar lehnen, um nicht umzukippen. Ich bekam kaum mit, wie Paulo sie bei der Hand nahm und auf die Tür zusteuerte, durch die der DJ – vermutlich Abdel – verschwunden war. Ich fragte mich nicht, was die beiden von ihm wollten. Ich war zu sehr mit der Vorstellung beschäftigt, wie sich Isabellas Zunge auf meinen Lippen anfühlen würde.

Von Drinks hatte ich wenig Ahnung. Ich beschloss, das Gleiche zu nehmen wie Paulo. Obwohl ich meinen Ausweis schon am Eingang gezeigt hatte, musste ich ihn erneut zücken. Der Barkeeper musterte mich misstrauisch, doch er servierte mir die Drinks ohne Kommentar. Es dauerte eine ganze Weile, bis Isabella da Moura Brandão und Paulo zurückkamen. Sie wirkten aufgekratzt, als teilten sie ein Geheimnis. Paulo leerte seinen Drink in wenigen Schlucken, nahm seine Cousine an der Hand und führte sie auf die Tanzfläche.

»Bestellst du mir noch einen Wodka, Kleiner?«, rief er mir zu. »Pur!«

Als »Kleiner« bezeichnet zu werden, nervte gewaltig. Als sich Paulo aber im Takt der Musik zu bewegen begann, eine Hand locker auf Isabella da Moura Brandãos Hüfte gelegt, fühlte ich mich tatsächlich klein. Winzig klein. Die beiden sahen aus wie ein einziger Körper, durch dessen Adern Musik floss statt Blut. Ich redete mir ein, dass sie so gut harmonierten, weil sie verwandt waren. Nie im Leben wäre ich auf die Wahrheit gekommen. Es sollte über einen Monat dauern, bis ich begriff, was Sache war.

Wenn ich an diesen Monat zurückdenke, kommt es mir vor, als hätte ich das Leben eines anderen gelebt. Zum ersten Mal klappte einfach alles. Es war, als hätte mir jemand eine neue Rolle zugeteilt. Von einem Tag auf den anderen war ich der Glückspilz. Alles lief wie geschmiert. Bei der Arbeit rutschten die Zwiebeln nicht mehr davon, auf der Straße lächelten mir die Leute zu, in der S-Bahn fand ich immer einen Sitzplatz. Ich verpennte kein einziges Mal, obwohl ich jede freie Minute im »33« verbrachte.

Wie nicht anders zu erwarten, war die Glückssträhne von kurzer Dauer. Doch bevor sie plötzlich abriss, passierte eine Menge. Ich lernte zum Beispiel Abdel kennen. Und erfuhr, dass er nicht nur DJ war, sondern die Kundschaft des »33« mit mehr als Musik versorgte. Isabella da Moura Brandão und Paulo Ferreira gehörten zu seinen Stammkunden.

Als ich sie das erste Mal durch die geheimnisvolle Tür begleitete, hatte ich keine Ahnung, was mich erwartete. Nach drei Wodkas waren mir fast die Augen zugefallen, und ich hatte mich gefragt, warum Isabella und Paulo nie müde wurden. Ich war so benebelt, ich merkte gar nicht, dass ich die Worte laut ausgesprochen hatte. Da lächelte Paulo.

»Ich glaube, Seb ist so weit«, stellte er fest.

»Wie weit?«, lallte ich.

»Wie viel Geld hast du dabei?«, fragte er.

»Keine Ahnung.« Ich zog einige Scheine aus der Hosentasche.

Paulo nahm sie mir ab. »Das reicht.«

»Wofür?«

»Komm mit.«

Isabella und Paulo stützten mich, damit ich nicht umkippte. Auf einmal befand ich mich in einem abgedunkelten Raum. Ich bekam knapp mit, wie die Geldscheine die Hand wechselten, dann spürte ich etwas an der Nase. Als ich merkte, dass es ein Strohhalm war, kicherte ich. Offenbar war Isabella da Moura Brandão genauso müde wie ich, warum sonst hätte sie meinen Mund verfehlt?

»Atme tief durch die Nase ein«, hörte ich sie sagen.

Ich gehorchte. Plötzlich fing meine Nase Feuer. Kurz darauf geschah etwas in meinem Hirn. Die Müdigkeit war wie weggeblasen. Alles wirkte glasklar. Ich spürte, wie Energie meinen Körper erfasste. Es war, als hätte mich jemand an ein Ladegerät angeschlossen.

»Scheiße, Mann«, stieß ich aus.

Isabella lachte. »Gib her!«

Sie nahm den Strohhalm und beugte sich über ein Stück Alufolie. Dann reichte sie den Halm an Paulo weiter. Ich fuhr mir mit der Zunge über den Gaumen, er fühlte sich ungewöhnlich pelzig an. Das Feuer breitete sich inzwischen in meinem ganzen Körper aus. Ich konnte nicht mehr stillsitzen. Ich wollte in die Luft springen, die Wände hochklettern, ja sogar tanzen!

»Easy, Seb.« Paulo grinste. »Verdammt, ich habe fast vergessen, wie cool die erste Linie ist.«

»Mit der Zeit gewöhnt man sich fast daran«, erklärte mir Isabella. »Also genieß es!«

Ich fühlte mich unbesiegbar. Dass ich nach dem Rausch fast 24 Stunden nicht schlafen konnte, war mir egal. Meine Eltern wunderten sich zwar über meine Augenringe, doch ich erklärte, die Lehre sei streng. Da beim Sniffen das High nur etwa eine halbe Stunde anhält, kamen sie nicht drauf, was dahintersteckte. Meine Mutter hatte sogar Mitleid, weil ich so hart arbeiten musste. Der Einzige, der etwas argwöhnte, war der Küchenchef. Keine Ahnung, warum. Hatte er etwa selber Erfahrung mit Koks? Er stellte mich zur Rede, aber ich stritt den Konsum ab. Ich hätte mir die Mühe sparen können, denn die Lehrstelle verlor ich kurz darauf sowieso.

11

»Für die Anwendung dieses Gesetzes sind der Schutz und die Erziehung der Jugendlichen wegleitend. Alter und Entwicklungsstand sind angemessen zu berücksichtigen.«
Art. 4 Abs. 1 Schweizerische Jugendstrafprozessordnung (JStPO)

Wir trafen uns zwei- bis dreimal pro Woche im »33«. Jedesmal zogen wir mindestens eine Linie rein. Meistens war ich es, der den Stoff kaufte.

Meine Eltern hatten mich zwar vor Drogen gewarnt. Sie erklärten, dass Drogen einen nicht nur körperlich kaputtmachten, sondern auch die Persönlichkeit veränderten. Doch etwas hatten sie mir verschwiegen: Es war nicht immer schlecht, wenn sich die Persönlichkeit veränderte. Koks verlieh mir genau die Eigenschaften, die mein Vater an mir vermisste: Selbstbewusstsein und Durchhaltevermögen. Dr. Wagner sieht das anders. Er behauptet, beim Konsumieren verändere man sich nicht. Man trete nur anders auf.

»Das ist doch das Gleiche«, widersprach ich.

»Selbstbewusst aufzutreten, bedeutet nicht, selbstbewusst zu sein.«

»Ja und? Wichtig ist, wie man rüberkommt, oder?«

»Glauben Sie?«

»Klar!«

»Wenn Sie ein Haus bauen würden, wo stünde es?«

»Nur biedere Typen bauen sich Häuser.«

Dr. Wagner schwieg.

»Okay«, seufzte ich. Wenn ich nicht mitspielte, würde er einfach weiter schweigen. »Am See vielleicht.«

»Direkt am Wasser ist der Boden instabil«, wandte er ein.

Ich rollte die Augen. »Natürlich nicht so nahe am Wasser. Dort, wo der Boden eben hält.«

»Warum?«

Manchmal ging er echt zu weit. Doch eine Therapiestunde war unendlich lang, wenn niemand etwas sagte. Deshalb erklärte ich, dass es sinnlos sei, ein Haus zu bauen, das kurze Zeit später einstürzte. Offenbar wollte er genau das hören, denn er lächelte. Ich überlegte, was der Bau eines Hauses mit dem Konsum von Koks zu tun hatte. Ich sah keinen Zusammenhang.

»Eine starke Persönlichkeit steht auf festem Boden«, erklärte Dr. Wagner. »Dem Selbstbewusstsein, das Kokain vorgaukelt, fehlt das Fundament.«

Darauf wollte er also hinaus. Hätte ich mir denken können. Ich verschränkte die Arme. Weiter diskutieren war zwecklos. Meiner Meinung nach ist es besser, ein wackeliges Haus zu haben als gar keines. Aber Dr. Wagner ist ein Fan von soliden Bauten.

Er legte die Fingerkuppen aneinander. »Wissen Sie warum?«

»Nö.«

»Weil es nicht echt ist«, erklärte er. »Es ist nicht Teil von Ihnen, sondern eine chemische Reaktion auf die Droge. Echtes Selbstbewusstsein aufzubauen, ist ein anspruchsvoller, langer Prozess.«

Ich zuckte die Schultern.

Dr. Wagner beugte sich vor. »Und es stürzt nicht gleich bei einem Windhauch zusammen.«

Den Verrat von Isabella da Moura Brandão und Paulo Ferreira als »Hauch« zu bezeichnen, war echt fies. Schlimmer als ein Tritt in die Eier. Wollte mich Dr. Wagner fertigmachen? Plötzlich war sie wieder da, die Wut. Sie ballte sich in meinem Magen zusammen, schnürte mir die Kehle zu und ließ mich zittern. Ich hasste Dr. Wagner auf einmal so gewaltig, dass mir schwarz vor Augen wurde. Ohne zu überlegen, sprang ich auf, besessen vom Wunsch, ihn genauso stark zu verletzen, wie er mich verletzt hatte. Niemand behandelte mich wie Dreck, ohne dafür zu büßen! Gegen mich hätte Dr. Wagner nicht die geringste Chance. Körperlich war ich ihm weit überlegen. Seit ich im Knast saß, trainierte ich regelmäßig im Kraftraum. Gegen meine Muskeln kamen weder ein Doktortitel noch schlaue Worte an. Ein Griff, und Dr. Wagners dünner Hals wäre gebrochen, die wässrigen Augen ausdruckslos. Ich packte den Stuhl, auf dem ich gesessen hatte, und schleuderte ihn gegen die Wand. Das Geräusch von zersplitterndem Holz erfüllte meine Ohren. Ich wartete darauf, dass Dr. Wagner aufsprang, sich die Arme schützend vors Gesicht hielt oder – was viel wahrscheinlicher war – den Notfallknopf drückte. Ich hatte ihn einmal gefragt, ob er keine Angst vor uns Verbrechern habe, da hatte er mir verraten, dass er einen Alarm auslösen könne, wenn einer seiner Patienten die Kontrolle verlöre. Idiot. An seiner Stelle hätte ich das für mich behalten.

Doch Dr. Wagner bat nicht um Unterstützung. Er saß einfach da und wartete. Ich schrie ihn an. Kickte die Holzstücke durch den kleinen Raum. Schlug mit beiden Fäusten gegen die Mauer. Die ganze Zeit regte er sich nicht. Mir tat alles weh. Die Fäuste, die Zehen, der Kopf. Am schlimmsten aber war das Stechen in der Brust. Ich fühlte mich, als würde ich gleich platzen. Ich wartete darauf, dass Betreuer zur Tür reinstürmten. Ein Teil von mir wollte gepackt und geschüttelt werden. Wenn ich etwas hätte, wogegen ich anrennen könnte, würde ich den Schmerz in der Brust nicht mehr spüren. Aber es kam niemand.

Das Stechen überwältigte mich. Ich krümmte mich zusammen, fiel auf die Knie. Ich hörte einen Schluchzer. Endlich hat er Angst, dachte ich. Geschieht dem Wichser recht! Er hat es nicht anders verdient. Hoffentlich macht er sich in die Hosen.

Da merkte ich, dass nicht Dr. Wagner weinte, sondern ich.

Ich weiß nicht, wie lange ich so dalag. Bilder zogen an mir vorbei. Ich sah Isabellas Lächeln, ihre geschmeidigen Bewegungen und den Blick, den sie mir jeweils zuwarf, wenn sie etwas wollte. Ich roch den Apfelduft ihres Shampoos, die pudrige Ausdünstung ihrer Haut, spürte ihre Lippen an meinem Ohr, als sie mir etwas zugeflüstert hatte. Manchmal hatte sie mir die Haare zerzaust, weil sie fand, ich sähe zu brav aus. Oder an meinem T-Shirt herumgezupft. Ich hatte jede Berührung genossen.

Plötzlich verblichen die Bilder. Neue tauchten auf. Ich versuchte, sie zu verdrängen, doch sie schoben sich vor die anderen. Verzweifelt presste ich die Hände auf die Augen, aber die Bilder des letzten Abends waren für immer in meinem Hirn gespeichert. Dabei hatte er so toll angefangen. Mein Vater hatte mir einen Hunderter zugesteckt, weil er mit meinen Leistungen zufrieden war. Das war ein ganz neues Gefühl gewesen. Sonst meckerte er nur. Auf dem Weg ins »33« rechnete ich aus, wie viel zusätzlichen Stoff ich dafür kriegte, und stellte mir Isabellas Freude vor.

Sie war noch nicht im Club, als ich ankam. Ich setzte mich an die Bar und bestellte einen Wodka pur. Während ich wartete, beobachtete ich einen Typen, der unauffällig die Hand unter das Top einer Blondine schob. Ich erwartete, dass sich die Tussi wehren würde, doch es schien ihr zu gefallen. Da fragte ich mich, ob ich zu zurückhaltend sei. Vielleicht sehnte sich Isabella insgeheim danach, von mir berührt zu werden! Möglicherweise traute sie sich nur nicht, den ersten Schritt zu machen. Ich nahm mir vor, es zu versuchen. Mein Vater sagte immer, wer nichts wage, gewinne auch nichts.

Den Mut dazu brachte ich erst auf, nachdem ich eine Linie reingezogen hatte. Isabella und Paulo waren spät gekommen, offenbar hatten sie eine Panne mit dem Wagen gehabt. Ich hatte die Geschäfte mit Abdel schon abgewickelt, ehe sie auftauchten. Als Paulo die Menge Stoff sah, klopfte er mir auf die Schultern. Wir zogen uns zurück, und er holte seine Utensilien hervor. Schon bald spürte ich, wie Zuversicht durch meine Adern strömte. Ich legte den Kopf in den Nacken und drehte mich ein paarmal im Kreis. Torkelnd blieb ich vor Isabella stehen.

»Glaub nur nicht, dass du Flügel hast«, lachte sie. »Auch wenn es sich so anfühlt. Sonst springst du mir noch vom Dach.«

»Wozu brauche ich Flügel?«, raunte ich. »Ich habe Hände!«

Und dann tat ich es. Ich legte beide Hände auf ihre Hüften, zumindest versuchte ich es. Weil ich mein Gleichgewicht noch nicht wiedererlangt hatte, schwankte ich. Eine Hand rutschte unter Isabellas Arm. Überrascht drehte sie sich zur Seite. Was dann geschah, kann ich im nachhinein nicht mehr nachvollziehen, ich weiß nur, dass die Hand irgendwie auf ihrer Brust landete. Ich spürte das pralle Fleisch unter dem dünnen Stoff, und Verlangen überwältigte mich. Ich muss ziemlich laut gestöhnt haben, denn Isabella zuckte zusammen und wich zurück. Mein Gefühl versuchte, mir zu sagen, dass etwas nicht nach Plan verlief, doch die Zuversicht in meinen Adern war stärker. Ich packte Isabella an den Schultern und zog sie an mich. Aus dem Augenwinkel sah ich, wie sich Paulo in Bewegung setzte. Auf einmal stand er zwischen uns.

»Easy, Seb«, sagte er. »Hey, Isa könnte etwas zu trinken brauchen, holst du ihr einen Drink?«

Unschlüssig verlagerte ich das Gewicht von einem Bein aufs andere.

»Isa?«, drängte Paulo. »Du hast Durst, oder?«

Isabella zog die Oberlippe hoch wie ein knurrender Hund. »Mir reichts! Ich lasse mich nicht …«

»Bring uns zwei Tequilas«, sagte Paulo rasch. »Geht auf mich!«

Unschlüssig blieb ich stehen.

»Los!«

Ich ging. Ich begriff nicht, was soeben passiert war. War Isabella sauer auf mich oder auf Paulo? Wäre er nicht dazwischen gefahren, läge sie jetzt in meinen Armen. Wofür hielt er sich eigentlich? War er eifersüchtig? Weil er kein Mädchen hatte? Auf einmal war ich es leid, seine Befehle auszuführen. Statt die Drinks zu holen, drehte ich mich um und ging zurück. Ich sah nicht ein, weshalb Paulo überhaupt dabei war. Isabella war ganz gut in der Lage, auf sich selbst aufzupassen. Auf die Idee, dass er sie aus einem anderen Grund begleitete, kam ich nicht.

Auch nicht, als ich die Tür aufstieß und die beiden sah. Isabella stand mit verschränkten Armen vor ihm. Ihre Augen blitzten wütend. Paulo berührte sie am Kopf. Seine Finger zeichneten kleine Kreise in ihrem Haar. Langsam bewegten sie sich auf ihren Nacken zu. Dort angekommen, hoben sie das lange Haar, so dass ihr Hals zum Vorschein kam. Ungläubig beobachtete ich, wie er sich vorbeugte und sie zärtlich küsste, genau auf die Stelle unterhalb ihres Ohrs, die sanft pulsierte. Dorthin, wo ich sie küssen wollte! Es war mein Kuss.

Isabella schob Paulo weg. »Hör auf! Ich habe gesagt, ich mache nicht mehr mit! Schluss, fertig, aus!«

»Komm schon, Isa, es kostet dich doch nichts.« Paulo legte die zweite Hand auf ihren Arsch.

»Du hast keine Ahnung, was es mich kostet!«, schnauzte sie. »Dir glotzt er ja nicht andauernd in den Ausschnitt.«

»Das kann dir doch egal sein. Denk an den Stoff! Wir brauchen Seb.«

»Mir ist es aber nicht egal.« Isabella da Moura Brandão stampfte mit dem Fuß. »Dann müssen wir eben einen anderen Weg finden, um an Geld zu kommen!«

Paulo presste seine Hüften gegen ihre und begann, an ihrem Ohr zu knabbern.

Isabella wand sich aus seiner Umarmung. »Lass das! Und hör auf, mir vorzuschreiben, was ich tun soll! Seb widert mich an! Dauernd schleicht er um mich herum, fehlt nur noch, dass er zu sabbern beginnt. Außerdem ist er ein totaler Langweiler!«

Ich stand dort wie versteinert. Meine Sinne nahmen die Umgebung wahr, doch ich fühlte gar nichts. Mir kam es vor, als sei die Verbindung zwischen meinem Hirn und dem Rest meines Körpers unterbrochen worden. Ich sah Isabellas Schatten auf dem weißen Verputz der Wand. Ihre Beine wirkten übernatürlich lang. Ich hörte Paulo leise fluchen. Das dumpfe Pochen eines Basses schwebte im Raum. Vielleicht war es auch mein eigener Herzschlag.

Das Stechen in meiner Brust machte einer Schwere Platz. Noch immer heulte ich, doch die Schluchzer schüttelten mich nicht mehr durch. Langsam nahm ich die Umgebung wieder wahr.

Vor mir lag ein zerbrochenes Stuhlbein, dahinter sah ich Dr. Wagners Schuhe. Im Gegensatz zu den Betreuern trägt der Shrink nie Turnschuhe, sondern schwarze, auf Hochglanz polierte Lederschuhe mit dünnen Schnürsenkeln. Ich stellte fest, dass er einen Doppelknoten gemacht hatte. Ich weiß nicht, warum mir das in diesem Moment auffiel. Vielleicht weil es einfacher war, mir vorzustellen, wie Dr. Wagner seine Schuhe zuschnürte, als an Isabella da Moura Brandão zu denken. Ihre Worte hallten in meinen Ohren, ein Refrain, der nie zu Ende ging.

Eine Wespe brummte am Fenster. Ich hörte, wie sie gegen die Scheibe prallte. Es wurde still. Kurz darauf setzte das Brummen wieder ein. Die Wespe war genauso bescheuert, wie ich es gewesen war. Sie dachte ernsthaft, sie könne durch die Scheibe fliegen. Am Schluss läge sie auf dem Fenstersims wie ich auf dem Boden. Mir fehlte die Kraft aufzustehen. Ich fühlte mich schwammig und schlapp, ein Topf verkochter Spaghetti. Die Wespe brummte, die Tränen liefen, der Boden zitterte, als irgendwo eine Tür zugeschlagen wurde. Es gab keine Kreuzungen mehr. Keine Entscheidungen zu treffen. Ich war in einer Sackgasse gelandet. Ich schniefte. Das Geräusch klang unheimlich laut.

Plötzlich bewegten sich die Schuhe. Der Boden knarrte. Schritte kamen auf mich zu. Eine Hand tauchte vor meinem Gesicht auf und hielt mir ein Taschentuch hin. Ich putzte mir die Nase. Die Situation war mir peinlich, doch die Schuhe entfernten sich nicht. Langsam setzte ich mich auf, den Blick auf den Boden gerichtet. Überall lagen Holzstücke.

»Sammeln wir die Teile zusammen ein?«, schlug Dr. Wagner vor.

Ich nickte und wartete auf die Fragen. Dr. Wagner stellt immer Fragen. Doch es kamen keine. Gemeinsam hoben wir die Holzstücke auf und legten sie in eine Ecke des Zimmers. Als ich die hellen Bruchstellen betrachtete, kam mir das Holz seltsam ungeschützt vor. Irgendwie war es nicht richtig, einem Baum die Rinde wegzuschneiden.

Der Trümmerhaufen wurde größer. Wie lange würde ich dafür in der Arrestzelle sitzen? Ich war schon zweimal dort eingeschlossen worden. Einmal nach einem Fluchtversuch und ein weiteres Mal, als ich mich mit einem Betreuer angelegt hatte, der glaubte, den Starken raushängen zu müssen. Das erste Mal war es der Horror gewesen. Tag und Nacht alleine, ohne Fernseher, in einem winzigen Raum, da drehst du fast durch. Bei einem Tier würde man das Tierquälerei nennen, aber Jugendliche darf man hier so behandeln.

Jetzt aber schreckte mich der Gedanke an die Arrestzelle nicht ab. Im Gegenteil. Ich wollte mich verkriechen, irgendwo, wo keiner meine verweinten Augen sah.

Nachdem wir die letzten Holzstücke aufgelesen hatten, blieb Dr. Wagner stehen und betrachtete den kaputten Stuhl.

Dann sah er mich an. »Bauen Sie mir den Stuhl wieder zusammen?«

Ich öffnete den Mund, doch kein Ton kam heraus.

Dr. Wagner zuckte nicht mit der Wimper. »Sie machen doch eine Schreinerlehre.«

»A-aber, er ist total hin!«

Dr. Wagner legte den Kopf schräg. »Mit etwas Willen und sorgfältiger Arbeit lässt sich vieles reparieren.«

»Auch wenn ich es schaffe, der Stuhl wird scheiße aussehen.«

»Auf Ästhetik lege ich keinen großen Wert. Der Stuhl muss nur stabil sein.«

»Ich darf während der Arbeitszeit nicht an eigenen Projekten arbeiten. Wir haben externe Aufträge.«

»Ich werde mit Ihrem Lehrmeister reden.«

Mir fielen keine weiteren Einwände ein. Es war nicht die Arbeit, die ich scheute. Die Aufgabe war schlicht nicht zu lösen. Nie würde ich aus den Trümmern einen tragfähigen Stuhl schreinern können. Doch für Dr. Wagner war das Thema abgeschlossen.

Zu meiner Überraschung schaffte ich es tatsächlich. Zwei Monate brauchte ich dafür. Ich arbeitete jeden Tag eine Stunde daran. Dreissig Minuten durfte ich auf Arbeitszeit nehmen, die übrige Zeit wurde mir von der Mittagspause abgezogen. Zwei Beine musste ich ganz ersetzen, der Rest des Stuhls bestand aus Originalteilen, die ich an einigen Stellen verstärkt hatte. Der Stuhl sieht wirklich scheiße aus, doch ich setze mich immer gerne darauf, wenn ich Therapiestunde habe. Er hält nicht nur, er ist auch bequem. Zumindest bequemer als die Anklagebank im Gerichtssaal.

12

»Wer jemanden durch schwere Drohung in Schrecken oder Angst versetzt, wird, auf Antrag, mit Freiheitsstrafe bis zu drei Jahren oder Geldstrafe bestraft.«
Art. 180 Abs. 1 Schweizerisches Strafgesetzbuch (StGB)

Der Richter ist immer noch beim Sachverhalt. Beim eingestandenen Sachverhalt. Der wäre, dass ich am 2. August um 22.50 Uhr mit Kevin Deutwyler am Bahnhof Küsnacht stand. Ich war Kevin nur einige Stunden zuvor erneut zufällig begegnet. Weil er nichts vorhatte, kam er zu mir nach Hause, um eine Runde mit dem BMW meines Vaters zu drehen. Seit fünf Wochen besaß ich den Lernfahrausweis. Alleine durfte ich zwar noch nicht fahren, aber da mein Vater für zwei Tage an einen Kongress geflogen war, würde er nichts davon mitbekommen. Meine Mutter hatte Yogastunde.

Meine Enttäuschung war riesig, als ich die Garage leer vorfand. Später erfuhr ich, dass sich der Renault meiner Mutter im Service befand und sie deshalb mit dem BMW zur Yogastunde gefahren war. Kevin war sauer, er glaubte, ich hätte ihn verarscht.

»Vergiss den BMW«, sagte ich. »Ich habe eine bessere Idee.«

Seit Isabellas und Paulos Verrat hatte ich nur selten gekokst. Ich vegetierte einfach vor mich hin, sah in nichts mehr einen Sinn. Nicht einmal darin, high zu werden. Die Vorstellung, mir mit Kevin eine Linie reinzuziehen, gab mir Energie. Doch woher sollte ich auf die Schnelle Koks auftreiben? Ins »33« durfte ich nicht mehr. Ich hatte Eintrittsverbot. Das hatte ich einem Sicherheitsangestellten zu verdanken, der sich in Dinge einmischte, die ihn nichts angingen. Hätte er sich um seinen eigenen Kram gekümmert, hätte mein Leben einen anderen Verlauf genommen.

Tat der Kerl aber nicht. Als ich an jenem verheerenden Abend aus dem »33« gestürmt war, streifte ich aus Versehen eine Tussi, die gerade zur Tür rein wollte. Ich merkte es nicht einmal, ich sah nur Isabellas Ausdruck vor mir, als sie sagte, ich widere sie an.

»Hey! Pass doch auf, du Wichser!«, erklang es hinter mir.

Neben der Tussi baute sich ein tätowierter Typ auf. Bestimmt hatte er den ganzen Abend auf die Gelegenheit gewartet, sich mit irgendjemandem anzulegen. Da hatte er sich aber eindeutig den Falschen ausgesucht. Ich ließ mich nicht so behandeln! In meiner Hosentasche spürte ich das Springmesser. Ein Schnitt, und die Tätowierungen wären nicht mehr zu erkennen. Langsam ging ich zur Tür zurück, den Blick auf die Schlange geheftet, die sich um den Oberarm des Typen wand. Ich hörte, wie die Tussi etwas sagte, verstand ihre Worte aber nicht. Vielleicht erkannte sie die Gefahr, die von mir ausging. Ich hoffte es. Sollten sich die beiden doch in die Hose machen vor Angst. Ich würde ihnen zeigen, dass ich kein Langweiler war!

Ich war fast beim Typen angekommen, da schob sich der Sicherheitsangestellte dazwischen. Dass er so schnell war, überraschte mich. Mit seinem massigen Körper und dem Stiernacken wirkte er schwerfällig.

»Verpiss dich«, sagte er. »Ich will hier keinen Ärger.«

Hinter ihm zeigte mir der tätowierte Typ den Stinkefinger.

»Lass mich durch!« Ich versuchte, den Sicherheitsangestellten zur Seite zu schieben.

Kaum berührte ich seinen Arm, rastete er aus. Er legte mir beide Hände auf die Brust und stieß mich gegen die Mauer. Mir verschlug es fast den Atem. Instinktiv zog ich mein Messer hervor und ließ die Klinge aufspringen. Ich hatte gar keine andere Wahl! Es war Notwehr. Ich hielt dem Idioten das Messer nur unter die Nase, damit er von mir abrückte. Doch statt mich in Ruhe zu lassen, griff er mich an. Mir blieb nichts übrig, als mich zu wehren.

Ich hatte keine Chance. Es war ein völlig ungleicher Kampf. Bevor ich wusste, wie mir geschah, schlug mir der Stiernacken das Messer aus der Hand. Es flog in hohem Bogen davon. Dann lag ich auf dem Boden, die Arme auf dem Rücken fixiert. Kurz darauf erschienen die Bullen. Natürlich glaubten sie dem Sicherheitsangestellten, der behauptete, ich sei auf ihn losgegangen. Meine Version der Geschichte wollte niemand hören. Ich wurde wegen Drohung angezeigt und durfte das »33« nicht mehr betreten.

Das mit der Drohung finde ich sowieso übertrieben. Der Fuchs hat mir erklärt, eine schwere Drohung bedeute, jemanden in Angst und Schrecken zu versetzen. Der Sicherheitsangestellte hatte garantiert keine Angst vor mir, und einen Schrecken eingejagt habe ich ihm auch nicht. Aber irgendwie zählt nicht, wie der andere reagiert, sondern nur, was der Täter macht. Weil ich den Typen mit einem Messer bedroht hatte, galt die Drohung als schwer.

Ich konnte mit Kevin also nicht im »33« aufkreuzen, um Abdel zu suchen. Doch ich kannte jemanden, der mir vielleicht helfen würde. Er hieß Valentino, trug bei jedem Wetter eine Dolce&Gabbana-Sonnenbrille und schlich immer um die Herrengarderobe im Strandbad herum. Ich hatte ihn schon dabei beobachtet, wie er in der Toilette ein Säcklein weißes Pulver hervorgeholt hatte. Normalerweise machte ich einen großen Bogen um ihn. Es gingen Gerüchte um, dass er unter Wasser einem Jungen an die Eier gefasst habe. Bei der Vorstellung wurde mir richtig übel.

Immerhin hatte ich mein Springmesser wieder. Damit würde ich mich wehren können, wenn Valentino mich anzumachen versuchte. Ich hatte mich gleich am Tag nach der Geschichte mit dem Sicherheitsangestellten auf die Suche gemacht, ohne große Hoffnung, das Messer zu finden. Ich war mir sicher gewesen, dass die Polizei es eingesteckt hatte. Doch es lag in einer Topfpflanze. Vermutlich hatten die Bullen nur den Boden abgesucht. Besonders schlau sind sie nicht. Natürlich hätte ich mir auch ein neues kaufen können, doch ich hing am alten. Jeder Millimeter war mir vertraut. Dort, wo meine Jeans über die Kante scheuerte, war der Stoff dünn und hell.

Eine Weile hatte ich mich überhaupt nicht mehr getraut, das Messer auf mir zu tragen. Ich hatte Angst, die Polizei könnte auftauchen und mich durchsuchen. Ich versteckte es deshalb im Keller bei meinen alten Spielsachen. Waren meine Eltern bei der Arbeit, nahm ich es hervor und drehte es in der Hand. Doch das Glücksgefühl blieb aus. Seit dem Verrat spürte ich überhaupt nichts mehr. Manchmal fuhr ich mit der Klinge über meinen Arm und beobachtete, wie sich feine Blutperlen bildeten. Sie sahen im schummrigen Kellerlicht fast schwarz aus. Sogar der Schmerz fühlte sich seltsam dumpf an. Meine Mutter besitzt eine Kette aus schwarzen Perlen. Daran musste ich denken, als ich auf das Blut starrte. Nicht dass es wichtig wäre. Mein Vater hat ihr die Kette zum zwanzigsten Hochzeitstag geschenkt. Sie hat die Perlen immer getragen, wenn sie die Oper besuchte. Als ich klein war, waren meine Eltern mindestens einmal im Monat ausgegangen. Mit der Zeit wurden die gemeinsamen Opern-, Theater- und Konzertbesuche seltener. Dafür nahmen die Diskussionen zu. Meist war ich das Thema.

Besonders hitzig wurden die Gespräche, als ich meine Lehrstelle verlor. Das war, kurz nachdem die Anzeige wegen Drohung ins Haus flatterte. Bestimmt hatte der Küchenchef die ganze Zeit auf eine Gelegenheit gewartet, mich loszuwerden. Egal, wie sehr ich mich anstrengte, er hatte immer etwas zu meckern. Als er erfuhr, dass ich jemanden mit einem Messer bedroht hatte, behauptete er, die Küchenangestellten fühlten sich in meiner Gegenwart nicht mehr sicher. Ich hätte beinahe gelacht, als ich die Ausrede hörte.

Aber nur beinahe. Dass Typen wie er oder wie der Sicherheitsangestellte das Sagen hatten, ging mir schlecht runter. Meine Meinung interessierte niemanden. Dabei hatte meine Mutter immer gepredigt, es sei wichtig, die eigenen Bedürfnisse zu formulieren. Wozu, wenn niemand zuhört?

Obwohl ich mich wehrte, musste ich nach dem Lehrabbruch ein Motivationssemester besuchen. Zusammen mit elf Mitschülern drückte ich wieder die Schulbank und schrieb unter Aufsicht Bewerbungen. Von Motivation war im Klassenzimmer wenig zu spüren. Ich suchte Adressen von irgendwelchen Firmen im Internet heraus, kopierte meine schlechten Zeugnisse, schickte Dossiers ab und wartete auf die Vorladung der Jugendanwaltschaft. Ich hatte mir eine Verhaftung immer als große Sache vorgestellt. Doch bereits nach wenigen Stunden hatte mich mein Vater abgeholt. Schlimm war einzig die Leibesvisitation gewesen. Ich schwöre, dem Bullen hat es Spaß gemacht, mir den Finger in den Arsch zu stecken. Wäre ich an dem Abend wegen Isabella nicht völlig von der Rolle gewesen, hätte ich das Schwein fertiggemacht.

Der Richter will wissen, was am Abend des 2. August geschah. In den vergangenen zwei Jahren habe ich die Ereignisse so oft geschildert, dass es mir nicht schwerfallen sollte, sie darzustellen. Doch das hier ist eine andere Sache. Die Stimmung im Gerichtssaal erinnert mich an die Warteschlange vor einer Geisterbahn. Ich weiß noch genau, wie aufgeregt ich als Kind war, wenn ich das Heulen der Zombies hörte und mir vorstellte, was mich erwartete. Ich hatte Angst, gleichzeitig aber genoss ich den wohligen Schauer, der mir über den Rücken lief.

Dieselbe gespannte Erwartung spüre ich nun im Gerichtssaal. Die Luft knistert. Sonnenstrahlen fallen durch die hohen Fenster in den Raum. Staubflusen tanzen im Licht. Mein Mund ist trocken. Vor mir steht ein Glas Wasser, doch ich schaffe es nicht, danach zu greifen. Zu viele Augen sind auf mich gerichtet.

»Warum haben Sie sich am Bahnhof Küsnacht aufgehalten?«, will der Richter wissen.

Ich schlucke. »Keine Ahnung.«

»Haben Sie auf jemanden gewartet?«

»Nein.«

»Sie haben nicht auf Marius Boltizar, Jannic Kobelt und Ergim Yilmaz gewartet?«

»Nein.«

Der Richter blickt auf seine Unterlagen. »Marius Boltizar, Jannic Kobelt und Ergim Yilmaz kamen um 22.57 Uhr mit der S-Bahn aus Zürich an. Sie sind ihnen also nur zufällig begegnet?«

Ich nicke. Der Fuchs gibt mir ein Zeichen.

»Ja«, sage ich.

»Ist es richtig, dass Sie im Zeitraum zwischen 22 Uhr und 23 Uhr rund ein Gramm Kokain konsumiert haben?«

»Ja.«

Wir hatten Valentino in der Nähe des Schifflandestegs gefunden. Das Strandbad war bereits geschlossen gewesen. Er hatte nicht genug Stoff auf sich gehabt, doch er rief einen Kollegen an, der uns mit so viel Koks eindecken konnte, wie wir brauchten. Wir vereinbarten einen Treffpunkt am Bahnhof. Als Valentino uns begleiten wollte, überkamen mich Zweifel. Hätte ich ihn besser nicht gefragt? Glaubte er, wir schuldeten ihm nun einen Gefallen? Auf dem Weg durchs Dorf sorgte ich dafür, dass der Abstand zwischen uns möglichst groß war.

Der Handel ging schnell über die Bühne. Valentino machte sich zum Glück wieder auf den Weg, Kevin und ich zogen uns gleich am Bahnhof eine Linie rein. Er hatte noch nie gesnifft und war völlig überrascht, als ihm das Koks so heftig einfuhr. Ich dachte an mein erstes Mal, und sofort stiegen Bilder von Isabella in mir hoch. Der Refrain setzte wieder ein.

Seb widert mich an.

Fehlt nur, dass er zu sabbern beginnt.

Außerdem ist er ein totaler Langweiler.

Die Worte rollten durch meinen Körper wie Billardkugeln. Ich spürte sie in den Beinen, die schwer wurden. Im Magen, der sich zusammenzog. In den Fingerspitzen, die kribbelten. Neben mir redete Kevin unaufhörlich. Seine Stimme fühlte sich wie Schmirgelpapier auf meinen aufgekratzten Nerven an. Statt mich mit Zuversicht zu erfüllen, machte mich das Koks reizbar. Ich regte mich über Kevins Jeans auf, weil sie zu kurz war und seine Knöchel zum Vorschein kamen. Als ein alter

Mann mit Gehhilfe vorbeischlurfte, hätte ich ihm am liebsten einen Tritt verpasst, damit er sich schneller bewegte.

Ich zog eine zweite Linie rein. Mein Herz raste, und mein Atem ging schneller. Die Lichter der einfahrenden S-Bahn waren so hell, dass ich meine Augen mit der Hand abschirmen musste. Menschen gingen an mir vorbei, Gesprächsfetzen prallten an mein Trommelfell. Ich schwamm in einem Meer von Gesichtern. Sie tauchten in meinem Blickfeld auf, verschwanden wieder. Die Gesichtszüge flossen ineinander, ich konnte die einzelnen Menschen kaum unterscheiden. Dann eine kräftige Nase, die mir bekannt vorkam. Sie gehörte dem jüngeren Bruder eines Typen, der mit mir in die Sekundarschule gegangen war. Ich versuchte, mich an seinen Namen zu erinnern, doch mein Hirn war auf Stand-by.

Vor dem Kiosk tigerte Kevin herum. Er knackte mit den Fingern, lachte laut, drehte Kreise vor der verschlossenen Tür.

»Hey, Seb! Macht der Laden immer so früh zu?«, rief er. »Ich habe Durst!«

»Wir sind hier in der Provinz«, antwortete ich. »Was hast du erwartet?«

Kevin schlug mit der flachen Hand gegen die Scheibe, als wolle er jemanden im Inneren wecken. Nur dass da niemand war. Ein Pärchen drehte sich nach uns um. Der Mann schüttelte den Kopf, doch die Frau zog ihn am Arm weiter.

»Wo kriegt man hier ein anständiges Bier?«, fragte Kevin.

»Bei mir«, sagte eine Stimme.

Die große Nase tauchte vor mir auf. Der dazugehörende Name wollte mir immer noch nicht einfallen. Piz irgendwas, dachte ich, wie die Berggipfel im Bündnerland. In der ersten Oberstufe hatten wir eine Woche in einem Skilager verbracht, da war jemand auf die Idee mit dem Spitznamen gekommen, weil die Nase dem Berg glich, der das Skigebiet überragte.

»Piz Pirmin!«, stieß ich aus.

»Pirmin ist mein großer Bruder. Ich bin Marius.« Die Nase hielt eine Tasche in die Höhe. »Und ich habe jede Menge Bier dabei.«

»Piz Marius«, grölte ich. »Darfst du denn überhaupt schon Bier trinken? Müsstest du nicht längst im Bett sein?« Ich ging einen Schritt auf ihn zu.

Piz Marius zuckte die Schultern. Er versuchte, locker zu wirken, doch sein unterwürfiger Blick passte nicht zur Bewegung.

Der Kollege, ein Milchgesicht mit tiefsitzender Hose, wich zurück. »Lass uns gehen, Marius, Ergim wartet bestimmt schon.«

Ich drehte mich zu ihm. »Hast du etwas gesagt?«

Das Milchgesicht ignorierte mich. »Marius?«

»Hey! Ich hab dich etwas gefragt! Wie heißt du überhaupt?«

»Jannic«, hauchte er.

»Also, Jannic, wenn du etwas zu sagen hast, sagst du es mir, verstanden?«

Jannic nickte.

»Gut.« Ich wandte mich wieder zu Piz Marius. »Du hast etwas zu saufen dabei? Lass sehen.«

Piz Marius hielt mir die Tasche hin. Darin befand sich ein Sixpack.

»Ist das alles?«, fragte ich.

»Ergim bringt noch eine Flasche Wodka. Wollt ihr mitkommen?«

Er sprach hastig, als fürchtete er, ich ließe ihn nicht ausreden. Sein Bruder war der totale Streber gewesen, doch Piz Marius schien ganz in Ordnung zu sein. Ich klopfte ihm auf den Rücken. Er lächelte dankbar, als hätte ich ihm damit einen Gefallen getan. Großzügig gab ich ihm einen weiteren Klaps.

»Wo steigt die Party?«, fragte ich.

»Am See.«

»Kevin? Bist du auch dabei?«

»Klar, Mann. Ich hab einen Riesendurst!«

13

»Die beschuldigte Person muss sich nicht selbst belasten. Sie hat namentlich das Recht, die Aussage und ihre Mitwirkung im Strafverfahren zu verweigern. Sie muss sich aber den gesetzlich vorgesehenen Zwangsmaßnahmen unterziehen.«
Art. 113 Abs. 1 Schweizerische Strafprozessordnung (StPO)

Der Erste, dem ich erzählen sollte, was im Park geschehen war, war ein Bulle mit Tränensäcken und schütterem Haar. Er saß hinter einem Schreibtisch, auf dem sich Papierstapel türmten. Er war der vierte Bulle, mit dem ich an diesem Tag zu tun hatte. Ich hatte noch geschlafen, als es am Morgen früh bei uns klingelte. Plötzlich standen zwei Uniformierte neben meinem Bett. Ich dachte, ich träume, doch sie waren echt. So echt, dass ich den Schweiß des dickeren roch. Hinter ihnen stand meine Mutter im Morgenmantel, die Hand auf den Mund gepresst, die Augen weit aufgerissen. Ich merkte sofort, dass die Situation ernst war. Ungeschminkt zeigt sich meine Mutter Fremden nie.

Warum waren sie ausgerechnet zu mir gekommen? Wer hatte mich verpfiffen? Bestimmt Jannic, schoss es mir durch den Kopf. Wette, der Feigling hatte kalte Füße bekommen. Dabei hatten wir abgemacht, einander zu decken. Typisch Milchgesicht! Auf die Idee, dass es Kevin gewesen sein könnte, wäre ich nie gekommen. Das erfuhr ich erst viel später. Einen Moment überlegte ich, ob ich mich wehren sollte, doch die beiden Bullen sahen ziemlich entschlossen aus. Sie befahlen mir aufzustehen. Völlig groggy und gleichzeitig hellwach hievte ich mich aus dem Bett. Ich zog eine Hose und ein T-Shirt an, doch als ich frühstücken wollte, packte mich einer der Bullen am Arm und legte mir Handschellen an. Nicht einmal pinkeln durfte ich, zumindest nicht unbeaufsichtigt. Und vor den Augen der Bullen ginge ich auf gar keinen Fall aufs Klo! Wofür hielten sie sich eigentlich? Meine Mutter begann zu weinen.

Wenn ich gewusst hätte, dass ich mein Zimmer viele Jahre nicht mehr betreten würde, hätte ich mich anders verhalten. Vielleicht hätte ich mich noch einmal umgedreht. Oder den vertrauten Geruch ein letztes Mal aufgesogen. Doch ich war mir sicher, dass ich auch die nächste Nacht in meinem Bett schlafen würde. Die Sache wegen der Drohung lag neun Monate zurück, noch immer war nichts geschehen. Mein Vater hatte erst kürzlich festgestellt, ein Strafverfahren komme schleppender voran als der Verkehr auf der SeeStraße zur Stoßzeit. Ich hatte also nichts zu befürchten. Dachte ich.

Die Fahrt ins Polizeigefängnis kommt mir im nachhinein vor wie ein Traum. Nicht nur, weil ich noch nie so früh in die Stadt gefahren war. Mein Kopf schmerzte vom Wodka, das Koks hatte mir eine nahezu schlaflose Nacht beschert. Ich war aufgedreht und erschöpft zugleich. Vor dem Fenster des Streifenwagens zogen die Lichter an mir vorbei. Über dem Zürichberg verfärbte sich der Himmel leicht rosa, es sah aus, als fände dahinter ein Open-Air-Konzert statt.

Ich kannte das Polizeigefängnis von außen, hatte mir aber nie darüber Gedanken gemacht, dass hinter den Mauern Menschen saßen. Das Gebäude gehörte zu den Dingen im Leben, die man nie richtig wahrnimmt, weil sie einen nichts angehen. Kennst du das? Da spazierst du täglich an der gleichen chemischen Reinigung vorbei, würde dich jemand aber danach fragen, hättest du keine Ahnung, wovon die Person redet. Erst wenn dich dein Vater bittet, seine Hemden abzuholen, merkst du, dass es überhaupt so etwas wie eine chemische Reinigung gibt. Oder eine Altglassammelstelle. Einen Ständer mit Lesebrillen an der Kasse im Warenhaus. Behindertenparkplätze. Alles Dinge, die so wenig mit deinem Leben zu tun haben wie eine Bohrinsel vor Alaska oder ein Gesteinsbrocken auf dem Mars.

Das Gefängnis lag hinter der alten Kaserne, mitten auf einer Wiese. Nebenan wurde jeden Herbst ein Zirkuszelt aufgebaut. Das weiß ich, weil ich als Kind mit meiner Tante eine Vorstellung besucht habe. Schon damals fielen mir die vergitterten Fenster auf, doch ich dachte mir nichts dabei. Als ich nun hineingeführt wurde, betrat ich eine ganz andere Welt. Es kam mir vor, als würde ich verschluckt. Hinter mir fiel die Tür ins Schloss, und Zürich verschwand. Ich fragte mich, ob Kevin, Piz Marius und Jannic auch hier waren, doch ich begegnete keinen Gefangenen.

Der dritte Bulle, mit dem ich zu tun hatte, nahm mir Fingerabdrücke und Blut. Anschließend musste ich in einen Becher pissen. Dann geschah eine Weile gar nichts mehr. Ich saß in einer Einzelzelle und wartete. Ich fragte mich, ob meine Mutter meinen Vater angerufen hatte. Käme er vorzeitig von seinem Kongress zurück? Vermutlich nicht. Er war nicht einmal nach Hause gekommen, als ich mit einer Blutvergiftung, die ich einem Bienenstich zu verdanken hatte, im Spital lag. Ich glaube, er war gerne weg.

Ich musste eingeschlafen sein, denn als die Zellentür aufging, war es draußen hell. Mir wurde mitgeteilt, dass mein Anwalt hier sei. Ich fragte mich, ob meine Mutter ihn organisiert hatte. Damals wusste ich noch nicht, dass ein Pflichtverteidiger in Fällen wie meinem automatisch aufgeboten wird. Will heißen: schweren Fällen. Das Gesetz sieht das so vor. Damit schützen sich die Bullen selbst. Niemand soll später sagen können, er sei ungerecht behandelt oder zu einem falschen Geständnis gezwungen worden.

Der pausbäckige Typ, der im kahlen Anwaltsraum auf mich wartete, sah nicht gerade schlau aus. Sein Händedruck war schlaff, dafür war seine Krawatte so eng gebunden, dass ich mich fragte, wie der Anwalt es schaffte, Luft zu kriegen. Irgendwie gelang es ihm, denn er sprach ganz normal. Zumindest, was die Lautstärke betraf. Vom Inhalt verstand ich nicht viel. Er laberte irgendetwas Juristisches, was mich völlig kalt ließ. Das Einzige, was ich kapierte, war seine Anweisung, jede Aussage zu verweigern.

Am meisten erstaunte mich, dass er gar nichts wissen wollte. Er fragte nicht, was geschehen sei. Auch nicht, warum ich es getan hätte. Später erklärte mir der Fuchs, solche Fragen seien zu Beginn nicht relevant. Zuerst müsse sich ein Anwalt ein Bild über die Lage verschaffen. Du musst dir das so vorstellen: Anwälte haben Pikettdienst, wie die Feuerwehr und der Notarzt. Baut jemand Mist, werden sie aufgeboten. Sie haben keine Ahnung, was sie erwartet. Ihre Aufgabe besteht lediglich darin, dafür zu sorgen, dass der Verhaftete seine Situation nicht verschlimmert. Das heißt, dass er nichts sagt, was ihn später belasten könnte. Bei einer Befragung wird jedes Wort aufgeschrieben. Gesagt ist also gesagt. Du kannst nichts zurücknehmen, auch nicht, wenn du es gar nicht so gemeint hast. Das Problem ist, dass du nie weißt, was wichtig ist und was nicht. Als Laie hast du keine Chance. Sogar harmlose Aussagen können sich als Falle erweisen.

Ein Beispiel: Obwohl es mir richtig weh getan hat, habe ich nach der Tat mein Springmesser weggeworfen. Ziemlich schlau, wie? Das habe ich bei der Geschichte mit der Drohung gelernt. Ohne Tatwaffe ist die Jugendanwältin am Arsch. Sie muss genau wissen, wie das Messer aussieht, wenn sie beweisen will, was ich damit getan habe. Es war also wichtig, dass ich verschwieg, wo ich das Messer hingeworfen hatte, sonst hätten die Bullen es gefunden. Das ist noch ganz einfach. Darauf kam ich selbst. Aber es geht weiter. Monate später stellte mir die Jugendanwältin Fragen zur Sache mit dem Sicherheitsangestellten. Der Fuchs war zwar dabei, aber er hatte wohl einen schlechten Tag. Jedenfalls merkte er zu spät, worauf Ursula Kruse-Wiederkehr hinauswollte. Als sie mich plötzlich fragte, ob ich am 2. August dasselbe Messer auf mir getragen hätte wie vor dem »33«, sagte ich Ja. Und schon saß ich in der Falle. Denn eine Überwachungskamera hatte damals alles aufgezeichnet. Dass ich zugab, dasselbe Messer benützt zu haben, verriet also, wie die Tatwaffe aussah. Und führte zur Anklage wegen versuchter eventualvorsätzlicher Tötung.

Du siehst, ohne Anwalt hast du überhaupt keine Chance. Aber das wusste ich noch nicht. Ich hatte keine Ahnung von

Aussagen, Beweisen und dem ganzen Kram. Deshalb habe ich mich einfach darüber gewundert, dass mich der Pflichtverteidiger nichts fragte. Im nachhinein ist mir klar, dass er gar keine Zeit gehabt hatte, sich ins Bild zu setzen. Weil Schweigen der beste Weg ist, eine belastende Aussage zu vermeiden, sollte ich kein Wort sagen. Dadurch gewann er Zeit. Jeder hat das Recht, die Aussage zu verweigern. Das war auch dem Bullen mit den Tränensäcken klar.

»Sebastian Bischof«, fragte er mit tonloser Stimme, »wo waren Sie gestern abend zwischen 23 Uhr und Mitternacht?«

Ich schwieg.

»Ist es korrekt, dass Sie sich in der Parkanlage ›Horn‹ in Küsnacht aufgehalten haben?«

Ich schwieg.

»Mit wem waren Sie dort?«

Ich schwieg.

»Was haben Sie dort gemacht?«

Ich schwieg.

»Haben Sie Alkohol konsumiert?«

Ich schwieg.

»Kennen Sie Kevin Deutwyler?«

Ich schwieg.

»Kennen Sie Marius Boltizar?«

Ich schwieg.

»Kennen Sie Jannic Kobelt?«

Ich schwieg.

»Kennen Sie Ergim Yilmaz?«

Ich schwieg.

Eines muss man dem Bullen lassen. Er hatte Ausdauer. Mein Schweigen hielt ihn nicht davon ab, mich zwei Stunden lang mit Fragen zu bombardieren. Nur ab und zu verstummte er, um mich mit traurigem Blick anzuschauen wie ein Hund, der vergeblich darauf hofft, einen Bissen vom saftigen Steak auf dem Teller seines Herrchens zu bekommen.

»Möchten Sie gar nicht wissen, wie es den Opfern geht?«, fragte er zum Schluss.

Ich blickte aus dem Fenster. Gleich um die Ecke befand sich ein McDonald's. Mein Magen knurrte. Ich hätte viel für einen Big Mac gegeben.

Das Essen im Polizeigefängnis war besser, als ich erwartet hatte. In den Gefängnissen, die ich aus Filmen kannte, mussten die Häftlinge immer irgendwelche grünbraune Pampe essen. Vermutlich war das nur im amerikanischen Knast so. Schweizer Gefängnisfilme kannte ich nicht. Deshalb war ich überrascht, als ich normalen Kantine-Food vorgesetzt bekam. Meine Mutter hätte zwar einiges über das verkochte Gemüse zu sagen gehabt, denn Vitamine sind ihr wichtig. Sie behauptet, nur wer genügend Vitamine esse, sei leistungsfähig und könne sein Potenzial entfalten. In diesem Moment war mein Potenzial aber so ziemlich das Letzte, woran ich dachte.

Mich beschäftigte anderes. Zum Beispiel, wie ich den Reißverschluss meiner Jeans aufkriegte. Der Stoff hatte sich zwischen den Messingzähnchen verklemmt. Wenn ich zu fest zog, würde ich sie vielleicht beschädigen. Und wer will im Knast schon mit offenem Reissverschluss herumspazieren? In den Filmen endet so was nie gut. Doch egal, wie heftig ich am Schieber zerrte, er machte keinen Wank. Ich versuchte, den Stoff hin- und herzubewegen, so dass er sich von alleine löste. Keine Chance. Ich begann zu schwitzen, in der Zelle war es verdammt heiß. Genervt richtete ich mich auf, um einen Schluck Wasser zu trinken. Plötzlich hielt ich inne. Wenn ich zu viel trank und mit dem Reissverschluss kein Glück hatte, saß ich in der Klemme. Bei der Vorstellung begann meine Blase sofort zu drücken. Ich versuchte abzuschätzen, wie spät es war. Dreizehn, vierzehn Uhr? Wie lange würde es noch dauern, bis mich meine Mutter abholte?

Ich zerrte, schob und zog weiter. Der idiotische Schieber hatte sich festgebissen. Typisch! Dabei war die Jeans nicht gerade günstig gewesen. In meiner Wut riss ich so fest, dass der Griff des Schiebers abbrach.

»Verdammte Scheiße!«, schrie ich.

Ich sprang vom Bett. Und da geschah etwas. Die Hose

rutschte mir über die Hüfte. Da man mir beim Eintritt den Gürtel abgenommen hatte, war sie viel zu weit. Verblüfft stand ich da. Es war nicht so, dass ich auf einmal abgenommen hatte. Die Hose war mir schon immer zu weit gewesen. Eigentlich brauchte ich den Reissverschluss gar nicht. Ich schleuderte den Schiebergriff gegen das vergitterte Fenster.

Ich lag auf dem Rücken. Starrte auf zwei Fliegen, die es an der Wand miteinander trieben. Ich hasse Fliegen. Fliegen haben vor nichts Respekt. Außerdem sind sie strohdumm. Sie setzen sich sogar auf dich, wenn du ihnen klar zu verstehen gibst, dass du sie umbringen wirst. Die absolute Provokation. Man sollte sie ausrotten. Vermutlich sind sie jedoch gegen jede Tötungsmethode immun. Oder sie vermehren sich so schnell, dass zehn neue schlüpfen, während du damit beschäftigt bist, eine abzumurksen.

Das hysterische Surren ging mir auf die Nerven. Vorsichtig griff ich nach dem Turnschuh neben meinem Bett, so langsam, dass kaum ein Luftzug zu spüren war. Ohne den Blick von den Fliegen abzuwenden, hob ich den Schuh auf. Das Surren hörte kurz auf, setzte wieder ein. Es kam gleichzeitig von außen wie von innen, als habe der Ton etwas in mir in Schwingung versetzt. Ich wusste, ich musste schnell sein. Und entschlossen. Ich hielt die Luft an. Spannte die Muskeln im Arm.

Die Hand mit dem Schuh schoss hervor wie ein Pfeil. Die Sohle klatschte gegen die Wand. Ich ließ sie einen Moment dort. Genoss den Triumph. Ein Schweißtropfen rann mir den Nacken hinunter. Ich zog die Hand zurück, suchte erwartungsvoll einen roten Fleck. Eine weiße Fläche starrte zurück. Hinter mir hörte ich ein Brummen. Ich drehte mich um. Und da waren sie. Eine flog in hektischen Zickzacklinien durch die Zelle, die andere hing an der Decke, als wolle sie mich verhöhnen. Wütend warf ich den Schuh nach ihr. Traf die Neonröhre. Keine Scherben. Auch die Lampe war vergittert. Wäre die Scheißfliege etwas schlauer gewesen, hätte sie sich hinter dem Gitter in Sicherheit gebracht. Oder wäre durchs Fenster abgehauen. Aber nein, sie suchte sich einen neuen Platz an der Decke und starrte mich an. Dass die Fliege so viele Möglichkeiten hatte, während ich hier festsaß, nährte meine Wut. Ich hob beide Turnschuhe auf und warf sie gleichzeitig. Die Fliege war weg. Ich versuchte es noch einmal. Schlug dorthin, wo ich sie vermutete, immer heftiger, schneller, mit den Armen wie Rotoren eines Helikopters kreisend. Der Schweiß brannte mir in den Augen, aber ich hatte keine Zeit, mir die Stirn abzuwischen. Ich musste zeigen, wer hier der Boss war.

»Was ist da drinnen los?«, rief der Wärter.

Keuchend blieb ich stehen. An der Wand sah ich einen roten Fleck. Ich streckte die Arme in die Höhe. Ha! Ich hatte es geschafft! Ich hatte das Mistvieh besiegt! Ob die zweite zugeschaut hatte? Das wird ihr eine Lehre sein. Mit Stärkeren legt man sich nicht an. Hoffentlich können Fliegen miteinander reden, damit sich die Botschaft in der Fliegenwelt verbreitet. Ich wollte keine einzige mehr in der Zelle sehen. Alle erwartete das gleiche Schicksal. Gegen mich hatten sie keine Chance. Niemand kam gegen mich an. Ich ließe mich nicht fertigmachen, weder von Fliegen noch von Menschen.

Am Handrücken spürte ich etwas Warmes. Überrascht betrachtete ich meine Faust. Die Knöchel waren rot. Ich beobachtete, wie sich ein Blutstropfen bildete. Verstand nicht, was ich sah. Das war mein eigenes Blut. Ich ließ den Blick zum Fleck an der Wand gleiten. Über mir hörte ich ein Surren. Ich legte den Kopf in den Nacken. Da waren sie. Beide.

»Behalte deinen Fraß«, schnauzte ich den Wärter an, als er mir das Abendessen brachte. »Ich will jetzt nach Hause!«

Der Wärter ignorierte mich.

»Ich habe gesagt, ich will gehen!«

Das Doppelkinn des Wärters wackelte leicht, als er seufzte.

»Ich kenne meine Rechte!«, schrie ich. »Ihr dürft mich nicht einfach so festhalten!«

Der Wärter ließ den Blick durch die Zelle schweifen. »Was ist denn hier geschehen? Hat Ihnen niemand die Hausordnung erklärt?«

»Ich scheiß auf eure Hausordnung!«

»Das würde ich mir gut überlegen.«

»Drohst du mir?« Ich ging auf ihn zu.

»Alles klar?«, rief eine tiefe Stimme von draußen.

»Der hier sucht Ärger«, meldete der Wärter zurück.

»Ich hab dich etwas gefragt!«, sagte ich.

»Und jetzt sag ich Ihnen etwas«, entgegnete der Wärter mit einem verärgerten Unterton. »Sie treten auf der Stelle zurück und nehmen die Hände herunter!«

In der Tür tauchte der Typ auf, dem die tiefe Stimme gehörte, ein kleiner, aber breitschultriger Glatzkopf mit Ziegenbart. Ich wich zurück.

Der Glatzkopf schüttelte den Kopf, als er das Chaos in der Zelle sah. »An deiner Stelle würde ich aufräumen. Das gibt sonst Ärger.«

Als könnte es noch schlimmer werden! Ich saß in einem Loch fest, keiner kümmerte sich um mich, und ich war erst noch verletzt. Ich strich über meinen Knöchel. Die Wärter schenkten dem Blut keine Beachtung.

»Ich will nach Hause!«, wiederholte ich.

Der Glatzkopf zuckte die Schultern. »Das wollen sie alle.«

»Aber Sie verstehen nicht, ich gehöre nicht …«

»Erzähl das dem Staatsanwalt.«

Dann ging die Tür zu.

Ich rührte das Essen nicht an. Im Fernsehen brachten sie immer wieder Berichte von Hungerstreiks in Gefängnissen. Ich sah die Kamera schon auf meine ausgemergelte Gestalt schwenken und nahe heranzoomen, damit man meine eingefallenen Wangen gut sah. »Zu Unrecht im Gefängnis«, hörte ich die Moderatorin erläutern. »Sebastian Bischof, 18jährig, landete im Knast, weil er sich gewehrt hatte. Seine Versuche, die Wahrheit zu erzählen, scheiterten. Niemand wollte ihm zuhören. Es blieb ihm nichts anderes übrig, als die Nahrung zu verweigern. Die Polizei bedauert den Vorfall. Es wird eine Untersuchung eingeleitet.«

Ich musste wieder eingeschlafen sein. Als ich die Augen aufschlug, war es dunkel. Irgendwo kotzte jemand. Mir wurde übel. Das passiert mir immer, wenn ich höre, wie sich jemand übergibt. Obwohl ich versuchte, nicht daran zu denken, roch ich das Erbrochene, als wäre es vor meiner Nase. Vielleicht ist Kotzen ansteckend, wie ein Virus. Übertragbar nicht durch den Atem oder durch Berührungen, sondern durch das Gehör. Meine Stirn fühlte sich feucht an.

Ich rollte mich zusammen und stellte mir vor, ich läge in meinem Bett. Es gelang mir nicht. Zu fremd waren die Laute, die durchs offene Fenster drangen. Stadtgeräusche. Eine kreischende Frau, Gelächter. Ein Motor, der aufheulte, Musik, die anschwoll und verstummte. Hinzu kam ein beklemmendes Gefühl der Enge. Als Kind hatte ich einmal unzählige Streichholzschachteln zusammengeleimt, bis ein Block mit lauter Schubladen entstanden war. Ich füllte die Fächer mit Schätzen: Knöpfen, Gummibärchen, geschliffenen Steinen, einer roten Büroklammer. Lauter Mist, den ich mit sechs Jahren cool fand. Nur mein Lieblingsschatz, der Schwanz einer Eidechse, passte nicht in eine Streichholzschachtel. Ich versuchte trotzdem, ihn hineinzuquetschen. Dabei zerbrach er.

Wusste überhaupt jemand, dass ich hier drin war? Vielleicht hatten die Bullen meiner Mutter nicht gesagt, wohin sie mich gebracht hatten. Was geschah, wenn sie mich vergessen hatten? Ich hatte einmal einen Film gesehen, in dem ein Typ in ein Verlies geworfen wird, weil er das falsche Mädchen anmacht. Der Mann, der ihn einsperrt, wird von einem Pferd zu Tode getrampelt. Niemand weiß vom Gefangenen. Der stirbt einen qualvollen Tod.

Mein Magen knurrte. Ich nahm einen Schluck Wasser. Das Essen hatte der Wärter wieder mitgenommen. Es war ihm egal gewesen, dass ich es nicht angerührt hatte. Ich hörte eine Klospülung, dann ein Poltern. Wer mochte in der Zelle neben meiner liegen? Ich redete mir ein, dass es Kevin war, und legte die Handfläche auf die Wand neben dem Bett. Es trennten uns nur wenige Zentimeter. Vorsichtig klopfte ich. Keine Reaktion. Meine Knöchel begannen wieder zu bluten. Ich führte die verletzte Hand an den Mund und klopfte mit der anderen. Kevin antwortete nicht. Das Blut schmeckte metallisch, wie rohes Fleisch. Ich fragte mich, ob meine Mutter mein blutverschmiertes T-Shirt schon gewaschen hatte. Hoffentlich kriegte sie die Flecken raus. Es war ein Rocksmith-T-Shirt. Ein ziemlich neues.

Ich klopfte erneut, diesmal fester. Als etwas gegen die Wand schlug, zuckte ich vor Schreck zusammen. Es klang nicht wie ein Klopfen, eher wie ein Faustschlag. Die Flüche, die ihn begleiteten, kamen von draußen. Offenbar schlief mein Zellennachbar ebenfalls mit offenem Fenster. Die Stimme gehörte eindeutig nicht Kevin. Ich stand auf und spritzte mir kaltes Wasser ins Gesicht. Gerne hätte ich gewusst, wie spät es war. Doch mein Handy hatten sie mir abgenommen. Ich hatte nichts, womit ich mir die Zeit vertreiben konnte. Die Nacht war endlos.

14

»Untersuchungs- und Sicherheitshaft sind nur zulässig, wenn die beschuldigte Person eines Verbrechens oder Vergehens dringend verdächtig ist und ernsthaft zu befürchten ist, dass sie:
a. sich durch Flucht dem Strafverfahren oder der zu erwartenden Sanktion entzieht;
b. Personen beeinflusst oder auf Beweismittel einwirkt, um so die Wahrheitsfindung zu beeinträchtigen; oder
c. durch schwere Verbrechen oder Vergehen die Sicherheit anderer erheblich gefährdet, nachdem sie bereits früher gleichartige Straftaten verübt hat.«
Art. 221 Abs. 1 Schweizerische Strafprozessordnung (StPO)

Der zweite, dem ich erzählen sollte, was im Park geschehen war, war der Staatsanwalt. Dazu wurde ich in Handschellen gelegt und in einen Kastenwagen verfrachtet, als wäre ich ein Schwerverbrecher. Ich dachte, wir würden zur Jugendanwaltschaft fahren, doch wir hielten mitten im Rotlichtviertel.

»Was machen wir hier?«, fragte ich den Bullen, der am Steuer saß.

»Hafteinvernahme«, erklärte er gleichgültig.

»Was ist das?«

Er sah mich an, als hätte ich ihn gefragt, was Flatulenz ist. Falls du es nicht weißt: Das sind Blähungen. Meine Mutter hat das Wort einmal fallenlassen, als ich am Tisch furzte. Ich fand es zum Schreien komisch. Jetzt war mir aber gar nicht nach Lachen zumute. Ich wurde in ein Gebäude geführt und durch ein Labyrinth von Gängen geschleust.

Der Staatsanwalt war ein langweiliger Anzugträger. Er reichte mir die Hand und erklärte, dass mein Verteidiger noch nicht hier sei. Den pausbäckigen Anwalt hatte ich bereits wieder vergessen.

»Kommt meine Mutter auch?«, wollte ich wissen.

Der Staatsanwalt runzelte die Stirn. »Ihre Mutter?«

Ich versuchte, locker zu wirken. »Ich meine ja nur. Letztesmal musste sie dabei sein. Der Jugendanwalt … egal.«

»Sie sind hier nicht auf der Jugendanwaltschaft«, klärte mich der Staatsanwalt auf. »Die Jugendanwaltschaft ist nur für Minderjährige zuständig.«

Ich hätte mir gegen die Stirn schlagen können. Ich Vollidiot. Erst jetzt begriff ich, warum ich mir vorkam wie im falschen Film. Ich war vor zwei Monaten 18 Jahre alt geworden. Erwachsen. Ich schluckte trocken. Hatte ich deshalb die Nacht im Gefängnis verbringen müssen? Würde ich nach der Hafteinvernahme gar nicht freigelassen? Ich glaube, in diesem Moment begriff ich, dass sich etwas in meinem Leben grundlegend verändern würde. Meinen achtzehnten Geburtstag hatte ich wie jeden anderen gefeiert. Ich hatte nicht gemerkt, dass ich durch eine unsichtbare Tür gegangen war. Ahnungslos hatte ich eine neue Welt betreten. Hier galten andere Gesetze.

Nervös kaute ich auf meiner Wange. Ich wollte aussteigen, doch es war zu spät. Jemand hatte Start gedrückt. Jetzt lief das Programm. Es gab kein Zurück.

»Jemand?«, fragte Dr. Wagner, als ich ihm die Situation später schilderte.

»Okay, ich.«

Dr. Wagner nickte. »Sie alleine sind für Ihre Handlungen verantwortlich. Das sind Sie übrigens auch als Minderjähriger. Ab 18 Jahren kommt einfach hinzu, dass Sie auch die Konsequenzen selber tragen müssen.«

»Das ist nicht fair!«

»Ach?«

»Ich meine, niemand hat mich gewarnt!«

»Haben Sie zum Geburtstag ein Strafgesetzbuch erwartet?«

Ich starrte Dr. Wagner an. Er ließ sich nie zu ironischen Bemerkungen hinreissen. War die Frage also ernstgemeint?

»Das nicht, aber … ich weiß auch nicht, vielleicht …«

Dr. Wagner beugte sich vor. »Was? Was haben Sie erwartet? Sagen Sie es mir, Sebastian!«

»Keine Ahnung! Eine Warnung eben!«

»Von wem?«

»Meiner Mutter, meinem Vater, oder, Scheiße, was weiß ich! Irgendjemand hätte es mir einfach sagen sollen!«

»Was sagen sollen? Dass Sie eine Gefahr für Ihre Mitmenschen darstellen?«

»Nein, für … mich selbst.«

Ich hatte mein Leben ruiniert. Das wurde mir im Büro des Staatsanwalts schlagartig klar. Auf einmal wusste ich mit hundertprozentiger Sicherheit, dass von nun an alles anders sein würde. Bis achtzehn hatte man eine Art Probezeit. Diese war jetzt vorbei. Noch glomm jedoch ein kleiner Funken Hoffnung in mir, dass nicht alles verloren war. Fieberhaft überlegte ich, wie ich den Schaden, den ich angerichtet hatte, wieder gutmachen könnte. Was passierte, wenn ich zum Beispiel behauptete, mich an nichts erinnern zu können? Müsste mich der Staatsanwalt gehen lassen?

Ich sah ihn an. Er richtete seine Stapel mit den Unterlagen gerade, holte einen Kugelschreiber aus einer Schublade und schaute auf die Uhr. Das Telefon auf seinem Schreibtisch klingelte. Er nahm ab, bedankte sich und legte auf.

»Bitte holen Sie Herrn Brunschweiler am Empfang«, bat er seinen Mitarbeiter.

Ich fragte mich, wer dieser Brunschweiler war. Kurz darauf betrat ein Mittfünfziger mit kantigen Gesichtszügen den Raum. Seine Bewegungen waren genau bemessen, jedes Haar saß am richtigen Platz. Er sah aus wie ein Mensch, der nichts dem Zufall überließ. Mir wurde flau im Magen.

»Herr Staatsanwalt«, sagte er mit einem kurzen Nicken. »Ich bitte darum, einen Moment alleine mit meinem Klienten sprechen zu dürfen.«

Der Staatsanwalt schaute auf die Uhr. »Ich habe heute einen dichten Terminkalender.«

»Zehn Minuten.«

»Sie können sich ins Besprechungszimmer setzen.«

Der Staatsanwalt gab mir ein Zeichen aufzustehen. Ich verstand überhaupt nichts mehr. War ich der Klient? Erleichterung durchflutete mich. Ich hatte schon befürchtet, dieser Brunschweiler sei hier, um mich fertigzumachen. Aber wo war der pausbäckige Pflichtverteidiger? Leicht verwundert folgte ich diesem Brunschweiler in einen kleinen Raum, der mit einem Tisch und sechs Stühlen ausgestattet war.

Kaum war die Tür zu, kam der Anwalt zur Sache. »Erstens: keine Lügen. Sagen Sie die Wahrheit, oder schweigen Sie. Ein Lügenkonstrukt aufrechtzuerhalten, ist zu anspruchsvoll.«

Er schien auf eine Antwort zu warten, also nickte ich.

»Zweitens: Fragen Sie den Staatsanwalt nach der Einvernahme, wie es den Opfern geht. Ich will dabei Mitgefühl in Ihrer Stimme hören.«

Ich nickte erneut.

»Drittens: Auch im Polizeigefängnis gibt es Wasser zum Waschen. Benützen Sie es!«

Mein Kinn klappte nach unten.

»Haben Sie Fragen?«

»Wer sind Sie? Wo ist der andere Anwalt?«

»Ab sofort bin ich Ihr Verteidiger. Markus Brunschweiler.« Er reichte mir die Hand. »Ihr Vater hat mich engagiert.«

So lernte ich den Fuchs kennen. Etwas benommen hörte ich ihm zu.

»Der Staatsanwalt wird Untersuchungshaft beantragen«, sagte er. »Wegen Kollusionsgefahr. Er hat 24 Stunden Zeit, den Antrag beim Haftrichter einzureichen.« Der Fuchs musste meinen fragenden Blick bemerkt haben, denn er fügte hinzu: »Es gibt drei wichtige Haftgründe: Fluchtgefahr, Wiederholungsgefahr und Kollusionsgefahr.«

Kollusion hieß so viel wie sich mit anderen absprechen oder Beweise beseitigen. Damit das nicht geschieht, ordnet der Staatsanwalt Untersuchungshaft an. So hat er Zeit, allem nachzugehen, ohne dass der Beschuldigte – also ich – ihm reinpfuscht. Das lernte ich aber erst später. Damals verwechselte ich Kollusion mit Kollision. Ich dachte, der Staatsanwalt wisse von meinem Plan, mit dem BMW meines Vaters eine Runde zu drehen. Fürchtete er, ich würde einen Unfall bauen? Durfte er mich deswegen einsperren? Ich wollte den Fuchs fragen, doch die zehn Minuten waren bereits um.

Zurück im Büro des Staatsanwalts musste ich erneut erzählen, was am 2. August geschehen war.

»Sie sind also zusammen mit Kevin Deutwyler, Marius Boltizar und Jannic Kobelt in den Park am See gegangen«, fasste der Staatsanwalt meine Geschichte zusammen. »Wo Sie Ergim Yilmaz getroffen haben?«

»So ähnlich.«

»Was heißt ›so ähnlich‹? War es so, oder nicht?«

»Ergim kam erst später dazu.«

Der Staatsanwalt nickte und machte sich eine Notiz. »Was haben Sie im Park gemacht?«

Ich zuckte die Schultern. »Gesoffen.«

»Was haben Sie getrunken?«

»Bier.«

»Wie viel?«

»Keine Ahnung. Zwei, drei Dosen. Vielleicht vier.«

»Vorhin haben Sie erzählt«, der Staatsanwalt sah zur Sicherheit in seinen Unterlagen nach, »Marius Boltizar habe nur ein Sixpack dabeigehabt.«

»Ja und?«

»Sie waren zu viert.«

»Und?«

»Weshalb bekamen Sie mehr als die anderen?«

Ich richtete mich auf. »Weil man mich respektiert.«

Er runzelte die Stirn. »Was hat Respekt damit zu tun?«

Ich rollte die Augen. »Was wohl? Ich bekam mehr als die anderen.«

»Und worauf gründete dieser Respekt?«

Wollte er mich fertigmachen? Wie sollte ich erklären, auf welche Weise Respekt zustande kam? Respekt muss man sich verdienen. Das ist nicht einfach. Man baut sich einen Ruf auf, und der spricht sich herum. Stärke alleine genügt nicht. Man muss beweisen, dass man sich nicht verarschen lässt, muss bereit sein durchzugreifen, wenn nötig. Vor allem darf man nie Schwäche zeigen. Ich hatte hart gearbeitet, um mir diesen Respekt zu verschaffen. Gleichaltrige senkten den Blick, wenn sie mir begegneten. Jüngere bewunderten mich. Wenn das keine Leistung war!

Der Fuchs mischte sich ein. »Ihre Frage hat nichts mit dem Sachverhalt zu tun, Herr Kollega.«

Herr Kollega? Wie schräg war das denn? Befanden wir uns im Theater? Eine Weile diskutierte der Fuchs mit dem Staatsanwalt, ob das mit dem Respekt wichtig sei oder nicht. Die Sonne schien durchs Fenster und wärmte den Raum. Ich stellte mir vor, wie angenehm es wäre, am See zu liegen. Ideales Badewetter. Ich mag es, wenn die Oberfläche des Wassers leicht flimmert, das Gras stellenweise ausgetrocknet ist. Wird es richtig heiß, schwimme ich zum Floß, das sich etwa fünfzig Meter vom Ufer entfernt befindet, und lege mich auf die Holzplanken. Dort geht immer eine leichte Brise.

»Wo haben Sie sich aufgehalten?«, fragte der Staatsanwalt.

»Was?«

»Wo haben Sie das Bier getrunken?«

»Im Park.«

»Wo genau?«

Ich beschrieb, wie ich mich mit dem Sixpack in der Nähe des Spielplatzes auf eine Bank setzte. Auf dem Abfalleimer daneben standen bereits drei leere Flaschen. Im Licht des Halbmondes wirkten die Umrisse des Kletterturms wie ein Weihnachtsbaum. Ich fragte Kevin, ob er es bis ganz nach oben schaffe, und er behauptete, dazu müsse er nicht klettern, er könne fliegen.

»Ich bin Superman!«, sagte er, die Arme ausbreitend.

Ich grölte. »Wohl eher Koksman!«

»Ist es nicht geil hier oben?«, fragte er, auf einige Steinchen am Boden starrend. »Schau mal, wie klein die Leute sind.«

Ich kriegte mich kaum mehr ein vor Lachen. Kevin bereitete sich auf einen Angriff vor, er erklärte, er werde die Menschheit ausrotten, und wir Riesen würden die Macht übernehmen. Plötzlich flogen Kieselsteinchen in alle Richtungen. Ich hob die Arme schützend vors Gesicht. Piz Marius begriff nicht, was es mit den Steinchen auf sich hatte, gab sich aber Mühe, so zu tun als ob. Nur Jannic hielt sich etwas abseits.

»Ergim kommt!«, rief er plötzlich.

Ich kannte Ergim Yilmaz nicht. Er mich offenbar schon, denn als er mich erblickte, zog er die dunklen Augenbrauen zusammen und schaute von Jannic zu Piz Marius, als erwarte er Anweisungen. Dabei versteckte er die Tasche, die er in der Hand hielt, hinter dem Rücken.

»Schon okay, Ergi«, beruhigte ihn Piz Marius. »Wir lassen eine Party steigen.«

»Wir planen eine Invasion«, korrigierte Kevin.

»Hast du den Wodka dabei?«, wollte ich wissen.

Ergim zog die Tasche hinter dem Rücken hervor. Als ich danach griff, zögerte er. Aber dann ließ er los. Ich nahm eine fast volle Flasche aus der Tasche und streckte den Daumen in die Höhe. Hochprozentiger russischer Wodka, damit ließe sich feiern! Ich sprang auf die Bank und hob die Flasche gegen den Himmel. Anschließend nahm ich einen kräftigen Schluck.

»Ich bin der King!«, rief ich.

»Gib her!« Piz Marius streckte die Hand nach der Flasche aus.

»Nur mit der Ruhe!« Ich hielt den Wodka außer Reichweite. »Wer einen Schluck will, muss dem King zuerst seine Treue beweisen.«

Piz Marius lachte unsicher. »Hör auf, Seb, gib die verdammte Flasche her.«

»Geh vor mir auf die Knie!«

»Komm schon«, bettelte er.

»Kevin, zeig Piz Marius, was mit ungehorsamen Untertanen geschieht«, befahl ich.

Kevin ging einen Schritt auf Piz Marius zu.

»Schon gut«, sagte Piz Marius rasch und ließ sich auf die Knie fallen. »Darf ich bitte einen Schluck Wodka haben?«

»Küss meinen Schuh!«

Stille trat ein. Jannic und Ergim hielten die Luft an, Kevin wartete auf Anweisungen von mir. Einen Moment lang glaubte ich, Piz Marius würde sich weigern. Dann lehnte er sich vor und küsste meinen Turnschuh. Zur Belohnung gab ich ihm einen Schluck Wodka.

»Der Nächste!«, rief ich.

Kevin trat vor. Theatralisch umarmte er meine Beine und küsste beide Schuhe. Als er den Kopf in den Nacken legte, leerte ich ihm den Wodka direkt in den Rachen. Hustend stolperte er zurück. Er griff sich an die Kehle, gab einen würgenden Laut von sich und torkelte gegen den Abfalleimer. Die Glasflaschen fielen zu Boden und zerbrachen. Als er den Schrecken auf Jannics Gesicht sah, begann er, laut zu wiehern. Erleichtert stimmte ich ins Lachen ein. Fast wäre ich auf seine Show hereingefallen.

»Jannic!«, forderte ich das Weichei auf. »Du bist dran.«

Er winkte ab. »Ich will nichts.«

»Ein bisschen mehr Respekt vor dem King!« Ich zeigte auf den Boden. »Los, auf die Knie.«

»Ich will n…«

»Schnappt ihn euch! Bringt ihn her!«

Kevin und Piz Marius sprangen auf und packten Jannic an den Armen. Sie ignorierten seine Proteste und schleppten ihn zur Bank, wo sie ihn auf den Boden drückten. Widerwillig gab er nach und küsste meine Schuhe. Als er immer noch nicht trinken wollte, hielt ihn Kevin fest, und ich stieß ihm die Flasche zwischen die zusammengepressten Lippen. Ergim, der dem Schauspiel nervös zusah, sagte die ganze Zeit nichts. Als er an der Reihe war, kam er meiner Aufforderung sofort nach.

»Ich bin der King«, schrie ich in die Nacht hinaus.

»Sie waren also der König.« Der Staatsanwalt verzog keine Miene. »Jannic Kobelt wollte sich nicht unterordnen. Trotzdem blieb er. Haben Sie ihn dazu gezwungen?«

»Hey, ich hab gar niemanden zu etwas gezwungen!« Ich verschränkte die Arme. »Außerdem haben wir bloß herumgealbert.«

»Sie haben Ihre Kollegen gezwungen, Ihnen die Schuhe zu küssen.«

»Das war nur Spaß! Sie wollten es.«

»Sie wollten Ihnen die Schuhe küssen?«

»Mann, Sie wissen doch, wie das ist.«

»Nein«, antwortete der Staatsanwalt ernst. »Das weiß ich nicht.«

Am liebsten hätte ich dem biederen Anzugträger meine Meinung gesagt. Was konnte ich denn dafür, dass er keinen Spaß verstand? Doch der Fuchs warf mir einen warnenden Blick zu, deshalb hielt ich den Mund.

»Sie haben also ›herumgealbert‹«, stellte der Staatsanwalt fest. »Wann haben Sie Daniel Gutenberg und Hung Nguyen bemerkt?«

»Keine Ahnung.«

Der Staatsanwalt klopfte mit dem Bleistift auf den Tisch. »Wo hielten sich Daniel Gutenberg und Hung Nguyen auf?«

Ich zögerte. »Kann mich nicht erinnern.«

Erneut sah mich der Fuchs an. Doch es war keine Lüge. Ich konnte mich wirklich nicht daran erinnern, wo die Typen gewesen waren. Zumindest nicht genau.

»Was geschah, nachdem Ergim Yilmaz Ihnen die Schuhe geküsst hatte?«

»Wir soffen weiter.«

»Wo?«

»Ich nehme an, beim Spielplatz. Auf der Bank.«

»Sie nehmen an?«

»Scheiße, ich habe doch gesagt, ich kann mich nicht erinnern!«

»Sie machen also eine Erinnerungslücke geltend.« So, wie der Staatsanwalt es sagte, klang es richtig unanständig.

Ich zuckte die Schultern.

»Wie kamen Sie zu den Stufen am Seeufer, auf denen Daniel Gutenberg und Hung Nguyen saßen?«

»Zu Fuß, vermutlich!«

»Sie geben also zu, zu den beiden hingegangen zu sein?«

»Keine Ahnung! Ich war völlig zugedröhnt!« Plötzlich erinnerte ich mich an die Anweisungen, die mir der Fuchs im Besprechungsraum gegeben hatte. »Wie geht es den … ihnen?«

Lange sah mich der Staatsanwalt an. »Hung Nguyen hat eine Niere verloren. Daniel Gutenberg schwebt noch immer in Lebensgefahr.«

15

»Wir sind ein Gefängnis, und wir sind aufeinander angewiesen.«
Verhaltenskodex Jugendabteilung Gefängnis Limmattal

Der Haftrichter entschied, dass ich im Knast bleiben müsse. Ich wurde in ein anderes Gefängnis versetzt, außerhalb der Stadt. Dort gab es eine Jugendabteilung, in der rund zwei Dutzend Straftäter in meinem Alter untergebracht waren. Ich war ziemlich nervös. In den Filmen werden die Neuen immer fertiggemacht. Ich schwor mir, von Anfang an zu zeigen, wer der Boss war. Mich würde keiner herumkommandieren.

Beim Eintritt wurde mir ein Verhaltenskodex ausgeteilt. Darin stand, wie ich mich zu benehmen hatte. Ich musste ihn unterschreiben, als handle es sich um einen Vertrag. Ich fragte mich, wo sie mich hinschicken würden, wenn ich die Regeln missachtete. Der Knast war bereits Endstation. Damals wusste ich noch nicht, dass eingesperrt sein nicht gleich eingesperrt sein ist. Es ist wie mit der Dunkelheit. Kommst du von einem hellen Ort an einen dunklen, siehst du zunächst nur Schwarz. Allmählich gewöhnen sich deine Augen an das fehlende Licht, und du fängst an, Unterschiede zu erkennen.

Als ich in den Knast kam, sah ich zuerst nur die Gitter. Jedes Fenster war vergittert, der Hof ebenfalls, wie ein Hamsterkäfig. Nach einem kurzen Rundgang wurde ich durch einen Flur geführt, der mich an einen Bunker erinnerte. Die Wände waren aus Sichtbeton, die Türen aus Metall. Meine Zelle war die vierte von links. Obwohl sich ein Etagenbett darin befand, hatte ich keinen Zellengenossen. Als die Tür hinter mir ins Schloss fiel, stand ich einfach da und starrte auf die schmale Matratze. Zu Hause hatte ich ein Doppelbett für mich alleine. Zum ersten

Mal kam mir der Gedanke, dass ich möglicherweise lange nicht mehr darin schlafen würde. Der Fuchs hatte mir zwar schon am Vortag erklärt, ich müsse während der Dauer der Untersuchung im Gefängnis bleiben. Und dass sich das in die Länge ziehen konnte, wusste ich aufgrund der Anklage wegen Drohung. Doch obwohl ich die Worte verstanden hatte, hatte ich ihre Bedeutung nicht begriffen. Der Zeitraum, den sie umfassten, war für mich nicht fassbar gewesen. Jetzt stand ich in der Zelle, und jede Sekunde fühlte sich wie ein Gewicht an.

Am schlimmsten war die Stille. Klar nahm ich Geräusche wahr, aber alle waren gedämpft. Mir kam es vor, als existiere außer mir nichts. Es hätte mich nicht überrascht, meinen eigenen Herzschlag zu hören. Stille hatte ich noch nie gemocht. Wenn ich alleine zu Hause war, schaltete ich immer den Fernseher ein. Doch hier gab es keinen Fernseher. Nicht einmal ein Radio. Zumindest für die Neuen nicht. Später würden die Vorschriften gelockert, erfuhr ich. Eingesperrt sein war eben nicht gleich eingesperrt sein.

Ich fand das Fernsehverbot ungerecht. Schließlich war ich noch nicht verurteilt. Also durfte ich auch nicht bestraft werden. Wir leben in einem Rechtsstaat, oder? Ich versuchte, einem Wärter (eigentlich werden die Wärter »Mitarbeiter« genannt, aber das ist, als würde man die Insaßen als »Gäste« bezeichnen) meinen Standpunkt klarzumachen. Keine Chance. Auch der Fuchs konnte nichts ausrichten.

»Selbstreflexion«, sagte er. »Sie sollen sich darüber Gedanken machen, warum Sie im Gefängnis sind, nicht sich mit Fernsehen ablenken. So ist es vorgesehen.«

»Ich darf nicht fernsehen, damit ich Zeit zum Nachdenken habe?«, fragte ich. »Wie bescheuert ist das denn?«

Der Fuchs ging nicht darauf ein. Im Gegensatz zu Dr. Wagner interessieren ihn meine Gefühle nicht. Er gab mir einige Tips, wie ich mich zu verhalten hätte, und erklärte, dass sich gute Führung vor Gericht positiv auswirke. Als käme es darauf an. Ich war schon abgestempelt. Die Wahrheit interessierte niemanden. Nicht einmal die anderen Insaßen.

Bald lernte ich einige kennen. Um 7.30 Uhr wurde ich geweckt, obwohl ich die halbe Nacht wachgelegen war. Frühstück gab es in der Zelle. Danach musste ich zur Arbeit. Ich befürchtete, man würde mich in der Küche einteilen, weil ich da Erfahrung hatte. Doch meine Aufgabe bestand darin, irgendwelche Produkte abzufüllen. Das war easy. Viel geredet wurde nicht, doch ich bemerkte die neugierigen Blicke. Die meisten Gefangenen waren in meinem Alter, einige jünger. Ein tätowierter Typ mit knochigem Gesicht behielt mich die ganze Zeit im Auge. Als wir um 11 Uhr in unsere Zellen zurückgebracht wurden, ging er direkt hinter mir. Ich bildete mir ein, seinen Atem im Nacken zu spüren.

Am Nachmittag war Gruppenvollzug angesagt. Beim Spaziergang im Hof erfuhr ich, dass der Tätowierte Boris hieß und am längsten im Knast war. Man munkelte, er sei kurze Zeit in einem Maßnahmenzentrum gewesen, dann aber zurückgekehrt, weil er dort jemanden spitalreif geprügelt habe. Automatisch langte ich in meine Hosentasche. Kein Springmesser. Daran hatte ich mich immer noch nicht gewöhnt. Es war, als fehle mir ein Körperteil.

»Es ist besser, sich nicht mit ihm anzulegen«, sagte ein kleiner Rothaariger, als habe er meine Gedanken gelesen. Er sah aus, als könne er keiner Fliege etwas zuleide tun. »Boris ist nachtragend.«

»Weshalb ist er hier?«, fragte ich.

Der Rothaarige zuckte die Schultern. »Keiner weiß das so genau. Hast du Ware?«

»Ware?«, wiederholte ich wie ein Idiot.

»Ein Handy? Dope? Porno?«

Ich schüttelte den Kopf.

»Wenn du was anzubieten hast oder etwas brauchst«, er klopfte sich auf die Brust, »bei mir bist du an der richtigen Adresse.«

Ich wollte fragen, wie es möglich sei, Drogen oder ein Handy ins Gefängnis zu schmuggeln, doch es war mir peinlich. Wenn ich mir Respekt verschaffen wollte, durfte ich mir nicht anmerken lassen, dass ich keine Ahnung hatte. Deshalb schaute ich gleichgültig vor mich hin.

»Der Food hier ist scheiße«, sagte ich.

»Find ich nicht«, widersprach der Rothaarige und wandte sich von mir ab.

Er schlenderte zu einem Muskelprotz, der ihm eine Zigarette anbot, und beachtete mich nicht mehr. Um nicht wie ein Loser herumzustehen, gab ich vor, aufs Klo zu müssen. Der Wärter, der Aufsicht hatte, sagte mir, ich solle verklemmen.

»Bald gibt es Abendessen«, erklärte er. »Dann können Sie in Ihrer Zelle auf die Toilette.«

Wollte er mich verarschen? Es war erst 15.30 Uhr. Vielleicht war er einer dieser Sadisten, die sich am Elend anderer aufgeilten.

»Ich muss aber jetzt!«

»Sie werden wohl noch eine halbe Stunde warten können.«

»Sag deiner Mami, sie soll dir beim nächsten Besuch Windeln mitbringen«, rief jemand hinter mir.

Ich drehte mich um. Neun Augenpaare waren auf mich gerichtet. Der Hof füllte sich mit Gelächter. Ich ballte die Hände zu Fäusten. Das Lachen schwoll an, es hallte von den Betonwänden wider, brach über mich herein und entfachte die Wut, die in mir schlummerte. Ich hörte die höhnischen Stimmen, sah lauter spöttische Gesichter. Ich wollte die Hände um jede einzelne Kehle legen, bis das Lachen verstummte. Der Rothaarige stand am nächsten. Ich holte tief Atem und spannte die Muskeln.

Plötzlich spürte ich eine Hand auf der Schulter. »Kommen Sie«, sagte der Wärter ruhig. »Ich bringe Sie zur Toilette.«

Die Berührung war wie ein elektrischer Schock. Ich fuhr zusammen und wirbelte herum. Blitzartig holte ich zum Schlag aus. In Gedanken sah ich den Wärter schon vor mir zusammensacken, da passierte etwas Seltsames. Ich konnte meinen Arm nicht mehr bewegen. Ich weiß nicht, was ich in diesem Moment dachte. Vielleicht gar nichts. Die Zeit stand einfach still. Ich befand mich in einem Vakuum. Das Gelächter war verstummt. Oder ich war taub geworden. Die Augenpaare waren auf etwas hinter mir gerichtet. Ich drehte den Kopf. Und sah direkt in das knochige Gesicht von Boris. Seine Finger umklammerten mein Handgelenk. Einige Sekunden lang schaute er mich einfach an. Dann ließ er meinen Arm langsam los. Und bot mir eine Zigarette an.

Ich nahm sie, weil ich mich an etwas festhalten musste. Boris lotste mich vom Wärter weg und gab mir Feuer. Er nahm einen tiefen Zug und blies mir den Rauch ins Gesicht.

»Merk dir eines, Kleiner«, sagte er. »Wenn hier jemand Stunk macht, dann bin ich es.«

Ich starrte ihn an, unsicher, ob er mich verarschte. Hatte er tatsächlich eingegriffen, weil er darüber bestimmen wollte, wann es Ärger gab? Oder war das ein Freundschaftsangebot? Er schien hier so etwas wie der Anführer zu sein. Ihn auf meiner Seite zu haben, konnte nicht schaden. Deshalb nickte ich. Damit war die Sache für Boris erledigt. Ich weiß nicht, was ich erwartet hatte. Vielleicht, dass wir ein wenig quatschen würden oder dass er mir einige Tips gäbe. Aber er sagte nichts mehr. Dann war es Zeit, in die Zelle zurückzukehren. Es gab tatsächlich um 16 Uhr Abendessen.

Boris beachtete mich nicht mehr. Irgendwie war ich enttäuscht. Seine Tätowierungen gefielen mir. Gerne hätte ich ihn gefragt, ob man sie sich im Knast stechen lassen konnte. Da ich nichts Besseres zu tun hatte, verbrachte ich die Abende damit, Skizzen von möglichen Sujets anzufertigen. Ich zeichnete Flammen, die einen Nacken emporkletterten, Schlangen und Stacheldraht, die sich um Arme wanden. Am besten gefiel mir die Zeichnung eines Springmessers. Marke Smith & Wesson natürlich. Man sah nur den Griff, denn die Klinge steckte im Rücken. Ich stellte mir vor, wie ich am See mein T-Shirt auszog und alle auf die Tätowierung starrten.

Als der Fuchs die Zeichnung sah, flippte er aus. Er war ins Gefängnis gekommen, um mir weitere Fragen zu stellen. Eigentlich hatte ich nur ein Taschentuch hervorholen wollen, dabei war das gefaltete Blatt Papier zu Boden gefallen. Der Fuchs hob es auf und erstarrte.

»Haben Sie das jemandem gezeigt?«, wollte er wissen.

»Nein, warum?«

»Warum?«, wiederholte er, das Wort in die Länge ziehend. »Weil Sie Ihre Gewaltfantasien nicht jedem auf die Nase binden sollten, deshalb!«

»Gewaltfantasien? Sie sind ja nicht ganz dicht! Das ist nur eine Zeichnung.«

»Setz dich!«, befahl er.

Es war das einzige Mal, dass ich den Fuchs wütend erlebte. Mit zusammengepressten Lippen zerriss er das Blatt, bevor ich ihn davon abhalten konnte. Dann nahm er mir gegenüber Platz und beugte sich vor.

»Alles, was Sie machen, wird Eingang in Ihre Akten finden. Wenn Ihr Fall vor Gericht kommt, wird der Richter jedes einzelne Wort lesen. Am meisten wird ihn Ihre Einstellung zum Thema Gewalt interessieren. Er wird wissen wollen, ob es Ihnen immer noch schwerfällt, Ihre Impulse zu unterdrücken. Ob Sie überhaupt in der Lage sind, Reue zu empfinden. Oder ob Sie insgeheim vielleicht mit dem Gedanken spielen, weitere Gewalttaten zu verüben. Kurz, ob Sie eine Gefahr für Ihre Mitmenschen darstellen!« Er hielt kurz inne. »In den nächsten Monaten wird man Sie auseinandernehmen. Es wird ein psychiatrisches Gutachten erstellt. Man wird Ihre Vergangenheit unter die Lupe nehmen. Ihr Verhalten analysieren. Wenn eine solche Zeichnung«, er deutete auf die Papierfetzen, »in die Hände der Anklage oder des Gutachters fällt, kann ich Ihnen nicht mehr helfen.«

Ich starrte ihn nur an.

»Ich werde zu beweisen versuchen«, fuhr der Fuchs fort, »dass Sie aus einem Impuls heraus gehandelt haben. Dass Sie nicht wussten, was Sie taten. Und vor allem: Dass Sie nie, nicht einen Moment lang, daran gedacht haben, Ihre Tat könnte tödliche Folgen haben. Ich werde Sie als leicht reizbar darstellen. Als impulsiv. Hauptsache, die Richter sehen in Ihnen nicht einen abgebrühten, planenden Gewalttäter. Verstehen Sie den Unterschied?«

Ich nickte.

»Gut. Von nun an werden Sie sich entsprechend aufführen. Ich will nie hören, dass Sie mit Ihrer Tat prahlen. Überhaupt werden Sie nur in meiner Anwesenheit darüber sprechen. Ich will auch nicht erfahren, dass Sie das Thema Gewalt beschäftigt. Im Gegenteil. Sie werden Auseinandersetzungen aus dem Weg gehen! Sie werden sich so unauffällig benehmen, dass sich niemand an Sie erinnert. Haben Sie das verstanden?«

Ich nickte erneut.

Der Fuchs lehnte sich zurück. Er sagte so lange nichts, dass ich glaubte, er habe mich vergessen. Doch dann ging ein Ruck durch seinen Körper, und er kam wieder zu sich.

»Ihre Mutter hat mir einige Sachen für Sie mitgegeben«, sagte er. »Die Gefängnisleitung muss sie zuerst durchsehen, einige Gegenstände müssen gescannt werden. Sie sollten sie heute abend oder morgen erhalten.«

»Ist mein Laptop dabei?«, fragte ich hoffnungsvoll.

»Es sind Kleider«, sagte der Fuchs ausdruckslos. »Und Hygieneartikel.«

Enttäuschung wallte in mir auf. Damals wusste ich noch nicht, dass ich mich glücklich schätzen konnte, Shampoo und Zahnpasta zu erhalten. Der Lohn für die Arbeit im Gefängnis war mies. Das Geld reichte kaum, um sich mit Zigaretten und Snacks einzudecken. Musste man auch noch Hygieneartikel kaufen, blieb gar nichts übrig.

»Interessiert es Sie gar nicht, wie es ihr geht?«, fragte der Fuchs.

»Wie es wem geht?«

»Ihrer Mutter!«

»Doch.«

»Sie hält trotz allem, was Sie getan haben, zu Ihnen.«

Ob er mir die Wahrheit sagte? Wenn es stimmte, warum besuchte sie mich nicht? Seit meiner Verhaftung hatte ich meine Eltern nicht gesehen. Ich hätte viel darum gegeben, die

Stimme meiner Mutter zu hören, auch wenn sie mich mit Fragen löchern und vermutlich heulen würde. Irgendwie hatte sie mir immer das Gefühl gegeben, alles käme in Ordnung. Klar wusste ich, dass sie nichts ausrichten konnte. Sie hatte weder Einfluss auf den Staatsanwalt noch auf das Gericht. Auch ihre Ratschläge würden mir nichts nützen. Doch im Gegensatz zu allen anderen Menschen verurteilte sie mich nicht vorschnell. Sie interessierte sich für meine Meinung. Dass sie mir meine Sachen nicht selbst vorbeibrachte, konnte nur eines bedeuten: Sie hatte genug von mir. Erst später erfuhr ich, dass der Besuch noch nicht bewilligt worden war. Im Gefängnis muss alles beantragt werden. Es ist nicht wie im Spital, wo man während der Besuchszeiten einfach reinspaziert.

»Was hat das in Ihnen ausgelöst?«, fragte Dr. Wagner, als ich ihm später davon erzählte.

»Dass sie nicht kam?«, fragte ich.

»Ja.«

»Ich weiß nicht.« Ich sah aus dem Fenster. »Meine Mutter hat immer gesagt, es bringe nichts, den Kopf in den Sand zu stecken. Probleme müsse man anpacken.«

»Und Sie glaubten, sie gehe Ihnen aus dem Weg?«

»Irgendwie schon.«

»Wie haben Sie sich gefühlt?«

»Keine Ahnung.«

Dr. Wagner wartete.

Ich hatte einmal einen Film über zwei Bergsteiger gesehen, die in Alaska unterwegs waren. Sie hatten sich sorgfältig auf die Tour vorbereitet, doch ein Sturm kam auf. Ausgerechnet als sie sich an der schwierigsten Stelle des Berges befanden. Sie waren durch ein Seil miteinander verbunden. Falls einer abrutschte, hätte derjenige, der Halt fand, den anderen wieder hochziehen können. Doch der Felsen bröckelte, und beide stürzten in die Tiefe. Einer konnte sich trotzdem festhalten, der andere hing über dem Abgrund. Fast zwei Stunden lang klammerte sich der obere Bergsteiger an den winzigen Felsvorsprung. Dann ging ihm die Kraft aus. Er wusste, dass er das Seil durchtrennen musste, um nicht mit seinem Kollegen in den Tod zu stürzen. Im allerletzten Moment klarte der Himmel auf, und ein Helikopter kam angeflogen. Beide wurden gerettet. Im Film ist so etwas möglich.

Dr. Wagner wartete immer noch.

»Als hätte sie das Seil durchgeschnitten«, sagte ich schließlich.

Obwohl Dr. Wagner den Film vermutlich nicht kannte, nickte er. »Sie fühlten sich im Stich gelassen.«

»Glaube schon.«

»Haben Sie Ihre Mutter gefragt, warum Sie nicht kam?«

»Nein.«

»Warum nicht?«

»Wie denn? Sie war ja nicht da.«

»Sie hätten ihr schreiben können.«

»Ich kann nicht gut schreiben.«

»Wollten Sie die Antwort überhaupt wissen?«

Ich zuckte die Schultern.

»Wovor haben Sie sich gefürchtet?«

Ein Vogel landete auf dem Fenstersims.

»Dass sie Sie nicht mehr liebte?«, fragte Dr. Wagner.

»Ich bin kein Kind!«

»In jedem von uns steckt ein Kind, das geliebt werden möchte.«

Sie kam in der zweiten Woche. Der Besuch verlief genau, wie ich erwartet hatte. Sie löcherte mich mit Fragen. Immerhin weinte sie nicht. Ich erklärte, es sei ganz in Ordnung im Gefängnis. Inzwischen durfte ich fernsehen, und die Abende waren nicht mehr so eintönig. Freunde hatte ich zwar keine, aber man ließ mich in Ruhe. Ich erzählte nicht, dass ich mit Rauchen angefangen hatte. Auch nicht vom Ärger mit einem der Aufseher.

»Wo ist Paps?«, fragte ich.

Meine Mutter senkte den Blick. »Er wollte mitkommen,

doch er wurde zu einem Notfall gerufen. Ein Patient … du weißt, wie das ist.«

Es war das erste Mal, dass ich meine Mutter lügen hörte.

16

»Für Personen, welche zum Zeitpunkt der Tat das 18. Altersjahr noch nicht vollendet haben, bleiben die Vorschriften des Jugendstrafgesetzes vom 20. Juni 2003 (JStG) vorbehalten. Sind gleichzeitig eine vor und eine nach der Vollendung des 18. Altersjahres begangene Tat zu beurteilen, so ist Artikel 3 Absatz 2 JStG anwendbar.«
Art. 9 Abs. 2 Schweizerisches Strafgesetzbuch (StGB)

Die dritte Person, der ich schildern musste, was im Park geschehen war, war die Jugendanwältin. Das verwirrte mich. Ich verstand nicht, warum ich plötzlich wieder von einer Jugendanwältin befragt wurde statt vom Staatsanwalt. Schließlich war ich immer noch volljährig, auch wenn ich mir manchmal wünschte, ich könnte die Zeit zurückdrehen.

Der Fuchs erklärte mir das so: »Gegen Sie läuft bereits ein Verfahren bei der Jugendanwaltschaft.« Er meinte die Sache mit dem Sicherheitsangestellten vor dem »33«. »Deshalb gelten weiterhin die Vorschriften des Jugendstrafverfahrens, auch wenn Sie zum Zeitpunkt der zweiten Tat volljährig waren. Das Gesetz schreibt das so vor.«

»Warum musste ich zuerst zum Staatsanwalt?«

»Weil er keine Kenntnis vom ersten Verfahren hatte.«

Ich begriff es nicht ganz, aber das war egal. Ich war froh, musste ich nicht mehr zum biederen Anzugträger.

Der Fuchs rieb sich die Hände. »Für Sie ist das gut. Jugendanwälte sind in der Regel nachsichtiger.«

Er kannte Ursula Kruse-Wiederkehr noch nicht.

Als ich sie das erste Mal sah, seufzte ich erleichtert auf. Sie trug Jeans und hatte Lachfalten um die Augen. Mit sanfter Stimme bat sie mich, Platz zu nehmen, und fragte den Fuchs, ob er einen Kaffee wolle. Mir brachte sie ein Glas Wasser. Dann erklärte sie, dass wir noch auf die Geschädigtenvertreter warten müssten. Überrascht sah ich zum Fuchs. Davon hatte er mir nichts erzählt.

»Das sind die Anwälte der Opfer«, erklärte er.

»Was wollen sie?«

»Zuhören.« Er nahm einen Schluck Kaffee. »Vielleicht werden sie Ihnen im Anschluss auch einige Fragen stellen.«

Ursula Kruse-Wiederkehr lächelte.

Die Geschädigtenvertreter trugen dunkle Anzüge und fade Krawatten. Ihre Mienen waren verschlossen, ihre Zeit war kostbar, zumindest hatte ich diesen Eindruck, denn sie sahen dauernd auf die Uhr. Ursula Kruse-Wiederkehr ließ sich nicht beirren. Sie sprach langsam und stellte Dutzende von Fragen. Erneut musste ich den ganzen Abend schildern. Als ich beschrieb, wie Kevin und ich mit Piz Marius, Jannic und Ergim im Park getrunken hatten, trommelte einer der fremden Anwälte mit den Fingern auf seinen Oberschenkel.

»Kannten Sie Daniel Gutenberg und Hung Nguyen?«, fragte Ursula Kruse-Wiederkehr.

»Nicht wirklich.«

»Sondern?«

»Den Thailänder habe ich mal in der S-Bahn gesehen«, antwortete ich. »Den anderen glaube ich nie.«

»Sie meinen Daniel Gutenberg?«

»Ich weiß nicht, wie er heißt.«

»Das Opfer, das lebensgefährlich verletzt wurde, heißt Daniel Gutenberg«, wiederholte sie. »Und Hung Nguyens Familie stammt übrigens aus Vietnam, nicht Thailand.«

»Von mir aus.«

Der Fuchs warf mir einen warnenden Blick zu.

»Was ist mit ihm?«, fragte ich rasch. »Ich meine … ist er okay?«

Ursula Kruse-Wiederkehr sah mich lange an. »Wann sind Ihnen Daniel und Hung aufgefallen?«

Die Wodkaflasche war fast leer. Als ich sie an den Mund setzte, protestierte Kevin.

»Ich will auch noch einen Schluck!«, rief er.

Ich hielt die Flasche hoch. »Dann hol sie dir!«

Kevin streckte sich und verlor dabei fast das Gleichgewicht. Es sah aus, als versuche er, auf einem Surfbrett zu stehen. Ich sprang von der Bank und rannte Richtung See. Mir war zwar auch schwindlig, doch ich schaffte es, aufrecht zu bleiben.

»Hier ist der Wodka!«, lachte ich.

Kevin torkelte mit seitwärts ausgestreckten Armen hinter mir her. Es sah total komisch aus. Fehlte nur, dass er zu quaken begann. Sein Mund stand offen, die Augen kniff er zusammen, weil ihn eine Laterne blendete. Deshalb sah er auch die Stufen nicht, auf die ich zurannte. Als er ins Leere trat, flog er der Länge nach hin. Ich sprang zurück, um mich in Sicherheit zu bringen. Dass dort einer saß, hatte ich gar nicht bemerkt.

»Hey, pass auf, wo du hintrittst, du Idiot!«, rief jemand.

Ich wirbelte herum. Ein Typ mit Seitenscheitel und Lacoste-Turnschuhen wich zurück. In der Hand hielt er eine Dose Red Bull. Den Thailänder neben ihm bemerkte ich zuerst gar nicht, weil er im Schatten hockte.

»Hast du etwas gesagt?«, fragte ich den Seitenscheitel.

»Komm, lass uns gehen«, hörte ich eine weitere Stimme. »Ich kenne den Typen, der hat sie nicht alle.«

Jetzt sah ich den Thailänder auch. »Redest du etwa von mir?«

Der Thailänder wandte sich ab.

Ich packte ihn an der Schulter. »Hey, ich meine dich!«

»Lass mich los, du Schwuchtel!«

»Wen nennst du eine Schwuchtel?«

»Lass mich in Ruhe!« Er versuchte, sich loszureissen.

»Ich habe gefragt, wen du eine Schwuchtel genannt hast!«

Dann ging alles ganz schnell. Eine Hand kam auf mich zu. Ich schlug sie weg. Auf einmal war der Seitenscheitel vor mir. Ich verstand nicht, was der Typ sagte, doch ich spürte etwas Feuchtes am Oberschenkel. Als ich nach unten blickte, sah ich die Red-Bull-Dose, die auf der Stufe lag. Ich brauchte einen

Moment, bis ich begriff, dass das feuchte Gefühl an meinem Bein vom Inhalt stammte, der mir über die Hose geflossen war.

»Verdammte Scheiße!«, schrie ich.

Die Jeans war neu.

Der Seitenscheitel wollte sich aus dem Staub machen.

Ich hielt den Typen zurück. »Putz deinen Dreck weg!«

»Verpiss dich!«, gab er zur Antwort.

»Hey, Seb, easy.« Die Stimme gehörte Kevin.

»Los, mach schon!«, befahl ich.

»Vergiss es!«, sagte jemand.

»Lass uns abhauen!« Eine andere Stimme.

»Halt die Schnauze«, erklang es hinter mir.

Füße schabten über die Steinstufen, eine Hand streifte meine Wange. Der süsse Duft des Red Bulls stieg mir in die Nase. Mein Mund fühlte sich trocken an, die Schleimhäute brannten. Irgendwo hörte ich einen Containerdeckel zuschlagen. Der Lärm hallte in meinen Ohren wie ein Schuss. Schallwellen jagten durch meinen Körper. Mein Herz raste.

»Was geschah dann?«, fragte Ursula Kruse-Wiederkehr.

Im Raum war es still.

»Ich kann mich nicht erinnern.« Ich starrte auf meine Hände. Die Haut war rissig.

»Haben Sie Ihr Messer hervorgeholt?«

»Ich weiß es nicht mehr.«

Ich hörte, wie die Jugendanwältin in den Unterlagen blätterte. »Gegenüber der Polizei haben Sie auch behauptet, Sie könnten sich nicht an Daniel Gutenberg und Hung Nguyen erinnern.«

Ich zuckte die Schultern. »Jetzt schon.«

»Kann es sein, dass Sie sich auch wieder daran erinnern, wie Sie Ihr Messer gezückt haben?«

»Glaube nicht.«

»Wo trugen Sie das Messer?«

»Vermutlich in der Hosentasche.«

»Vermutlich?«

»Keine Ahnung.«

»Aber Sie trugen ein Messer auf sich, richtig?«

»Weiß nicht.«

»Kevin Deutwyler hat ausgesagt, Sie hätten aus der rechten Hosentasche ein Springmesser gezogen.«

Mir war, als habe mir jemand eine Ohrfeige verpasst. Kevin? Ich knackte mit den Knöcheln. Kevin hatte mich verpfiffen? Ich war mir sicher gewesen, Jannic sei der Verräter! Ich ballte die Hände zu Fäusten.

Wir waren zusammen abgehauen, alle fünf, den Berg hinauf, bis zur Bushaltestelle. Neben uns rauschte der Bach, aus einem offenen Fenster drang Gelächter. Bei einem Brunnen hielt ich kurz, um meine Hände hineinzutauchen und mir kaltes Wasser ins Gesicht zu spritzen.

»Verdammte Scheiße!«, schrie ich.

»Easy, Seb, beruhige dich!« Kevin stellte sich vor mich und sah mir in die Augen. »Wir wissen von nichts! Niemand hat etwas gesehen!«

Ich hörte Sirenen.

Kevin drehte sich um. »Ist das klar?«

Jannic, Ergim und Piz Marius nickten stumm.

»Ihr habt uns heute abend nie getroffen!«, fuhr Kevin fort. »Ihr kennt uns überhaupt nicht!«

Ergim weinte.

»Verpisst euch!«, zischte Kevin. Sie rannten davon.

Die Sirenen kamen näher. Kevin sah mich erneut an. Sein Ausdruck war ernst. Er klopfte mir auf die Schulter, dann trennten wir uns. Ich ging auf einem Umweg nach Hause. Statt der Buslinie folgte ich einem Pfad für Fußgänger, bis ich zu einer Wiese oberhalb des Wohnquartiers kam. Als Kind hatte ich dort am Bach gespielt. Die Sträucher der Böschung waren dicht, an einigen Stellen sah man das Wasser gar nicht. Ich warf das Messer so weit weg, wie ich konnte. Es landete in einem stacheligen Gebüsch. Dann versuchte ich, den Red-Bull-Fleck auszuwaschen. Es war meine Lieblingsjeans.

»Sebastian?« Die Stimme der Jugendanwältin riss mich aus meinen Erinnerungen. »Hören Sie mich?«

Ich sah auf. Alle Blicke waren auf mich gerichtet.

»War das Messer, das Sie am 2. August in Ihrer Hosentasche trugen, das gleiche Messer, das Sie dem Sicherheitsangestellten ein Jahr zuvor unter die Nase gehalten haben?«

Ich nickte.

»Also ein Springmesser der Marke Smith & Wesson, mit einer 7,3 Zentimeter langen Klinge?«

Ich merkte nicht einmal, dass sie mir eine Falle stellte. Ahnungslos nickte ich. Mir fiel zwar auf, wie die Geschädigtenvertreter zufriedene Blicke wechselten, doch ich begriff nicht, weshalb. Auch nicht, warum Ursula Kruse-Wiederkehr plötzlich meine Anatomiekenntnisse zu prüfen begann. Sie stellte unzählige Fragen über Organe und wollte wissen, ob mir die Folgen einer Stichverletzung bekannt seien.

Ich schwieg.

»Was geschieht, wenn eine Klinge in den Oberkörper eines Menschen dringt?«, hakte die Jugendanwältin nach.

»Etwas Wichtiges kann getroffen werden.«

»Etwas ›Wichtiges‹?«

»Ein Organ halt.«

»Weiter?«

Ich zuckte die Schultern. »Man verliert Blut.«

»Wozu kann starker Blutverlust führen?«

»Zum Tod.«

Aus diesem Satz versucht mir die Jugendanwältin heute einen Strick zu drehen. Der Fuchs sagt, ich hätte damit zugegeben, dass ich den Tod von Daniel Gutenberg und Hung Nguyen in Kauf nahm. Es nützt nichts, dass ich Ursula Kruse-Wiederkehr erklärt habe, ich könne mich nach der Sache mit dem Red Bull an nichts mehr erinnern. Anscheinend gibt es Studien, die belegen, dass es unwahrscheinlich ist, sich an Ereignisse vor und nach einer Tat zu erinnern, an das eigentliche Geschehen aber nicht.

Mein Vater hat einmal gesagt, wenn man lange genug suche, finde man immer eine Studie, die etwas beweist oder widerlegt. Wissenschaftler, die etwas erforschen, werden von jemandem bezahlt. Die Auftraggeber werfen das Geld nicht zum Fenster hinaus. Auf irgendeine Art und Weise profitieren sie vom Resultat. Deshalb hält mein Vater nicht viel von Studien. Wenn er heute hier wäre, könnte er den Richter aufklären.

Mir wird der Richter nicht glauben. Das sehe ich ihm an. Der Fuchs hat mir vor der Verhandlung zwar Mut gemacht, aber das war Show. Vermutlich haben die Richter das Urteil schon gefällt, bevor sie mich überhaupt gesehen haben. Plötzlich will ich ins Gefängnis zurück. Als ich dort war, habe ich nicht realisiert, wie friedlich es war. Jedenfalls als ich endlich fernsehen durfte. Ich arbeitete einige Stunden, quatschte mit den anderen Insassen oder der Sozialarbeiterin, die mich ab und zu besuchte, und saß vor dem Flimmerkasten. Während der ersten Wochen befragte mich der Polizist mit den Tränensäcken noch zweimal, dann wurde ich in Ruhe gelassen. Nach zwei Monaten war es aber vorbei mit der Ruhe. Ich wurde auf eine Beobachtungsstation versetzt.

17

»Im Zentrum des Aufenthaltes stehen die Abklärung der persönlichen Gesamtsituation und das Aufarbeiten und Bewältigen von akuten Krisen.«
Konzept Durchgangsstation Winterthur

Auf der Beobachtungsstation rückten mir die Psychiater und Gutachter auf die Pelle. Für mich war das nichts Neues, schon als Kind hatte ich Erfahrungen gesammelt mit Schulpsychologen, Schulsozialarbeitern und anderen Personen, die glaubten, mein Verhalten analysieren zu müssen. Doch es war nie wichtig gewesen. Klar gab es eine Rückmeldung an meine Eltern oder meinen Lehrer, aber über den Inhalt der Therapiestunden und Gespräche erzählte die Schulpsychologin oder der Schulsozialarbeiter ihnen nichts. Und Konsequenzen hatten sie auch keine. Ganz anders auf der Beobachtungsstation.

Drei Monate lang wurde ich abgeklärt. Der Fuchs meinte, das sei eine gute Sache. Bei Jugendlichen und jungen Erwachsenen stehe nicht die Strafe im Vordergrund, wichtig seien die Entwicklungsmöglichkeiten. Einfacher gesagt: ob bereits alles verloren ist oder ob noch Hoffnung auf Besserung besteht. Dass das Heim »Beobachtungsstation« genannt wird, ist kein Zufall. Alles, was ich tat, wurde beobachtet: meine Arbeit im Werkatelier, mein Umgang mit den anderen Bewohnern, mein Verhalten gegenüber dem Team. Ich musste mir darüber Gedanken machen, was mich dorthin geführt hatte und wie mein Leben weitergehen sollte.

Ich war überrascht, dass ich mitreden durfte. Natürlich war es nicht so, dass ich sagen konnte, ich würde am liebsten nach Hause gehen. Ich war immer noch in Haft. Während der Nacht wurde mein Zimmer abgeschlossen, das Heim verlassen durfte ich nie. Aber ich konnte mich dazu äußern, ob ich meine Strafe im Gefängnis absitzen wollte oder ob ich zu einer Maßnahme bereit war. Eine Maßnahme ist etwas Ähnliches wie eine Strafe, nur ist man statt im Knast im Maßnahmenzentrum, in einer Art Heim.

Du glaubst vielleicht, die Entscheidung sei einfach gewesen. Wer will schon freiwillig im Knast sitzen? So simpel ist das nicht. Ein Gefängnis hat echt Vorteile. Wenn du dich anständig benimmst, wirst du in Ruhe gelassen. Klar, ausschlafen liegt nicht drin, Alkohol auch nicht, dafür verlangt niemand von dir, dass du einen Seelenstrip abziehst. Du hockst deine Jahre ab, schaust, dass du dabei irgendwie über die Runden kommst.

Ganz anders im Maßnahmenzentrum. Dort musst du mitmachen. Aktiv sein. Du arbeitest zum Beispiel nicht einfach in irgendeiner Werkstatt, sondern machst eine Lehre, mit Schule und allem. Nicht gleich am Anfang, erst, wenn du Fortschritte machst, aber immerhin. Und es reicht nicht, den Mund zu halten. Im Gegenteil, du musst reden. Sowohl Einzeltherapie als auch Gruppentherapie sind Pflicht.

Auf der Beobachtungsstation wurde abgeklärt, ob mir eine Maßnahme etwas brächte. Ich wurde auch gefragt, ob ich überhaupt bereit dazu sei. Da ich nicht wusste, dass es einfacher war, vor dem Fernseher zu sitzen, als das Innere nach außen zu kehren, sagte ich Ja. Das Heim stellte ich mir locker vor. In der sechsten Klasse hatten wir einen Mitschüler gehabt, der in einem Heim lebte. Ich war zwar nie bei ihm gewesen, doch ich hatte ihn immer um das Schwimmbad beneidet.

Eigentlich hätte ich ahnen müssen, dass eine Maßnahme kein Zuckerschlecken ist. Auf der Beobachtungsstation wurde ich dauernd daran erinnert, warum ich dort war. Dr. Wagner hat mir später erklärt, das sei Absicht. Damit werde der Verdrängungsprozess verhindert. Ich fand es ziemlich anstrengend. Es war, wie immer in einen Spiegel zu schauen. Einfach die Augen schließen, war kein Ausweg. Das wurde als fehlende Bereitschaft angesehen, die Wahrheit zu akzeptieren.

Meine Mutter sagt, es gebe nicht nur eine Wahrheit. Sie behauptet, jeder Mensch habe seine eigene. Diese müsse man respektieren. Ein Irrer zum Beispiel sieht vielleicht wirklich blaue Mäuse im Wohnzimmer. Du kannst ihm lange sagen, blaue Mäuse gebe es nicht, er wird dir nicht glauben. Für ihn sind sie Realität. Genauso wie für eine alte Frau ihr verstorbener Mann lebendig sein kann. Meine Großmutter hat dauernd mit einem Sessel gesprochen. Was für Irre und Alte galt, galt aber nicht für mich. Meine Realität interessierte niemanden. Die wäre, dass mich Daniel Gutenberg und Hung Nguyen provoziert hatten. Doch das wollte keiner hören.

Später hat mich Dr. Wagner gefragt, warum ich mich provoziert gefühlt hätte.

»Wie würden Sie reagieren, wenn Ihnen jemand Red Bull über die Hose leert?«, fragte ich zurück.

»Es geht hier nicht um mich«, erwiderte er.

»Er hätte sich wenigstens entschuldigen können!«

»Er?«

»Na … der Seitenscheitel.«

»Daniel Gutenberg?«

»Von mir aus.«

»Es fällt Ihnen schwer, den Namen des Opfers auszusprechen.«

»Es ist mir egal, wie er heißt.«

»Er heißt Daniel.«

»Okay, Daniel.« Ich zog das »a« in die Länge. »Daniel hätte sich entschuldigen können.«

»Warum glauben Sie, hat er es nicht getan?«

»Weil ich ihm scheißegal war.«

»Haben Sie Daniel die Gelegenheit dazu gegeben?«

Ich verstand die Frage nicht.

Dr. Wagner neigte den Kopf zur Seite. »Wenn ich es richtig verstehe, haben Sie sogleich Ihr Messer gezückt.«

»Er hätte sich immer noch entschuldigen können.«

»Wirklich?«

Ich wusste nicht, worauf Dr. Wagner hinauswollte.

»Wie hat Daniel reagiert, als er das Springmesser sah?«, fragte er.

»Keine Ahnung.«

»Denken Sie nach.«

Das Messer passte perfekt in meine Hand. Als wäre es maßgeschneidert. Der Griff lag genau auf der Lebenslinie. Um den Springmechanismus zu bedienen, brauchte ich den Daumen kaum zu bewegen. Es genügte ein leichtes Zucken, und schon sprang die Klinge heraus. Ich liebte das Geräusch, wenn sie einrastete. Es klang entschlossen, aber nicht aufdringlich. Wie die Schritte eines Soldaten, der in den Kampf zieht.

Klick.

Stille trat ein. Es war, als habe jemand an einem Konzert den Ton ausgeschaltet. Einzig die Red-Bull-Dose schepperte die Treppe hinunter. Mit einem blechernen Plopp landete sie im Kies. Ich sah ihr nicht nach. Meine Aufmerksamkeit war auf den Seitenscheitel gerichtet, der mitten in der Bewegung erstarrt war.

»Daniel«, korrigierte Dr. Wagner.

Daniel sah aus, als spiele er »Eins, zwei, drei«. Auf Wanderungen hatte mich mein Vater damit abgelenkt, wenn es bergauf ging. Er stapfte zählend voraus und drehte sich ohne Warnung um. Wenn ich mich bewegte, bekam er einen Punkt. Hielt ich rechtzeitig an, so gewann ich die Runde. Daniel bewegte sich nicht. Er starrte auf die Klinge. Ich hörte ein Brummen aus seiner Kehle, doch ich konnte keine Worte ausmachen. Er hatte die Schultern leicht hochgezogen, als ducke er sich. Die blonden Haare fielen ihm in die Stirn, ein Schweißtropfen rann seine Schläfe hinunter.

»Was glauben Sie, hat Daniel in diesem Moment gefühlt?«, fragte Dr. Wagner.

»Ich nehme an, er hatte Schiss.«

»Daniel hatte Angst vor Ihnen.«

»Klar.«

Dr. Wagner sah mich erwartungsvoll an.

»Was?«, fragte ich gereizt.

»Was ist das für ein Gefühl, wenn jemand vor Ihnen Angst hat?«

»Selber schuld, er hätte mich nicht provozieren sollen.«

»Danach habe ich nicht gefragt.«

Ich holte tief Luft. Manchmal ging mir Dr. Wagner mit seinen Fragen echt auf die Nerven.

»Wie fühlten Sie sich?«, bohrte er weiter.

»Scheiße, Mann, gut eben! Keine Ahnung.«

»Gut«, wiederholte er.

»Ja, gut!«

»Daniels Angst verlieh Ihnen ein Gefühl von Macht.«

Es war keine Frage, also sagte ich nichts. Ich sah nicht, was daran schlimm sein sollte. Wer ist schon gerne ein Niemand? Jeder will Macht. Lehrer, Politiker, Firmenbosse. Heimleiter, Gefängnisaufseher, Jugendanwälte, Bullen. So ist das nun mal. Wer Macht hat, wird respektiert.

»Drehen wir den Film ein bisschen zurück«, sagte Dr. Wagner. »Warum war Ihnen in dieser Situation Macht so wichtig?«

»Was?«

»Ich glaube, Sie verstehen mich.«

Dr. Wagner sah mich an und wartete. Genau deshalb war eine Maßnahme so anstrengend. Ich wusste, er würde so lange dasitzen, bis ich ihm etwas gab. Und zwar ein Gefühl. Trauer, Furcht, Glück, Einsamkeit, Schmerz – Dr. Wagner war es egal. Hauptsache, er brachte mich dazu, über meine Emotionen zu reden. Zu Beginn der Therapie hatte ich versucht, ihm etwas vorzumachen. Aber das klappte nie. Dr. Wagner hat so etwas wie einen eingebauten Lügendetektor.

Ich rollte die Augen. »Weil ich wütend war.«

»Auf Daniel.«

»Ja, verdammt, auf Daniel! Auf wen sonst? Der Idiot hat mir Red Bull über die Jeans geleert!«

»Und?«

»Was, und?« Langsam wurde ich sauer.

»Wie haben Sie sich gefühlt, als die Flüssigkeit über Ihr Bein lief?«

»Das habe ich gerade gesagt!« Meine Stimme wurde lauter. »Wütend!«

Dr. Wagner musterte mich. »Und davor?«

»Davor?«

»Was kam vor der Wut?«

»Keine Ahnung.«

Er legte den Zeigefinger an die Lippen, als denke er nach. Ein Trick. Er wartete nur.

»Also gut, ich fühlte mich …« Ich umschloss mit der linken Hand meine Faust und drückte zu. Manchmal half mir das, stark zu bleiben.

»Gekränkt?«, schlug Dr. Wagner vor.

Ich zuckte zusammen. Ich hasse dieses Wort. Es klingt erbärmlich. Allein die Vorstellung, es auszusprechen, ist mir peinlich. Schlimmer als die Leibesvisitation beim Eintritt ins Gefängnis. Doch genau darauf fährt Dr. Wagner ab. Auf Strip-Shows.

Manchmal sage ich, was er hören will, damit er Ruhe gibt. Das Problem ist, dass ein einmal ausgesprochenes Wort ein Eigenleben entwickelt. Es beginnt zu existieren. Wie der Stuhl, auf dem ich sitze, oder die Pflanze neben der Tür. Du kannst es nicht mehr zurücknehmen.

»Ja«, nuschelte ich.

Dr. Wagner zog die Augenbrauen hoch.

»Ja!«, rief ich. »Ich fühlte mich gekränkt! Zufrieden?«

Kaum verließ das Wort meinen Mund, stellte sich das Gefühl ein. Ich fühlte mich … gekränkt.

Rasch schob ich weitere Worte nach. »Und als ich das Messer zückte, fühlte ich mich stark, okay? Kann ich jetzt gehen? Die Stunde ist längst um.«

Dr. Wagner schaute nicht einmal auf die Uhr. »Bleiben wir bei der Kränkung.«

Ich versuchte, mir in Erinnerung zu rufen, wie sich das Messer in meiner Hand angefühlt hatte, doch die Energie, die mich normalerweise bei der Vorstellung erfüllt, blieb aus. Ich wollte die Augen schließen und einschlafen. In meinem Mund sammelte sich Speichel, als hätte ich in etwas Saures gebissen.

Und dann geschah, was ich immer zu vermeiden versuchte. Tränen schossen mir in die Augen. Keine Ahnung, warum. Alles begann sich zu drehen. Ich sah Daniels aufgerissene Augen, Blitz' Pokale, den kaputten Eidechsenschwanz und meine blutigen Hände. Ich hörte Schmerzensschreie, den enttäuschten Seufzer meines Vaters und die Stimme von Isabella da Moura Brandão, als sie sagte, ich widerte sie an. Die Tränen liefen über. Ich heulte. Schon wieder.

Der Richter verzieht keine Miene. »Daniel Gutenberg hat Ihnen also Red Bull über die Hose geleert. Ist das richtig?«

Ich befeuchte meine Lippen. »Ja.«

»Deshalb griffen Sie in Ihre Tasche und holten das Springmesser hervor?«

»Ja.«

Ein leises Raunen geht durch den Gerichtssaal. Ich blicke zum Fuchs. Er schaut geradeaus. Ich will es ihm gleichtun, doch mein Kopf dreht sich wie ferngesteuert zum Stimmengemurmel. Aus dem Augenwinkel sehe ich die Mutter von Daniel Gutenberg. Sie klammert sich an den Arm eines Mannes, den ich nicht kenne. Unsere Blicke treffen sich. Obwohl ich rasch wegschaue, entgeht mir ihr gequälter Ausdruck nicht.

»Was geschah anschließend?«, fragt der Richter.

Eigentlich steht alles in den Akten. Er braucht die Fragen nicht zu stellen. Doch der Fuchs hat gesagt, das Gericht werde aus meinem Mund hören wollen, was am 2. August geschehen war. Er riet mir, die Wahrheit zu sagen, auch wenn sie nicht mit früheren Aussagen übereinstimme. Gegenüber der Jugendanwältin hatte ich behauptet, mich nicht an die eigentliche Tat zu erinnern. Sie glaubte mir nicht.

Der Fuchs meint, der Richter werde es mir auch nicht abnehmen, wenn ich eine Erinnerungslücke geltend mache. Nicht nur wegen der Studie, von der er mir erzählt hatte, sondern auch, weil meine Aussagen widersprüchlich seien. Wenn ich die Wahrheit sagen würde, bewiese ich, dass die Maßnahme

Wirkung zeige. Dass ich Fortschritte machte. Ich bin schon seit über einem Jahr im Maßnahmenzentrum. Dies obwohl noch kein Urteil gefällt wurde. Die totale Vorverurteilung also. Aber der Fuchs meint, der Aufenthalt sei zu meinem eigenen Wohl. Eine SchutzMaßnahme, sagt er.

»Herr Bischof?«, drängt der Richter. »Was geschah, als Sie Ihr Springmesser zückten?«

Ich räuspere mich. »Hung hat mich gestoßen.«

»Hung Nguyen hat Sie gestoßen?«

»Ja.«

»Wo stand Hung Nguyen?«

»Neben mir.«

Der Richter schaut auf seine Unterlagen. »Herr Nguyen hat ausgesagt, er habe Ihnen die Hand auf die Brust gelegt und Sie nach hinten gestoßen. Weg von Daniel Gutenberg. Ist das richtig?«

»Glaub schon.«

»Ist es demnach möglich, dass Hung Nguyen die Wahrheit gesagt hat?«

»Ich … weiß es nicht mehr genau.«

Der Richter sieht mich an. »Richtig, die Erinnerungslücke.«

So, wie er es sagt, klingt es, als mache er sich über mich lustig. Ich spüre, wie sich etwas in mir zu regen beginnt. Ich hasse es, ausgelacht zu werden. Gleichzeitig höre ich Dr. Wagners Stimme. Ich müsse lernen, mit Kränkungen umzugehen, sagte er. Wir haben lange darüber gesprochen, warum das so schwierig ist. Es habe mit dem Selbstwertgefühl zu tun, hat er mir erklärt. Kränkungen seien verletzte Gefühle. Bei manchen Menschen würden Beleidigungen, abschätzige Blicke oder Zurückweisung tiefere Wunden hinterlassen als bei anderen. Es käme darauf an, wie stark das Selbstwertgefühl sei. Dr. Wagner meint, ich empfände Kränkungen als Angriff auf meine Person, weil mein Selbstwertgefühl tief sei. Ich brauchte eine Weile, um das zu verdauen. Für mich war das eine Beleidigung. Vielleicht hat Dr. Wagner es aber auch nur gesagt, um mich zu provozieren. Damit ich üben kann, Kränkungen wegzustecken. Er hat mir sogar einige Tips gegeben. Zum Teil sind sie echt bescheuert.

Ein Beispiel: Empfinde ich etwas als beleidigend, soll ich mein Gegenüber fragen, was er mit seinen Worten ausdrücken möchte. Toller Rat, nicht? Stell dir vor, ich frage den Richter, was genau er mit »Richtig, die Erinnerungslücke« meint. Das käme bestimmt gut an.

Oder ich soll sagen, was die Worte in mir auslösten. Im Stil von: »Herr Richter, ich empfinde Ihre Feststellung als beleidigend.« Bin ich denn behindert?

Einige Tips sind gar nicht übel. Beispielsweise die Idee, mich zu fragen, ob mich jemand wirklich kränken will. Vielleicht wurde mein wunder Punkt nur zufällig getroffen. Oder zu überlegen, ob es sich tatsächlich lohnt, mich über eine Bemerkung aufzuregen.

Ganz wichtig findet es Dr. Wagner, dass ich mir immer wieder sage, die Meinung anderer könne mich als Mensch nicht abwerten.

In der Therapiestunde klingt das alles völlig okay. Aber hier im Gerichtssaal ist die Situation anders. Das ist das echte Leben. Und deshalb weiß ich nicht, wie reagieren. Ich spüre die Wut in meinem Bauch und wünsche mir, ich könnte dem Richter meine Meinung sagen. Dass ich mir nichts anmerken lasse, ist eine echte Leistung. Dr. Wagner wäre stolz auf mich. Aber der Richter schüttelt nur den Kopf.

»Woran können Sie sich denn erinnern, Herr Bischof?«, fragt er.

Ich versuche, ihn nicht anzusehen. »Ich bin gestolpert.«

»Nachdem Hung Nguyen Sie gestoßen hat.«

»Ja.«

»Was geschah dann?«

»Dann stand ich wieder auf.«

»Sie sind also hingefallen.«

Ich landete hart. Beinahe fiel mir das Messer aus der Hand. Mein Rücken schürfte über die Kante der Stufe. Der Schmerz schoss mir durch den Körper. Um Halt zu finden, stützte ich mich mit der freien Hand ab. Ich spürte etwas Klebriges. Red Bull. Mein Magen verkrampfte sich. Ich versuchte aufzustehen, es gelang mir aber erst beim dritten Anlauf. Piz Marius befand sich wenige Meter neben mir, er half mir jedoch nicht auf die Beine. Er glotzte nur.

Einige Kieselsteine hatten sich in meine Handfläche gebohrt. Ich wischte die Hand an meiner Jeans ab und umklammerte den Griff des Messers fester. Ich hörte, wie Hung etwas rief. Daniel setzte sich in Bewegung. Ich brauchte einen Moment, bis ich begriff, dass die beiden abhauen wollten. Ein Ruck ging durch meinen Körper. Mein Blick war auf Daniels Rücken geheftet. Der Feigling machte sich aus dem Staub! Meine Beine setzten sich in Bewegung. Die Faust, die das Messer hielt, wurde hart. Ich spürte, wie meine Füße aufschlugen und der Schotter unter meinen Schuhen wegspritzte.

Ich war nie ein guter Sprinter gewesen. Nicht so wie Blitz. Doch die Wut verlieh mir Energie. Die Wut und das Koks. Der Alkohol engte zwar mein Blickfeld ein, hinderte mich jedoch nicht daran, Daniel einzuholen. Ich hatte nur noch einen Gedanken: Ich wollte ihn stoppen. Dass es Hung gewesen war, der mich zuerst beleidigt und dann gestoßen hatte, war unwichtig. Daniel hatte sich geweigert, sich bei mir zu entschuldigen. Er glaubte, er sei etwas Besonderes. Besser als ich. Das wollte ich ihm heimzahlen.

»Was haben Sie anschließend getan?«, fragt der Richter.

»Ich bin ihm nachgerannt.«

»Und als Sie ihn eingeholt haben?«

Mein Mund ist trocken. Ich schiele zum Wasserglas, möchte danach greifen, doch meine Hände zittern. Ich umklammere meine rechte Faust. Drücke sie. Spüre, wie die Muskeln in meinen Armen hart werden.

Der Richter beugt sich vor. »Herr Bischof?«

Im Gerichtssaal ist es so still, dass ich irgendwo im Gebäude ein Telefon klingeln höre. Nur die Holzbank knarrt, als jemand sein Gewicht verlagert. Das Schweigen ist erwartungsvoll. Sie wollen es hören.

Was ich getan habe.

Wie ich es getan habe.

18

»Beim Vorstellungsgespräch wird der junge Straftäter darüber informiert, dass von ihm erwartet wird, sein Anlassdelikt kurz nach seinem Eintritt gegenüber dem interdisziplinären Vollzugsteam und den anderen jungen Delinquenten offen zu legen und sich den daraus resultierenden Fragen zu stellen. Diese Offenlegung stellt einen ersten Schritt in Richtung Verantwortungsübernahme und Auseinandersetzung mit dem Anlassdelikt dar.«
Konzept Maßnahmenzentrum Uitikon

Die vollständige Geschichte habe ich zum ersten Mal nach dem Eintritt ins Maßnahmenzentrum erzählt. Der Fuchs hatte mir erklärt, um eine Maßnahme anzutreten, müsse ich zuerst an ein Aufnahmegespräch. Ich kam mir vor wie bei einer Stellenbewerbung. Der Fuchs war froh, dass ich bestand. Er meinte, ich sei im Maßnahmenzentrum gut aufgehoben. Mir war es auch recht, von der Beobachtungsstation wegzukommen. Trotz des komplizierten Aufnahmeverfahrens hatte ich mir die Maßnahme locker vorgestellt. Zuerst war es auch so. Man erteilte mir nicht einfach Befehle wie im Knast, sondern fragte, ob ich mit den Regeln einverstanden sei. Ich las alle Unterlagen durch, unterschrieb die Therapievereinbarung und machte mich auf weitere Abklärungen gefasst. Das kannte ich inzwischen, doch es kamen auch Dinge wie Zielvereinbarungen und Standortgespräche hinzu.

Außerdem wurde von mir erwartet, dass ich mich intensiv mit meinem Verhalten auseinandersetzte. Dazu gehörte, meine Tat offenzulegen. Nicht nur gegenüber Dr. Wagner. Ich musste allen erzählen, was ich getan hatte. Bis zu dem Zeitpunkt hatte ich niemandem die Einzelheiten geschildert. Nur, was vorher geschehen war und was ich nachher getan habe. Sogar dem

Fuchs hatte ich die Details verschwiegen. Er hat mich nie danach gefragt. Für ihn sind sie nicht wichtig. Er muss nur wissen, welche Beweise gegen mich vorliegen.

Im Maßnahmenzentrum stehen nicht die Beweise im Mittelpunkt – sondern die Straftaten. Ein Delikt sei die Folge verschiedener Entscheidungen, heißt es. Das habe ich aber erst später gelernt. Darum ging es am Anfang noch nicht. Zuerst sollte ich lernen, über meine Tat zu reden. Du stellst dir das sicher einfach vor. War es aber nicht. Im Gegenteil.

Mir wurde eine Bezugsperson zugeteilt. Martin Elmiger war Sozialpädagoge. Er würde für die Dauer meines Aufenthalts für mich zuständig sein. Seine Aufgabe bestand darin, an Standortbestimmungen teilzunehmen, bei Krisensitzungen anwesend zu sein, mir zu helfen, wenn ich Fragen oder Probleme hatte. Und mich bei den Vorbereitungen der Beichte zu unterstützen.

Natürlich hieß es nicht Beichte. Ich nannte es nur so. Zwar hatte ich nie in einer Kirche gebeichtet, doch ich stellte es mir ähnlich vor. Nur dass man in der Kirche lediglich vor dem Pfarrer die Hosen runterlässt, nicht vor dem ganzen Team. Martin Elmiger riet mir, einige Stichworte zu notieren. Das würde mir helfen, wenn mich der Mut verließe. Als er das sagte, glaubte ich, er übertreibe. Jage mir Angst ein, damit mir der Ernst der Situation bewusst werde.

Bis ich das Sitzungszimmer betrat. Um den langen Tisch herum saß das ganze Team: Sozialpädagogen, Lehrer, Sozialarbeiter, Betreuer und viele mehr. Sogar Dr. Wagner war dort. Ich kannte ihn damals noch nicht. Alle Köpfe drehten sich in meine Richtung. Plötzlich wusste ich, dass Martin Elmiger die Wahrheit gesagt hatte. Ich wurde gebeten, Platz zu nehmen. Dankbar ließ ich mich auf einen Stuhl fallen, meine Beine hätten mich nicht viel länger getragen. Außerdem war ich froh, meine zitternden Hände unter dem Tisch verbergen zu können.

Aus der Hosentasche nahm ich den Zettel, auf dem ich mir Stichworte aufgeschrieben hatte. Meine Handfläche war so feucht, dass ich das Blatt fast nicht glattstreichen konnte. Ich heftete den Blick auf die paar Worte, die mir am Vorabend eingefallen waren. Ich bereute, nicht ganze Sätze notiert zu haben. Dann hätte ich sie nur ablesen müssen. Nach einer kurzen Einleitung, die völlig an mir vorbeiging, übergab Martin Elmiger mir das Wort.

»Also«, begann ich. »Es passierte am 2. August.«

Schweigen.

Stockend schilderte ich in wenigen Sätzen den Streit. Als ich zur Stelle kam, an der Daniel Gutenberg wegrannte, brachte ich kein Wort mehr über die Lippen.

»Lassen Sie sich Zeit.«

Ich weiß nicht, wer das sagte. Mein Blick war immer noch auf den Zettel gerichtet. In diesem Moment wollte ich nur noch eines: zurück in den Knast. Ich bereute, dem ganzen Mist mit der Therapie und allem zugestimmt zu haben. Das Schlimmste war, dass ich nicht wusste, wie lange der Aufenthalt im Maßnahmenzentrum dauern würde. Eine Gefängnisstrafe hat ein vorgegebenes Ende. Das Datum steht schwarz auf weiß in den Akten. Eine Maßnahme hingegen ist dann fertig, wenn sie Früchte trägt. Ich beschloss, dem Team zu geben, was es wollte. Und dann Schluss zu machen. Die Maßnahme abzubrechen. Meine Zeit im Knast abzusitzen und mein Leben neu zu beginnen.

Ich holte Luft, ohne den Blick zu heben. »Ich rannte ihm nach und stach ihm in den Rücken. Kann ich gehen?«

Nach langem Schweigen fragte jemand, ob ich noch etwas hinzufügen wolle.

Daniel blieb einfach stehen. Ich starrte auf den Griff des Messers. Ich hatte nicht damit gerechnet, dass die Klinge so tief eindringen würde. Einen Rücken hatte ich mir immer hart vorgestellt. Doch zwischen den Rippen gibt es weiche Stellen, durch die eine Klinge problemlos dringt. Es war kaum anders, als in ein Kissen zu hauen. Ich weiß nicht mehr genau, was ich dachte. Nur dass ich mich ärgerte. Weil Daniel nicht reagierte.

Er kam mir vor wie ein Roboter. Vielleicht fragte ich mich, ob er überhaupt etwas spürte. Vielleicht wollte ich eine Reaktion provozieren. Keine Ahnung. Jedenfalls zog ich das Messer aus seinem Rücken und holte erneut aus.

Da drehte sich Daniel um. Nur wenig. Seine Augen waren aufgerissen, die Angst in ihnen echt. Noch immer stand er aufrecht, wie um mich zu verhöhnen. Ich wollte ihn zu Boden gehen sehen. Ich stach ein zweites Mal zu. Diesmal traf ich seinen Bauch. Ich spürte kaum Widerstand. Als würde ich Butter zerschneiden. Das Messer glitt von alleine wieder heraus. Dachte ich zumindest. Bis ich merkte, dass Daniel nach hinten gestolpert war und sich dadurch selbst befreit hatte. Ich folgte ihm, stach erneut zu. Endlich sackte er zusammen. Er gab komische Geräusche von sich, keine Schreie, wie man es erwarten würde.

Der Fuchs hat mir später erklärt, dass Daniel gar nicht schreien konnte. Ich hatte sein Zwerchfell sowie das Lungenfell getroffen, außerdem eine Arterie durchtrennt. Das wusste ich in jenem Moment nicht. Mir kam es vor, als sei er überhaupt nicht verletzt. Nirgends sah ich Blut, außer auf der Klinge. Dafür breitete sich ein Fleck auf Daniels Hose aus. Als ich realisierte, dass er sich vollgepisst hatte, war es wie ein Kokain-Flash. Ich hätte laut lachen können.

Plötzlich traf mich etwas in die Seite. Es ging so schnell, dass ich das Gleichgewicht verlor und stürzte. Jetzt hörte ich Schreie, doch sie stammten nicht von Daniel, sondern von Hung. Sein Gesicht tauchte über mir auf, ich sah einen Fuß auf mich zukommen, spürte einen heftigen Schlag am Kopf. Kurz war alles schwarz. Als habe mir jemand Sand in die Augen gestreut. Ich hob die Arme, um mich zu schützen. Noch immer hielt ich das Messer in der Hand. Offenbar traf ich Hung damit, denn er ließ auf einmal von mir ab und heulte auf. Im Nu war ich auf den Beinen. Ich stürmte auf Hung zu, den Arm erhoben. Ich zielte nicht, stach einfach zu. Mir war schwindlig, alles drehte sich. Etwas Warmes lief mir über die Hand, ich kümmerte mich nicht darum. In mir tobte es, die Wut wollte raus, wie ein Tier, das in einem Käfig gefangen war. Meine

Hand schmerzte, weil ich den Griff des Messers so fest umklammerte.

Ich weiß nicht, was Hung tat. Oder wo er sich befand. Über mir, neben mir, unter mir. Er war überall. Ich sah sein Gesicht nicht mehr. Auch Daniel verschwand. Alles war weg.

Außer die Wut.

All das hätte ich dem Team erzählen können. Doch die Worte kamen nicht. Stattdessen starrte ich auf die Tischplatte und sagte, es gebe nichts hinzuzufügen. Ich dachte, man ließe mich jetzt gehen. Voll daneben.

»Was geschah anschließend?«, fragte jemand. »Nach der Tat?«

Ich zuckte die Schultern. Sollte ich etwa erzählen, wie sich Hung zu Daniel geschleppt hatte? Wie Ergim weinte? Oder wie Jannic mich ansah? Als wäre ich ein Monster. Dabei hatte ich mich nur gewehrt. Was konnte ich denn dafür, dass mich Daniel wie Dreck behandelt hatte? Oder dass Hung mich attackiert hatte? Es war nicht so, dass ich die beiden absichtlich verletzen wollte. Heute weiß ich, dass ich anders hätte reagieren müssen. Zum Beispiel hätte ich mir die Frage stellen können, ob sich Daniel überhaupt bewusst war, dass mich die Sache mit dem Red Bull kränkte. Oder ob es sich lohnte, mich deswegen aufzuregen.

Der Fuchs sagt, ich hätte mich gerächt, nicht gewehrt, und das sei eine Art Selbstjustiz. Also rechtswidrig, denn der Staat hat das Gewaltmonopol. Will heißen, nur der Staat darf bestrafen. Außer, man handle in Notwehr, was bei mir aber nicht der Fall gewesen sei. Auch Dr. Wagner ist der Meinung, man dürfe das Gesetz nicht in die eigene Hand nehmen. Aber nicht, weil man deswegen angezeigt werden könne. Sondern aus moralischen Gründen.

»Stellen Sie sich vor, jeder dürfte selbst entscheiden, was richtig oder falsch ist«, sagte er, als wir darüber sprachen.

»Fände ich eigentlich ganz in Ordnung«, entgegnete ich.

»Wenn jeder seinen eigenen Vorstellungen von Recht und Unrecht folgen würde, wäre ein Zusammenleben nicht mehr möglich«, widersprach er. »Unsere Werte sind zu unterschiedlich.«

»Aber wer bestimmt, was richtig oder falsch ist?«

»Die Gesellschaft«, sagte Dr. Wagner schlicht. »Also wir.«

»Sie meinen mit Abstimmen und so.«

Er nickte. »Die Werte unserer Gesellschaft sind in der Bundesverfassung festgehalten. Dort steht zum Beispiel, die Würde des Menschen sei zu achten und zu schützen.« Es folgte ein bedeutungsvolles Schweigen. »Auch dass jeder das Recht auf Leben habe.«

Ich verschränkte die Arme. »Was wollen Sie damit andeuten?«

Dr. Wagner sah mir in die Augen. »Ich deute gar nichts an. Ich sage klar: Jeder hat das Recht auf Leben. Das müssen Sie akzeptieren. Egal, ob Sie der gleichen Meinung sind oder nicht.«

Zum ersten Mal waren sich Dr. Wagner und der Fuchs völlig einig. Beide wollten, dass ich mich an die Regeln hielt, wenn auch aus unterschiedlichen Gründen. Rechtmäßigkeit nannte es der Fuchs. Impulskontrolle Dr. Wagner.

Erst wenn es mir gelingt, meine Handlungen bewusst zu steuern, also meine Impulse zu kontrollieren, gilt die Maßnahme als erfolgreich. Manchmal zweifle ich daran, dass ich es je schaffen werde. Wenn mich die Wut überfällt, schaltet sich mein Hirn einfach aus. Dr. Wagner meint aber, das sei Übungssache. Der erste Schritt bestehe darin, das eigene Verhalten zu verstehen. So erkenne man Alarmsignale und gefährliche Situationen. Mit gefährlich meint er Situationen, die eskalieren können. Hilfreich sei auch Empathie. Wer sich in andere hineinversetzen könne, dem falle es leichter, seine Impulse zu kontrollieren. Offenbar ist meine Fähigkeit, auf die Gefühle anderer zu reagieren, begrenzt. Das steht im Gutachten.

Ich wünsche mir, Dr. Wagner wäre heute hier. Im Gerichtssaal. Er ist der Einzige, der an mich glaubt. Gut, nicht ganz. Eigentlich sind im Maßnahmenzentrum alle der Ansicht, ich könne es schaffen. Dies obwohl ich nach dem peinlichen Auftritt vor dem Team unbedingt in den Knast zurückwollte. Martin Elmiger hat damals gemeint, jeder im Maßnahmenzentrum sei schon mal an dem Punkt gewesen.

Hier im Gerichtssaal ist es anders. Um mich herum sind lauter Menschen, die immer das gemacht haben, was von ihnen erwartet wurde. Die nie ausrasteten. Oder versagt haben. Zumindest nicht so, dass ihre Welt nachher kopfstand. Obwohl es still ist, spüre ich eine Unruhe. Die Atmosphäre ist geladen. Vielleicht sind es auch nur meine Nerven. Wenn der Fuchs mit seinen Argumenten durchkommt, beginnt für mich bald ein neues Leben.

Der Richter wartet immer noch darauf, dass ich ihm von der Tat erzähle. Ich habe diese Situation geübt. Unzählige Male. Die Beichte vor dem Team war nur der Anfang. Anschließend musste ich auch den Mitinsassen meine Tat schildern. Und trotzdem ist es heute anders. Im Maßnahmenzentrum sind wir alle gleich. Wir haben alle schlimme Dinge getan. Im Gerichtssaal bin ich das einzige Monster.

»Herr Bischof.« Die Stimme des Richters ist scharf. »Was geschah, nachdem Sie Daniel Gutenberg eingeholt haben?«

Ich befeuchte meine Lippen.

Die Worte kommen nicht.

Der Richter verliert die Geduld. »In der Anklageschrift steht, Sie haben Daniel Gutenberg mit dem mitgeführten Springmesser, Klingenlänge 7,3 Zentimeter, aus nächster Nähe einen heftigen Messerstich in den oberen Rücken versetzt, so dass Daniel Gutenberg fast keine Luft mehr bekam. Als er sich umdrehte, stachen Sie erneut zu. Laut Aussage von Hung Nguyen haben sie sogar noch auf Daniel Gutenberg eingestochen, als dieser bereits am Boden lag.« Der Richter schüttelt den Kopf. »Daraufhin eilte Hung Nguyen seinem Freund zu Hilfe. Wieder holten Sie aus, diesmal stachen Sie Hung Nguyen aus kurzer Distanz von vorne zweimal heftig in den Bauch und einmal von hinten in die linke Flanke. Dadurch erlitt das Opfer eine Verletzung der Magenvorwand sowie der Niere. Obwohl Hung Nguyen vor Schmerzen schrie, machten

Sie keine Anstalten, ihm zu helfen. Als Jannic Kobelt zum Verletzten eilte, gingen Sie sogar auf ihn los. Jannic Kobelt gelang es nur mit Glück, dem Hieb auszuweichen. Marius Boltizar hat ausgesagt, die Klinge habe ihn um wenige Millimeter verfehlt.« Der Richter legt eine Pause ein. »Herr Bischof, hat sich die Tat so zugetragen?«

Mir ist kalt. Ich will zurück. In meine Zelle. Offiziell heißt sie »Zimmer«. Doch das Fenster ist vergittert, die Tür nachts abgeschlossen. Wie hatte ich den winzigen Raum am Anfang gehasst! Die funktionale Einrichtung und das Linoleum hatten mich an ein Schulzimmer erinnert. Sogar der Geruch ist ähnlich. Vielleicht kam es mir am Anfang auch nur so schlimm vor, weil mir so richtig bewusst wurde, dass dies die Endstation war. Im Polizeigefängnis, im Jugendknast und auf der Beobachtungsstation war ich nur kurz. Die Abklärungen, die dort gemacht wurden, dienten dazu, mich an einen anderen Ort zu führen. Im Maßnahmenzentrum aber würde ich bleiben. Jahrelang.

19

»Die Zahl der Gewaltstraftaten ist (2012) um 4 Prozent (+1776 Straftaten) gestiegen (...). Die deutlichsten Zunahmen sind bei den Fällen von schwerer Körperverletzung (+23 %, +110 Straftaten), Gewalt und Drohung gegen Beamte (+17 %, +438 Straftaten), Raub (+16 %, +490 Straftaten) und Nötigung (+12 %, +238 Straftaten) zu beobachten.«
Bundesamt für Statistik, Medienmitteilung vom 25. März 2013

Diese Realität traf mich mit voller Wucht. Ich fand die Vorstellung unerträglich, jahrelang in einer Anstalt zu leben. An die ersten Tage erinnere ich mich, als wäre es gestern gewesen. Ich kam mir vor wie im Pfadilager. Nicht dass wir in den Wald gegangen wären oder gebastelt hätten. Aber ich fühlte mich genauso deplaziert wie damals, als mich mein Vater in die Pfadi schickte, weil er meinte, ein Junge müsse sich in der Natur austoben. Es war kurz vor den Frühlingsferien gewesen. Ich hatte erst zwei Samstage in der Pfadi verbracht, und schon stand das Lager vor der Tür. Ich kannte die anderen Kinder kaum und wusste nicht, was von mir erwartet wurde. Ich erinnere mich, wie ich abseits stand und die erfahrenen Pfadfinder beobachtete. Sie kamen mir vor wie Ameisen. Alle waren beschäftigt. Sie wussten genau, was sie zu tun hatten. Nur ich passte nirgends rein. Die Leiter zeigten mir zwar, wie ich mitanpacken konnte, doch ich war weder im Brückenbauen noch im Feuermachen besonders gut. Zum Glück wurde ich nach drei Tagen nach Hause geschickt. Offenbar störte mein Verhalten.

Mein Vater hat aus dem Debakel mit der Pfadi nichts gelernt. Er glaubt immer noch zu wissen, was für mich das Beste ist. Er ist zum Beispiel auch der Meinung, das Leben im Maßnahmenzentrum tue mir gut. Sagte er zumindest, als er mich das erste Mal besuchte. Das war, kurz bevor er zu Hause auszog. Wir hatten nicht viel Kontakt, im Gegensatz zu meiner Mutter schrieb er mir nie. Auch seine Besuche waren ziemlich selten. Ich glaube, er war froh, dass ich aus seinem Leben verschwunden war.

Das Besucherzimmer befindet sich gleich beim Eingang in die geschlossene Abteilung. Es wird mit Video überwacht, was meinem Vater Unbehagen bereitete. Was glaubt er, wie es mir geht? Jeder Schritt, den ich tue, wird kontrolliert. Nicht nur im Besucherzimmer. Bei der Rückkehr auf die Abteilung muss ich mich sogar einer Leibesvisitation unterziehen. Schließlich könnte mir ein Besucher etwas Illegales zustecken. Als brächte mir mein Vater Gras oder gar Koks mit. All das hätte ich ihm erzählen können. Doch ich schwieg. Was mich beschäftigte, hat ihn noch nie interessiert.

»Und?«, fragte er. »Wie geht es dir?«

Was war das für eine Frage?

»Schön habt ihr es hier.« Er blickte zum Fenster. »Aussicht ins Grüne.«

Das Maßnahmenzentrum befand sich am Arsch der Welt.

»Die frische Luft tut dir bestimmt gut.«

Fast hätte ich gelacht. Ich bewegte mich ausschließlich im vergitterten Hof.

»Sag doch etwas«, bat er.

»Was?«

»Hast du … Freunde hier?«

Auf der geschlossenen Abteilung waren wir zu zwölft. Wir kamen klar, doch Freundschaften schloss man nicht. Jeder dachte an sein eigenes Leben oder daran, was davon übrig war. Auf einmal verspürte ich den Drang, meinen Vater zu schütteln. Ich war nicht im Pfadilager, sondern im Knast, auch wenn es anders hieß.

»Ja«, sagte ich betont fröhlich. »Mein bester Freund Mustafa hat einen Rentner umgebracht. Wegen sechzig Franken. Und Luca hat eine 13-Jährige vergewaltigt.«

Alles gelogen natürlich. Nicht die Taten. Die stimmten.

Doch ich mochte weder Mustafa noch Luca besonders. Befreundet waren wir schon gar nicht. Der Einzige, mit dem ich häufiger zusammen war als nötig, war Ruben, ein stiller Typ mit seltsamen roten Flecken im Gesicht, die Folge irgendeiner Pigmentstörung. Offenbar lebte er schon ewig in der geschlossenen Abteilung. Ich glaube, er wollte gar nicht weg. Draußen erwarte ihn niemand, hat er einmal nebenbei gesagt.

Mein Vater wechselte rasch das Thema. »Deine Mutter hat erzählt, du wirst hier eine Lehre machen.«

»Ja und?«

»Kannst du den Beruf wählen?« Er bemühte sich krampfhaft, das Gespräch in Gang zu halten.

»Mal sehen.«

Eigentlich war die Sache mit der Berufswahl ganz in Ordnung. Während der ersten Monate arbeitete ich in verschiedenen Ateliers. Das war ein bisschen wie schnuppern. Gleichzeitig wurde abgeklärt, wo meine Stärken lagen. Die Auswahl war nicht groß, es gab im Maßnahmenzentrum eine Malerei, eine Gärtnerei, eine Metallbauwerkstatt, eine Schreinerei und eine Küche, die ich jedoch mied. Nie wieder würde ich als Koch arbeiten. Weiter gab es zwei externe Betriebe, einen Bauernhof und eine Autowerkstatt. Ob ich dort eine Lehre machen durfte, wusste ich nicht. Es war mir egal, denn ich wollte weder Bauer noch Automechatroniker werden.

Am besten gefiel mir die Arbeit in der Schreinerei. Ich mochte den Geruch und die Tatsache, dass sich Holz nicht unerwartet verändert. Die Arbeit geht langsam voran, du hast Zeit, Fehler frühzeitig zu erkennen, nicht so wie in der Küche, wo du mit einer falschen Bewegung ein ganzes Gericht versaust. Gut, beim Sägen oder Bohren kann ein Gegenstand auch kaputtgehen, seltsamerweise passierte mir das aber nie. Der Werkstattleiter hat mich für meine sorgfältige Arbeitsweise gelobt.

Ich hatte bereits beschlossen, eine Schreinerlehre zu absolvieren. Den einzigen Beruf, der mich wirklich interessiert hätte, konnte ich sowieso vergessen: Sicherheitsangestellter. Dafür braucht man einen tadellosen Leumund. Ein Vorbestrafter findet keine Stelle. Anders wäre es, wenn ich freigesprochen würde, doch der Fuchs sagt, das werde nicht der Fall sein. Bestenfalls würde ich nur wegen schwerer Körperverletzung verurteilt.

»Es ist gut, wenn du hier eine Ausbildung machst«, fuhr mein Vater fort. »Überhaupt scheint diese Maßnahme eine gute Sache für dich zu sein.«

Als ich nichts sagte, wechselte er erneut das Thema. »Deine Mutter und ich haben beschlossen, uns zu trennen.«

Ich war überrascht. Sie hatte nie etwas angedeutet.

»In zwei Wochen ziehe ich aus.«

Ich wusste nicht, was ich sagen sollte.

»Zwischen uns wird sich nichts verändern«, versicherte er.

»Okay.«

»Interessiert es dich gar nicht, wo ich hinziehe?«

»Wo ziehst du hin?«

»In die Stadt. Ich habe dort eine Dachwohnung gefunden, direkt am Fluss. Die Lage ist wunderbar, mitten im Zentrum. Nebenan befindet sich ein ausgezeichnetes Fisch-Restaurant, die nächste Bar ist zu Fuß erreichbar. Keine Parkplatzsuche, keine langen Bahnfahrten. Es würde dir gefallen. Vielleicht kommst du mal zu …« Plötzlich verstummte er. Leicht verlegen starrte er auf seine Hände. »Hast du hier ab und zu Ausgang?«

»Nicht auf der Geschlossenen.«

»Dann … später.«

»Ja.«

Ich betrachtete ihn. Mein Vater hatte auf mich immer imposant gewirkt. Vor allem in seinem weißen Kittel. Seine Bewegungen waren bestimmt, seine Stimme kraftvoll. Als könnte er jedes Problem lösen. Hier im Besucherraum der Anstalt wirkte er anders. Unscheinbar, seltsam verloren. Seine Finger strichen ziellos über den Tisch, sein Blick wanderte immer wieder zu seiner Armbanduhr. Der Gesprächsstoff war ihm ausgegangen, die Stille unangenehm. Früher hatte meine Mutter sie immer gefüllt.

Ich stand auf. »Dann geh ich mal.«

Erleichtert nickte er. Ich kam mir großzügig vor. Als erlöste ich ihn aus einer qualvollen Situation. Er klopfte mir unbeholfen auf die Schulter und verabschiedete sich. Ich kehrte in mein Zimmer zurück. Es war das erste Mal, dass ich gerne dorthin ging. Bis zu jenem Moment hatte der Raum nichts mit mir zu tun gehabt. Es war einfach mein zugewiesener Schlafplatz gewesen. Deshalb hatte ich mich auch nicht groß um die Einrichtung gekümmert. Die Wände waren kahl, auf dem Regal standen nur ein paar langweilige Bücher, die mir meine Mutter gebracht hatte. Andere Insassen hatten ihr Zimmer mit Bildern dekoriert, Fotos oder Fahnen aufgehängt, einer hatte sogar einen Beistelltisch in der Schreinerei gezimmert, auf dem er Solitaire spielte. Als ich mich nun aufs Bett setzte, empfand ich die Zelle als Zufluchtsort. Ich überlegte, ob ich mir ein Poster besorgen sollte.

Es war nicht so, dass wir bei der Einrichtung freie Hand hatten. Gewaltdarstellungen waren verboten, genauso alles, was auch nur im entferntesten mit Pornografie zu tun hatte. Zu Hause hatte ich jedoch ein cooles Bild von Yukio Akakariyama, der 2011 die Weltmeisterschaft im 9-Ball-Billard gewonnen hatte. Auf dem Bild beugte sich der Japaner konzentriert über den Tisch, die Nase genau über dem Queue, die Stirn leicht gerunzelt. Ums Handgelenk trug er ein Armband aus kleinen Kugeln. Ich habe mich immer gefragt, ob ihm der Schmuck einfach gefällt, oder ob die Kugeln eine Bedeutung haben.

Vielleicht könnte mir meine Mutter sogar mein Queue bringen. Nach der Sache mit Isabella da Moura Brandão spielte ich eine ganze Weile kein Billard mehr. Doch irgendwann begann ich wieder damit. Weil die Queues in den meisten Billardzentren scheiße waren, kaufte ich mir ein Royal Korona. Ich wusste nicht, ob es im Maßnahmenzentrum erlaubt war. Vielleicht fielen Queues in die Kategorie Waffen.

Andererseits stand im Aufenthaltsraum der geschlossenen Abteilung ein Billardtisch. Wären Queues verboten, wäre er kaum dort. Als ich den Tisch das erste Mal sah, löste er gemischte Gefühle in mir aus. Er gehörte nicht hierher. Billard war Teil eines anderen Lebens, genau wie mein Vater. Zu Beginn weigerte ich mich deshalb zu spielen. Ein Queue in die Hand zu nehmen, wäre mir wie ein Eingeständnis vorgekommen. Als gäbe ich zu, dass dies hier nun das richtige Leben war. Mein Alltag. Was stimmt. Denn ich werde lange hier sein. Es hängt davon ab, ob mir die Richter eine Maßnahme nach Jugend- oder nach Erwachsenenstrafrecht verhängen. Der Fuchs sagt, beides sei möglich. Er hat eine Maßnahme nach Jugendstrafrecht beantragt, weil ich beim ersten Delikt noch nicht volljährig war. Eine Maßnahme nach Jugendstrafrecht endet spätestens, wenn der Täter 22 Jahre alt ist. Damit ist Ursula Kruse-Wiederkehr aber nicht einverstanden. Und so, wie der vorsitzende Richter mich ansieht, teilt er ihre Meinung.

Seine dunklen Augen funkeln. »Herr Bischof«, wiederholt er. »Hat sich die Tat so zugetragen?«

Ich habe mich nicht nur im Maßnahmenzentrum auf die Gerichtsverhandlung vorbereitet. Auch der Fuchs ist den Ablauf mit mir durchgegangen. Er hat mir gesagt, wann ich reagieren und was ich antworten soll. Doch jetzt, da ich die Feindseligkeit der Anwesenden spüre, als wäre sie etwas Greifbares, etwas, das mich zu ersticken droht, sind seine Instruktionen wie ausgelöscht. Ich nicke einfach. Als der Richter den Mund öffnet, um mich zu tadeln, hole ich rasch Luft. Mir ist egal, was ich anrichte, Hauptsache, das Ganze ist bald zu Ende.

»Ja«, sage ich. »Ich glaube schon.«

»Glauben Sie es, oder war es so?«

»Es war so.«

Ein Lächeln stiehlt sich auf Ursula Kruse-Wiederkehrs Gesicht. Dem Fuchs sehe ich nicht an, was er denkt. Er kann seine Gefühle gut verbergen. Auch die drei Richter lassen sich nichts anmerken. Obwohl ich mit meinem Geständnis vermutlich Mist gebaut habe, bin ich froh, sind die Worte draußen. Ich habe das Gefühl, das Schlimmste ist vorbei. Es ist ein bisschen, wie einen Felsen hinunterzustürzen. Schlägst du unten auf, brichst du dir vielleicht sämtliche Knochen, doch tiefer fallen kannst du nicht.

Es gibt eine Pause. Ich werde in Handschellen abgeführt und in einen kleinen Raum gebracht. Der Fuchs kommt mit. Endlich kann ich trinken. Gierig leere ich zwei Becher Wasser. Kurz darauf bringt uns jemand einen Stapel Papier. Der Fuchs erklärt, es handle sich um das Protokoll. Ich muss meine Aussage unterschreiben, damit ich später nicht behaupten kann, ich hätte etwas anderes gesagt. Gemeinsam lesen wir das Protokoll durch. Ich erwarte, dass mich der Fuchs wegen des Geständnisses tadelt, doch er geht nicht darauf ein. Stattdessen erklärt er, dass nun die Jugendanwältin zu Wort komme.

»In ihrem Plädoyer wird sie ihre Anklage begründen. Sie wird nichts beschönigen, machen Sie sich also auf etwas gefasst.«

»Wie meinen Sie das?«

»Ursula Kruse-Wiederkehr wird Ihre negativen Seiten betonen. Das muss sie. Denn ich werde das Gericht davon zu überzeugen versuchen, dass Sie nicht wussten, was Sie taten. Stellen Sie sich eine Waage vor: Wenn ich eine Schale mit entlastenden Argumenten fülle, muss Ursula Kruse-Wiederkehr die andere Schale mit belastendem Material füllen. Das ist ihre Aufgabe.«

»Was, wenn sie Lügen erzählt?«

»Dann werde ich das in meinem Plädoyer richtigstellen. Machen Sie sich darüber keine Sorgen. Viel wichtiger ist Ihre Reaktion. Ich will auf Ihrem Gesicht sehen, dass Ihnen leid tut, was Sie Daniel Gutenberg und Hung Nguyen angetan haben. Nach den Plädoyers wird der Gerichtsvorsitzende vermutlich Ihre Bezugsperson fragen, wie Sie sich im Maßnahmenzentrum verhalten. Ob Sie sich gut eingefügt haben, Fortschritte machen. Und dann wird er Ihnen die Gelegenheit geben, ein Schlusswort zu sprechen. Das ist Ihre Chance! Nützen Sie sie! Beweisen Sie dem Gericht, dass Sie aus Ihren Fehlern gelernt haben. Zeigen Sie Reue!«

Über Reue habe ich viel mit Dr. Wagner gesprochen. Im Gutachten über mich steht, ich sei nur begrenzt fähig, Reue zu empfinden. Mich hat diese Aussage geärgert. Klar würde ich die Zeit zurückdrehen wollen, wenn ich könnte.

»Warum?«, fragte mich Dr. Wagner.

Was war das denn für eine blöde Frage? »Weil ich mein Leben zerstört habe!«

»Sie haben Ihr Leben zerstört«, wiederholte er.

Bei mir leuchteten die Alarmsignale. Wenn Dr. Wagner einen auf Papagei macht, will er, dass ich über das Gesagte nachdenke. Etwas passt ihm nicht.

»Und das Leben meiner Eltern«, fügte ich hinzu.

Dr. Wagner wartete eine Weile. »Was ist mit dem Leben von Hung und Daniel?«, fragte er schließlich.

Ich betrachtete meine Hände. Als ich erfuhr, dass Daniel nicht an den Folgen seiner Verletzungen sterben würde, war ich erleichtert gewesen. Ich hatte gedacht, alles werde gut. Bis ich ihn sah.

Fast ein Jahr war seit dem Streit am See vergangen. Im Spital waren Daniel und Hung von der Polizei befragt worden, aber Ursula Kruse-Wiederkehr wollte ihre Aussagen auch hören. Deshalb wurden sie wie ich von der Jugendanwältin vorgeladen.

Als mir der Fuchs erklärte, dass ich dabei sei, war ich überrascht. Ich begriff nicht, warum. Der Fuchs meinte, es sei zu meinem eigenen Schutz. Falls Daniel oder Hung Aussagen machten, die nicht stimmten, könne ich mich wehren. Ich durfte mich zwar nicht direkt einmischen, doch der Fuchs und ich hatten am Schluss der Einvernahmen Gelegenheit, Fragen zu stellen.

Ich machte mir nicht groß Gedanken. Schließlich würde ich nicht im Mittelpunkt stehen, sondern nur zuhören. Zwar hatte ich keine Lust, Daniel oder Hung zu begegnen, doch auch das brächte ich hinter mich. Ein bisschen nervös war ich trotzdem, als ich von der Polizei abgeholt wurde. Vor allem, weil ich das Maßnahmenzentrum nicht oft verließ. Außerdem trage ich nicht gerne Handschellen.

Der Fuchs wartete auf der Jugendanwaltschaft auf mich. Hung und Daniel waren nicht alleine dort, sondern mit ihren Anwälten. Ich wurde in einen separaten Raum geführt, wo mir der Fuchs erklärte, wie die Einvernahmen ablaufen würden. Zuerst würde Ursula Kruse-Wiederkehr ihre Fragen an Daniel stellen. Ich sollte gut zuhören und mir meine Bemerkungen notieren. Im Anschluss würden der Fuchs und ich uns kurz besprechen.

Easy. Dachte ich.

20

»Die Parteien haben Anspruch auf rechtliches Gehör; sie haben namentlich das Recht: a. Akten einzusehen; b. an Verfahrenshandlungen teilzunehmen; c. einen Rechtsbeistand beizuziehen; d. sich zur Sache und zum Verfahren zu äußern; e. Beweisanträge zu stellen.«
Art. 107 Abs. 1 Schweizerische Strafprozessordnung (StPO)

Daniel befand sich schon im Raum, als der Fuchs und ich eintraten. Er hatte sich so stark verändert, dass ich ihn kaum erkannte. Ich brauchte eine Weile, bis ich begriff, was an ihm anders war. Der Seitenscheitel saß immer noch perfekt, die Gesichtszüge waren auch die gleichen. Doch die Wangen waren eingefallen, die Lippen schmal, als presse er sie dauernd zusammen. Ein Auge zuckte, vielleicht hatte es nicht richtig Empfang. Ich überlegte, ob ihn die Klinge dort getroffen hatte, doch das hätte mir der Fuchs erzählt.

Ich senkte den Blick und setzte mich auf den Stuhl, den mir Ursula Kruse-Wiederkehr zuwies. Daniel tat, als sei ich nicht hier. Seine Aufmerksamkeit war auf ein Bild an der Wand gerichtet. Später sah ich, dass es eine Kinderzeichnung war.

Ursula Kruse-Wiederkehr begann, Fragen zu stellen. Sie sprach mit Daniel anders als mit mir. Im Ganzen unterschied ich drei Stimmen: eine scharfe für Delinquenten, eine sachliche für Anwälte und eine sanfte für Opfer. Trotzdem zuckte Daniel zusammen, als sie das Wort an ihn richtete.

»Bitte erzählen Sie uns, was Sie und Hung Nguyen am Abend des 2. August im Park gemacht haben«, bat sie.

Es dauerte eine Weile, bis Daniel antwortete. Als müsste er zuerst die Worte zusammensuchen. »Nichts Besonderes«, sagte er schließlich. »Wir waren oft am Horn und haben gequatscht oder Musik gehört, im Sommer gebadet. An jenem Abend haben wir uns über unsere Maturaarbeiten unterhalten. Hung hatte die Idee, ein Solarvelo zu bauen, und wir diskutierten darüber, wie viel das wohl kostete.«

Ursula Kruse-Wiederkehr wollte mehr wissen, also schilderte Daniel das Gespräch im Detail. Als sie fragte, ob er mich, Kevin, Jannic, Marius oder Ergim bemerkt habe, schüttelte Daniel den Kopf.

»Es hat immer Leute am See. Ich habe Stimmen gehört, habe sie aber nicht beachtet. Sie kamen vom Spielplatz. Erst, als … er … als jemand mich stieß, bemerkte ich ihn.«

»Mit ›ihn‹ meinen Sie Sebastian Bischof?«

Daniel nickte. Kurz blickte er in meine Richtung, sah aber gleich wieder weg.

»Kannten Sie den Beschuldigten?«

»Nicht direkt, aber ich wusste, wer er war. Jeder weiß es.«

»Wie meinen Sie das?«

»Bischof bedeutet Ärger«, antwortete er stockend. »Das ist im Dorf bekannt. Deshalb wollte ich nichts mit ihm zu tun haben. Aber er ließ uns nicht in Ruhe. Provozierte, mischte sich in Dinge ein, die ihn nichts angingen.«

»Was geschah, nachdem Sebastian Bischof Sie gestoßen hatte?«

»Er ging auf Hung los.«

»Was löste den Angriff aus?«

»Keine Ahnung.«

Ich sah zum Fuchs, doch er verzog keine Miene. Wollte er nicht erklären, dass mich Hung eine Schwuchtel genannt hatte?

»Wo befanden sich Kevin Deutwyler, Jannic Kobelt, Marius Boltizar und Ergim Yilmaz?«

»Ich weiß es nicht.«

»Wann haben Sie sie zum ersten Mal wahrgenommen?«

»Ich glaube, als Bischof Hung ins Gesicht schlug. Da mischte sich Kevin ein. Ich kannte den Typen nicht, aber die Polizei hat mir später ein Foto gezeigt.«

»Was hat Kevin Deutwyler gemacht?«

»Er hat versucht, Bischof zu beruhigen.« Daniel schüttelte langsam den Kopf. »Keine Chance. Er … Bischof drehte völlig durch. Im Gerangel war ihm Red Bull auf die Hose gespritzt. Er flippte völlig aus.«

Ich kam mir vor wie Luft. Hatten alle vergessen, dass ich da war? Es war wie früher, wenn meine Eltern über mich sprachen, als sei ich taub. Ich spürte, wie die Wut in mir erwachte. Sie fühlte sich wie etwas Lebendiges an. Je mehr sie anschwoll, desto stärker waren das Ziehen und Stechen. Auf einmal kam mir Martin Elmiger in den Sinn. Wir hatten über den heutigen Tag gesprochen, weil es meine erste Wiederbegegnung mit Daniel und Hung war. Martin Elmiger meinte, das sei nicht zu unterschätzen. Er riet mir, einfach nur zuzuhören. Auch wenn ich mit ihrer Version der Ereignisse nicht einverstanden sei. Er sagte, ich schulde es den Opfern.

Einfacher gesagt als getan. Vor allem, wenn die Lügen so offensichtlich sind. Doch der Fuchs, der meine Unruhe bemerkt hatte, warf mir einen warnenden Blick zu, also hielt ich den Mund.

»Was meinen Sie mit ›durchgedreht‹?«, fragte Ursula Kruse-Wiederkehr. »Können Sie beschreiben, was anschließend geschah?«

Daniel faltete die Hände. Nicht so, als würde er beten, eher als versuche er, sich irgendwo festzuhalten. Plötzlich begann auch sein Arm zu zucken. Irgendwie war mir das peinlich, obwohl es nicht mein Arm war.

»Lassen Sie sich Zeit«, sagte Ursula Kruse-Wiederkehr.

Daniel räusperte sich. »Er wollte, dass ich ihm die Hose putzte. Ich weiß nicht mehr, was ich geantwortet habe. Vielleicht war das auch vorher gewesen. Es ist alles so verschwommen. Plötzlich hatte er etwas in der Hand. Das weiß ich noch genau. Ich sah, wie eine Klinge im Licht aufblitzte. Da realisierte ich, dass er ein Messer hielt. Ich wollte abhauen, aber meine Beine bewegten sich nicht. Es geschah alles so schnell, aber gleichzeitig … auch langsam.« Schweißperlen bildeten sich auf seiner Stirn. »Dann ... ist alles durcheinander. Ich glaube, Hung hat sich eingemischt. Ich weiß nur noch, dass ich rannte. Aber auf einmal war da eine Hecke, und ... bevor ich mir überlegen konnte ... ich weiß nicht ... da war ein Schlag, mir blieb einfach die Luft weg.«

Er fuhr sich mit dem Ärmel über die Stirn. Sein Atem ging keuchend. Ich konnte den Blick nicht von seinem Rücken lösen. Seine Schultern hoben und senkten sich rasch, im Takt der Atemzüge. Plötzlich drehte sich Daniel um. Nur kurz. Dabei trafen sich unsere Blicke. Die Tränen in seinen Augen fuhren mir total ein. Ich weiß nicht, was ich erwartet hatte. Genugtuung vielleicht. Weil ich im Knast saß. Oder Hass. Ich sah aber nur Verzweiflung.

Ich musste wegschauen. Ich glaube, in dem Moment begriff ich, dass sich nicht nur mein Leben, sondern auch das Leben von Daniel verändert hatte. In der Gruppentherapie hatten wir zwar über die Opfer gesprochen, trotzdem war die Vorstellung, dass sie Gefühle hatten, abstrakt geblieben. In Gedanken hatte ich Daniel immer so gesehen, wie er an jenem Abend gewesen war: überheblich und mit seinem geraden Scheitel auf eine unangenehme Weise perfekt. Nun kam er mir ein bisschen vor wie der Stuhl, den ich wieder zusammengeflickt hatte. Er funktionierte, doch die Bruchstellen waren sichtbar.

»Wo hat Sebastian Bischof Sie getroffen?«, fragte Ursula Kruse-Wiederkehr.

»Im Rücken«, antwortete Daniel leise.

»Haben Sie sich gewehrt?«

Er schüttelte den Kopf. »Ich sah es nicht kommen. Und nachher, als ich mich umdrehte ... ich bekam fast keine Luft. Ich sah die Klinge erneut auf mich zukommen, konnte mich aber nicht bewegen.«

Ich dachte daran, wie meine Mutter sich Sorgen gemacht hatte, als ich mit der Blutvergiftung im Spital gewesen war, und stellte mir vor, wie sie reagiert hätte, wenn ich Stichverletzungen gehabt hätte. Ich wollte es nicht, doch der Gedanke war einfach da.

»Den Stich in den Bauch spürte ich zuerst gar nicht«, fuhr Daniel stockend fort. »Ich kam mir vor wie in einem Film. Ich weiß noch, dass ich mich fragte, ob ich tot war. Weil ich nichts fühlte. Es war, als würde ich neben meinem Körper stehen.«

»Können Sie sich daran erinnern, was Hung Nguyen gemacht hat?«

Daniel schüttelte den Kopf. »Von da an ist alles nur noch wie ein Traum. Plötzlich spürte ich einen furchtbaren Schmerz. Als würde ich aufgespießt. Es war einfach nur noch der Horror. Ich glaube, da war Blaulicht, vielleicht eine Sirene. Irgendwann erwachte ich im Spital.« Er schluckte. »Können wir das Fenster öffnen?«

Ursula Kruse-Wiederkehr stand auf und öffnete das Fenster. Daniel ließ den Kopf hängen. Laut atmete er ein und aus. Immer wieder. Niemand sagte etwas.

Als Daniel weitersprechen konnte, schloss Ursula Kruse-Wiederkehr das Fenster. Ich dachte, sie sei fertig mit ihren Fragen, doch nun wollte sie alles über Daniels Verletzungen wissen.

»Meine Lunge funktionierte nicht mehr richtig«, flüsterte er. »Man hat mir eine Drainage gelegt, um die Flüssigkeit abzuleiten. Das tat ziemlich weh. Ich wachte immer wieder von den Schmerzen auf. Noch schlimmer war die Therapie. Ich musste mit einem Atemgerät üben. Es dauerte eine ganze Weile, bis alles wieder klappte. Der Arzt meint, ich hätte großes Glück gehabt. Außer den Nervenschäden am Rücken sind alle Verletzungen verheilt.«

»Können Sie die Nervenschäden beschreiben?«

»Dort, wo das Messer eingedrungen war, spüre ich nichts mehr.«

Ursula Wiederkehr-Kruse nickte. »Wie fühlen Sie sich heute?«

Daniel schloss kurz die Augen. »Ganz in Ordnung. Manchmal kriege ich keine Luft, aber das sei ein psychisches Problem, meint der Arzt. Ich … es kommt immer wieder alles hoch. In der Nacht oder … ich will nicht darüber reden. Muss ich das erzählen?«

»Nur so viel Sie können«, sagt Ursula Kruse-Wiederkehr. »Sie machen das großartig, Daniel.«

Sein Körper zuckte. »Manchmal wünsche ich mir … ich wäre im Park gestorben.«

»Was hat dieser Satz in Ihnen ausgelöst?«, fragte Dr. Wagner.

Ich wusste, was er hören wollte. Dass es mir leid tat. Aber das stimmte nicht. Ich meine, klar tat es mir leid, aber nicht so, wie Dr. Wagner es sich wünschte. Da waren keine Gefühle. Es kam mir vor, als hätte alles nichts mit mir zu tun. Als würde ich im Kino sitzen und mir einen Film ansehen. Genauso war es mir gegangen, als Hung aussagte. Weil er nicht im selben Raum sein wollte wie ich, stellte Ursula Kruse-Wiederkehr eine Videokamera auf. Der Fuchs und ich mussten in ein Nebenzimmer gehen und uns die Übertragung dort anschauen.

Ich zuckte die Schultern.

»Bitte erzählen Sie mir, was Sie Daniel angetan haben«, bat Dr. Wagner.

»Das wissen Sie doch.«

»Ich möchte es von Ihnen hören.«

Ich seufzte. »Ich habe ihn verletzt.«

Dr. Wagner wartete.

»Also gut, ich habe ihm ein Messer in den Rücken gestoßen.«

»Welche Folgen hatte das?«

»Meinen Sie medizinische Folgen?«

»Nein, psychische.«

»Woher soll ich das wissen?«

»Sie haben Daniel gesehen.«

Ich senkte den Blick. »Er ist irgendwie fertig. Kaputt. Sein Anwalt hat gesagt, dass er die Matura um ein Jahr verschieben musste. Weil er sich den Schulstoff nicht mehr merken konnte.«

»Wegen der Verletzung, die Sie ihm zugefügt haben.«

»Vielleicht.«

»Vielleicht?«

»Okay, vermutlich.«

Dr. Wagner zog eine Augenbraue hoch.

»Ja, wegen mir! Wegen mir konnte er die Matura nicht machen. Zufrieden?«

»Welche Folgen hatte Ihre Tat sonst noch?«

»Keine Ahnung.«

»Haben Sie nicht erzählt, er wolle nicht mehr leben?«

»Schon, aber das hat er doch nur so gesagt.«

»Meinen Sie?«

»Warum sollte er sich umbringen wollen?«

»Kennen Sie das Gefühl, so viel verloren zu haben, dass Ihnen das Leben nicht mehr lebenswert erscheint?«

»Ich habe noch nie etwas verloren.«

»Ich rede nicht von Gegenständen, sondern von Träumen und Hoffnungen.«

Ich zuckte die Schultern. »Ich hatte nie Träume.«

Wieder sieht mich Dr. Wagner schräg an. »Haben Sie nicht von einer Beziehung geträumt? Haben Sie nicht gehofft, Ihre Liebe würde erwidert?«

Ich fuhr hoch. Das war nicht fair! Ich hatte ihm in einem schwachen Moment von Isabella da Moura Brandão erzählt, und nun verwendete er das gegen mich. Außerdem sah ich nicht, was sie mit Daniel zu tun hatte. Ich verschränkte die Arme.

»Isabella da Moura Brandãos Worte haben Ihnen weh getan.«

»Deswegen wollte ich mich aber nicht gleich umbringen.«

»Wie gehen Sie mit Schmerz um?«

»Ich reisse mich zusammen.«

»Wirklich?«

»Klar.«

»Was haben Sie nach Isabella da Moura Brandãos verletzenden Worten getan?«

»Gar nichts.« Ich zögerte. »Oder meinen Sie … die Sache mit dem Security-Angestellten?« Ich sah Dr. Wagner an, dass ich auf der richtigen Spur war. »Ach so. Ich war wütend.«

»Wenn Sie einen Schmerz nicht ertragen, begraben Sie ihn unter Wut. Daniel reagiert anders«, erklärte er. »Doch im Grunde ist er genauso verletzt, wie Sie es damals wegen Isabella da Moura Brandão waren.«

Ich schüttelte den Kopf. »Das ist nicht das Gleiche!«

»Daniel hat etwas verloren«, widersprach Dr. Wagner. »Das Gefühl, dass sein Körper ihm gehört.«

So kannte ich Dr. Wagner gar nicht. Normalerweise sagt er seine Meinung nicht. Als er sah, dass ich ihn nicht verstand, sprach er sogar weiter.

»Sie sind mit einer Klinge in ihn eingedrungen. Sie haben Daniel buchstäblich die Luft abgeschnitten. Sie haben eine Grenze überschritten, ihn in seiner Intimsphäre verletzt. Die Angst, dass es erneut geschehen könnte, verfolgt ihn. Er fühlt sich nicht mehr sicher.«

Ich lachte auf. »Mann, das klingt, als hätte ich ihn vergewaltigt!«

Er sah mich ernst an. »Finden Sie das lustig?«

Nein, ich fand es nicht lustig. Und trotzdem konnte ich nicht aufhören zu lachen. Das Geräusch hallte von den Wänden wider. Ich war mir sicher, die ganze Anstalt hörte es. Ich krümmte mich vor Lachen, hielt mir den Bauch, presste die Hand auf den Mund. Ich lachte und lachte, bis mir die Tränen übers Gesicht rannen. Dr. Wagner saß nur da und sah mir zu. Irgendwann hörte das Lachen auf. Die Tränen liefen weiter.

An diesem Tag landete ich zum ersten Mal im Bunker. Das ist die Arrestzelle im Untergeschoss des Maßnahmenzentrums. Rückblickend weiß ich nicht mehr genau, was geschah. Ich erinnere mich nur daran, dass ich nach der Therapiestunde plötzlich vor dem Direktor stand. Manchmal führt er Leute durch die Abteilungen. Journalisten, Behörden oder Studenten, die wissen wollen, wie ein Maßnahmenzentrum von innen aussieht. Als er mich sah, begrüsste er mich freundlich. Der Direktor kennt jeden mit Namen. Ich hatte überhaupt keine Lust, mit ihm zu reden. Erst recht nicht, als ich die Tussi sah, die ihn begleitete. Die Blondine erinnerte mich an alles, was ich draußen verpasste. Ich ging deshalb einfach an ihnen vorbei. Da rief mir der Direktor etwas hinterher. Was, verstand ich nicht. Vermutlich fand er mein Benehmen unhöflich. Ich drehte mich um und zeigte ihm den Stinkefinger.

Sein Lächeln verblasste. Der Tussi blieb der Mund offen stehen. Die Reaktion der beiden lenkte mich von den Bildern ab, die mich seit der Therapie verfolgten.

Erinnerungen an Isabella da Moura Brandãos tiefen Ausschnitt, ihren Hüftschwung und ihre endlosen Beine. An Daniel, der zuckte wie ein Behinderter. Ich sah die Anschuldigungen in den Augen seines Anwalts. Dann war meine Mutter da, die Faust auf den Mund gepresst. »Sebastian, was hast du bloß getan?«

Und mein Vater, der meinte, ich sei hier am richtigen Ort.

»Fick dich!«, rief ich dem Direktor zu.

Man gab mir Papier und einen Bleistift mit in den Bunker. Ich hatte 24 Stunden Zeit, um aufzuschreiben, warum ich ausgerastet war.

Weil mich der Direktor wie einen Freak vorführte.
Mich mein Vater zum Kotzen findet.
Die Tussi hier nichts zu suchen hat.
Ich noch nie mit einem Mädchen geschlafen habe.
Dr. Wagner mich verarscht hat.
Ich brauche eine Linie Koks.
Daniels Zucken fährt mir ein.
Ich möchte die Zeit zurückdrehen.
Kevin hat mich verraten.
Isabella da Moura Brandão findet mich widerlich.
Ich hasse mich.

Ich zerriss den Zettel und schluckte die Papierstücke.

21

»Wer vorsätzlich einen Menschen lebensgefährlich verletzt, wer vorsätzlich den Körper, ein wichtiges Organ oder Glied eines Menschen verstümmelt oder ein wichtiges Organ oder Glied unbrauchbar macht (...), wird mit Freiheitsstrafe bis zu zehn Jahren oder Geldstrafe nicht unter 180 Tagessätzen bestraft.«
Art. 122 Schweizerisches Strafgesetzbuch (StGB)

»Sebastian Bischofs Leben ist eine einzige Abwärtsspirale.« So beginnt Ursula Kruse-Wiederkehr ihr Plädoyer. »Geprägt von Misserfolg, Orientierungslosigkeit und zunehmender Aggression. So erstaunt es nicht, dass wir uns heute in diesem Gerichtssaal befinden. Doch dazu später. Kommen wir zuerst zum Sachverhalt.«

Ich fühle mich wie geohrfeigt. Obwohl mich der Fuchs gewarnt hat, bin ich sprachlos. Ursula Kruse-Wiederkehr macht mich in aller Öffentlichkeit fertig. Ich schiele zum Fuchs, er wirkt gelassen. Ab und zu notiert er sich etwas, ein Stichwort oder ein Fragezeichen. Als Ursula Kruse-Wiederkehr einen Satz von mir aus einem Polizeiprotokoll zitiert, macht er ein Ausrufezeichen. Ich versuche, mich auf ihr Plädoyer zu konzentrieren, doch ich schaffe es kaum. Ursula Kruse-Wiederkehr erwähnt Behauptungen, an die ich mich gar nicht erinnern kann. Sie weiß alles. Nicht nur, was ich dem Gutachter gesagt habe, sondern auch, was ich dem Bullen mit den Tränensäcken und dem Staatsanwalt erzählt habe.

»Sebastian Bischof hat ausgesagt, er habe keine Schreie gehört.« Sie sieht die Richter an. »Laut Ansicht der Jugendanwaltschaft ist das eine weitere Schutzbehauptung. Immer wieder versucht der Beschuldigte, sich mit Lügen und Ausreden aus der Affäre zu ziehen, statt den Tatsachen ins Auge zu sehen. Auch der Gutachter der Fachstelle für Kinder- und Jugendforensik ist der Meinung, die Aussagen des Beschuldigten seien geprägt von Verschleierungstaktiken, Rechtfertigungen und Bagatellisierungen.«

Das ist nicht fair. Der Gutachter hat mich nach meinen Beweggründen gefragt. Ich habe sie ihm erklärt. Und nun heißt es, ich hätte mich gerechtfertigt. So ging es mir bereits in der Schule. Gab es Schwierigkeiten, stellten mich die Lehrer zur Rede. Versuchte ich zu erklären, was geschehen war, hieß es, ich übernähme die Verantwortung für mein Handeln nicht. Von diesem ganzen Psychokram habe ich echt genug.

»Im Zentrum steht die Frage nach dem Vorsatz des Beschuldigten.« Ursula Kruse-Wiederkehr beugt sich zur Schranke vor. »Also der Unterschied zwischen versuchter Tötung und schwerer Körperverletzung. Wusste Sebastian Bischof, was er tat? Nahm er den Tod von Daniel Gutenberg und Hung Nguyen in Kauf? Im Laufe der Untersuchung machte er dazu verschiedene Aussagen. Zu Beginn behauptete er, sich an nichts zu erinnern. Nach und nach erzählte er immer mehr Details. In diesem Zusammenhang ist eine Aussage besonders wichtig. Auf die Frage, ob ihm die Folgen einer Stichverletzung bekannt seien, schwieg er zunächst und erklärte auf Nachfragen, es könne zu starkem Blutverlust kommen. Und, ich zitiere, ›zum Tod‹.

Sebastian Bischof zückte ein Springmesser mit einer 7,3 Zentimeter langen Klinge. Auch das hat er zugegeben. Der Grund? Er fühlte sich gekränkt. Obwohl er den Streit gesucht hat, ertrug er es nicht, als Verlierer dazustehen. Wie im Gutachten nachzulesen ist, kann Sebastian Bischof nicht mit Kränkungen umgehen. Um sein Selbstwertgefühl wieder aufzubauen, muss er zeigen, wer der Stärkere ist. Er will ein Anführer sein, koste es, was es wolle. Obwohl Daniel Gutenberg für ihn keine Bedrohung darstellte, rannte der Beschuldigte ihm nach und stach ihm das Messer von hinten in den Rücken. Von hinten! Daniel Gutenberg hatte keine Chance, sich zu wehren. Dabei wurde die gesamte Rückenmuskulatur durchtrennt. Der behandelnde Arzt hat später ausgesagt, dazu brauche es erhebliche Gewalt. Als Hung Nguyen seinem Freund zu Hilfe eilte, ging der Beschuldigte auch auf ihn los. Sebastian Bischof dachte dabei einzig an sich. Er fühlte sich ohnmächtig und wollte sich dafür rächen. Dass die Verletzungen der Opfer nicht schwerer ausfielen, verdankt er nur dem Zufall. Genauso gut hätten Daniel Gutenberg oder Hung Nguyen in der Nacht des 2. August sterben können.«

Ich habe einmal eine Fliege beim Sterben beobachtet. Sie lag auf dem Rücken, direkt unterhalb des geschlossenen Fensters. Ihre Beine bewegten sich, und ich hörte ein Brummen. Das Geräusch verstummte, erklang erneut, verstummte wieder. Das Ganze wiederholte sich in immer längeren Abständen. Als das Brummen endgültig aufhörte, bewegten sich die Beine noch ein wenig. Vielleicht war es auch nur ein Luftzug gewesen. Ich habe mich gefragt, ob die Fliege wusste, dass sie im Sterben lag.

»Sebastian Bischof ließ das Schicksal von Daniel Gutenberg und Hung Nguyen kalt.« Ursula Kruse-Wiederkehr wirft mir einen Blick zu. »Nach der Tat dachte er nur daran, sich möglichst rasch vom Tatort zu entfernen. Weder rief er einen Krankenwagen, noch kümmerte er sich um die Verletzten. Dass die Opfer überlebten, ist einem Passanten zu verdanken, der die Schreie hörte und die Polizei verständigte. Diese hat sofort medizinische Hilfe aufgeboten.« Sie machte eine kurze Pause. »Gestützt auf diese Ausführungen ist von einer mehrfachen versuchten Tötung auszugehen. Gemäß Art. 111 StGB liegt der Strafrahmen dafür zwischen 5 und 20 Jahren Freiheitsstrafe.«

Mir wird eiskalt. Zwar hatte mir der Fuchs im Vorfeld die Anklageschrift gezeigt, doch den Antrag hier zu hören, ist etwas anderes. Im Gerichtssaal wurde alles für die Ewigkeit gebaut, die Bänke, die Schranken, der Parkettboden. Ich stelle mir vor, wie auch die ausgesprochenen Worte für immer in der Luft schweben. Wie mein Atem im Winter, wenn er als Dunstwolke vor meinem Gesicht verharrt.

»Das Verschulden von Sebastian Bischof muss als schwer bezeichnet werden.« Jetzt sieht mich Ursula Kruse-Wiederkehr lange an. »Denn der Beweggrund für seine Tat war einzig seine narzisstische Veranlagung und seine Überempfindlichkeit, wie es der Gutachter ausdrückt, also seine leichte Kränkbarkeit.«

Auch die Richter starren mich an. Vor lauter Nervosität verpasse ich die nächsten Sätze. Als ich mich wieder einklinke, spricht Ursula Kruse-Wiederkehr über das Strafmaß.

»Straferhöhend wirkt sich aus, dass Sebastian Bischof nicht zum ersten Mal eine Straftat beging.« Sie kommt auf den Vorfall mit dem Sicherheitsangestellten zu sprechen.

Ich blende ihre Stimme aus. Plötzlich bin ich müde. Die Vorstellung, dass alles, was ich je getan habe, nun gegen mich verwendet wird, ist erdrückend. So ging es mir als Kind am Sankt-Nikolaus-Tag immer. Ich war mir sicher, der Nikolaus trug ein kleines schwarzes Notizbuch bei sich, in dem er jedes Vergehen notierte. Nach dem 6. Dezember nahm ich mir jeweils vor, im nächsten Jahr brav zu sein. Doch irgendwann passierte mir ein Missgeschick. Und noch eines. Warum sollte ich mich also noch anstrengen? Kam es auf eine schlechte Note, einen Streit oder einen verlorenen Handschuh mehr an? Ich war kein unbeschriebenes Blatt mehr. Genauso gut konnte ich mir die Mühe sparen. Jetzt wird mir klar, dass meine Tat nie aus meinem Lebenslauf verschwinden wird. Auch nicht, wenn ich die Maßnahme erfolgreich beende.

»Kommen wir auf den Drogen- und Alkoholkonsum des Beschuldigten zu sprechen.« Ursula Kruse-Wiederkehr blättert um.

Ich will nicht hören, was sie dazu zu sagen hat. Um mich abzulenken, kritzle ich Strichmännchen auf das leere Blatt vor mir. Ich klinke mich erst wieder ein, als Ursula Kruse-Wiederkehr verstummt. Aber es ist noch nicht vorbei.

»Vor diesem Hintergrund«, sagt sie, »beantrage ich eine Freiheitsstrafe von sechs Jahren. Diese ist zugunsten einer Maßnahme für Erwachsene aufzuschieben.«

Sechs Jahre! So lange müsste ich also ins Gefängnis, wenn ich die Maßnahme abbreche. Ich versuche, mir die Zeitspanne vorzustellen. Sechs Jahre sind so lange wie die ganze Primarschule oder wie das Zahnmedizinstudium meines Vaters. In sechs Jahren kann sich die Welt verändern. Neue elektronische Geräte werden auf den Markt kommen. Ich hätte keinen Schimmer, wie ich sie bedienen müsste, wenn ich rauskomme. Ich wäre genau wie diese Alten, die ein Handy anstarren und nicht wissen, wie man damit telefoniert. Das Wort SMS kennen sie nicht mal.

Aber noch ist das Urteil nicht gesprochen. Der Fuchs meint, ich solle mir keine Sorgen machen. Plädoyers seien immer übertrieben. Ursula Kruse-Wiederkehr muss so auftreten, das ist ihre Rolle im Verfahren, genau wie es seine ist, mich zu entlasten. Wir essen Sandwiches im Anwaltszimmer. Die Richter sitzen vermutlich in einem Restaurant. Die Verhandlung geht erst am Nachmittag weiter. Ich frage mich, wie man eine Strafe bemessen kann. Der Fuchs hat mir erklärt, dass die Kriterien festgelegt seien. Zuerst müssen die Richter entscheiden, ob meine Tat eine versuchte Tötung war oder nicht. Gelingt es dem Fuchs, sie davon zu überzeugen, dass ich den Tod von Daniel und Hung nicht in Kauf genommen habe, werden die Richter mich nur wegen schwerer Körperverletzung verurteilen. Das wird milder bestraft als versuchte Tötung. Steht das einmal fest, gibt es strafmindernde und straferhöhende Gründe. Das Ganze ist ein bisschen wie eine Formel.

Trotzdem verstehe ich es nicht. Warum kommt es bei der Höhe meiner Strafe nicht auf die Verletzungen von Daniel und Hung an? Mit Dr. Wagner habe ich lange darüber gesprochen. Er sagt, diese Vorstellung sei früher weitverbreitet gewesen. Der Begriff »Auge um Auge« gehe auf diese Überlegung zurück. Stichst du jemandem ein Auge aus, wird dir auch eines ausgestochen. Das sei aber Vergeltung, nicht Strafe. In einem modernen Rechtsstaat habe die Strafe nicht nur den Zweck, Vergeltung zu üben. Genauso wichtig seien Prävention, Sühne und der Schutz der Bevölkerung. Vor allem bei Jugendlichen spiele die Prävention eine große Rolle. Deshalb gebe es Maßnahmen. Das ist nicht in jedem Land so. In Deutschland zum Beispiel sitzen Jugendliche häufig einfach im Knast. Dass eine

Gefängnisstrafe weniger wirksam sei als eine Maßnahme, zeige die hohe Rückfallquote der jugendlichen Straftäter, erklärte Dr. Wagner.

Er hat auch gesagt, obwohl bewiesen sei, dass hohe Gefängnisstrafen nicht zu weniger Gewalt in einer Gesellschaft führten, sei das Bedürfnis nach Rache tief im Menschen verwurzelt. Geschieht etwas Grausames, so ertöne unweigerlich der Ruf nach Vergeltung. Das bekomme ich nach dem Mittagessen deutlich zu spüren.

Die Anzugträger sind dran. Also die Geschädigtenvertreter. Im Gegensatz zu Ursula Kruse-Wiederkehr reden sie nicht lange um den Brei herum. Meine Aussagen zitieren sie nicht, dafür erzählen sie im Detail, wie sehr Daniel und Hung unter meiner Tat gelitten haben. Und immer noch leiden.

»Neben seinen gravierenden Verletzungen hat Daniel Gutenberg ein schweres Trauma erlitten. Noch heute hat er Mühe, sich zu konzentrieren, was sich in seinen schulischen Leistungen niederschlägt. Er klagt über Angstzustände, Schlaflosigkeit und Kurzatmigkeit. Psychisch ist er labil, oft depressiv, lange hat er sich nicht alleine aus dem Haus getraut. Daniel Gutenberg war früher ein aufgestellter, glücklicher Bursche voller Energie. Der 2. August hat sein Leben verändert.«

Es ist warm geworden im Gerichtssaal. Die Luft ist schwer. Ich spüre, wie ein Schweißtropfen meinen Rücken hinunterrinnt.

»Hung Nguyen hat durch die Stichverletzung, die ihm der Beschuldigte zugefügt hat, eine Niere verloren«, sagt der zweite Anzugträger. »Sowohl körperlich als auch psychisch wird er nie wieder sein wie früher. Weiter wurde seine Magenvorderwand schwer verletzt. Folgeschäden können bis heute nicht ausgeschlossen werden. Laut Arzt muss mein Klient jederzeit mit einem Dünndarmverschluss rechnen. Monatelang litt er an Verdauungsstörungen und krampfartigen Magenschmerzen. Er nahm fast zehn Kilogramm ab – und dies, weil er versucht hat, seinem Freund das Leben zu retten.

Das Verschulden von Sebastian Bischof wiegt schwer. Er suchte den Streit. Er muss eine Mordswut im Bauch gehabt haben. Ohne Grund, ohne Erbarmen stach er immer wieder zu. Das erste Mal feige von hinten, was zu seinem Charakter passt. Daniel Gutenberg hatte keine Chance, sich zu wehren. Auch Hung Nguyen nicht. Beide wurden regelrecht niedergemetzelt. Eine plausible Erklärung für seine Tat hat der Beschuldigte nie geliefert. Schlimmer noch: Auch heute ist er gegenüber den Opfern völlig emotionslos. Reue und Einsicht gehen ihm gänzlich ab. Er hat sich nicht einmal bei ihnen entschuldigt.«

Der Schweißtropfen kitzelt. Ich möchte mich kratzen, doch ich kann mich nicht bewegen. Die Luft ist so dick geworden, dass ich Mühe habe zu atmen. Ich denke an die Briefe, die ich Daniel und Hung geschrieben habe. In der Gruppentherapie haben wir Entschuldigungen geübt. Wir haben Rollenspiele gemacht und uns in die Lage der Opfer versetzt. Anschließend habe ich ein Blatt Papier genommen und alles aufgeschrieben. Dass es mir leid tat. Dass ich kein Recht hatte, sie zu verletzen. Dass ich ihnen gute Besserung wünschte.

Ich weiß nicht, warum ich die Briefe nie abgeschickt habe. Sie liegen immer noch in meinem Zimmer. Etwas in mir sperrte sich dagegen. Vielleicht fand ich das Ganze doch nicht fair. Hung hat nie zugegeben, dass er mich eine Schwuchtel genannt hat. Er behauptet, sich nicht daran erinnern zu können. Ihm nimmt man die Erinnerungslücke ab, mir nicht. Dr. Wagner hat mir gesagt, das eine habe mit dem anderen nichts zu tun. Auch wenn mich Hung beschimpft habe, gebe mir das nicht das Recht, ihn zu verletzen. Das ist mir inzwischen klar. Schon damals wusste es ein Teil von mir. Doch der andere Teil stellte sich quer.

»Diese Umstände«, fährt der Anzugträger fort, »und die massiven körperlichen Folgen gilt es zu berücksichtigen. Deshalb schließe ich mich dem Antrag der Jugendanwältin an. Zudem verlange ich eine Genugtuung von 50 000 Franken.«

Er kommt zu den Schadenersatzforderungen. Dazu gehören die Arztrechnungen und alle Ausgaben, die Hung und Daniel wegen mir hatten. Die Beträge kommen mir abstrakt vor. Sie sind zu hoch, haben nichts mit meinem Lehrlingslohn zu tun. Ich werde vermutlich ein Leben lang Schulden abzahlen, doch in diesem Moment ist mir das egal. Ich muss immerzu an die Briefe denken, die in meiner Schublade liegen. Ich wünschte, ich hätte sie abgeschickt.

Der Fuchs ist an der Reihe. Er erhebt sich. Mir fällt auf, dass seine Hose leicht zerknittert ist. Er schwitzt also auch. Bin ich ihm doch nicht egal? Ich frage mich, ob ich ihn nach der Verhandlung je wiedersehen werde. Meine Mutter schickt ehemaligen Arbeitskollegen, Schulkameraden und sogar ihrem Sekundarlehrer jedes Jahr eine Weihnachtskarte. Vielleicht wird sie den Fuchs auch auf ihre Liste setzen.

»Sebastian Bischof«, beginnt er, »hat es nie leicht gehabt. Auf den ersten Blick mag er ein privilegiertes Leben geführt haben, doch schaut man genauer hin, sind die Risse deutlich sichtbar. Bereits im Primarschulalter erfuhr er, was es bedeutet, nicht zu genügen.«

Er beginnt, über meine Probleme in der Schule zu berichten. So, wie er sie schildert, klingen sie schlimmer, als ich sie in Erinnerung habe. Mir ist es fast ein wenig peinlich. Zu meiner Erleichterung hören die Richter aufmerksam zu. Ich hatte befürchtet, sie würden sich vielleicht nicht für meine Version der Geschichte interessieren.

»Wie jedes Kind und jeder Jugendliche wollte Sebastian dazugehören. Stattdessen wurde er ausgegrenzt. Damit konnte er nicht umgehen. Erstaunt es, dass er zurückzuschlagen begann? Dass er Strategien entwickelte, um sein angeknackstes Selbstwertgefühl aufzubauen? Jeder Mensch will geliebt werden. Seien wir ehrlich, auch wir. Wie muss sich ein junger Mensch fühlen, wenn er nur Ablehnung erfährt? Er wird frustriert. Die disziplinarischen Probleme nehmen zu. Sebastians Leistungen ab. Er wird in eine Privatschule versetzt, wo es ihm trotz seiner Defizite gelingt, den Sekundarschulabschluss A zu machen. Viele Freundschaften schließt er nicht. Seine gesamte Freizeit verbringt er mit einem drogenabhängigen Schulkameraden. Von ihm fühlt er sich wenigstens akzeptiert. Doch von einem Tag auf den anderen verschwindet der neue Freund aus seinem Leben. Sebastian hört nie wieder etwas von ihm. Er weiß nicht, dass dieser einen Drogenentzug macht. Er weiß nur, dass er wieder alleine dasteht. In dieser Situation lernt er Noah Blomberg kennen.«

Ich frage mich, was Dr. Wagner zum Plädoyer sagen würde. Ich erkenne mich kaum wieder. Wenn ich nicht wüsste, dass der Fuchs über mich spricht, würde ich denken, er beschreibe ein anderes Leben. Mir gefällt nicht, dass er mich als bemitleidenswerten Schwächling darstellt. Als hätte ich die ganze Zeit zu Hause gesessen und geheult. So war es nicht. Klar fühlte ich mich nicht immer toll. Aber so wichtig waren mir die anderen auch wieder nicht.

Gut, das stimmt vielleicht nicht ganz. Schon wieder höre ich Dr. Wagner. Es ist fast, als hätte er mir einen kleinen Alarm eingebaut. Inzwischen merke ich es selbst, wenn ich Gefühle verdränge. Manchmal tat es schon weh. Vor allem, wenn in der Klasse über etwas gesprochen wurde, das ich nicht miterlebt hatte. Zum Beispiel eine Geburtstagsparty, an die ich als Einziger nicht eingeladen worden war. Oder ein Ausflug ins Hallenbad am freien Nachmittag. Trotzdem, der Fuchs übertreibt gewaltig.

»Sebastian Bischof beginnt, seine Frustration mit dem Konsum von Alkohol zu kompensieren. Die Abwärtsspirale dreht sich weiter. Da lernt er eine Frau kennen.«

Ich fahre hoch. Hat der Fuchs vor, jedem hier im Saal zu erzählen, wie mich Isabella da Moura Brandão verarscht hat? Das darf er nicht! Es geht niemanden etwas an! Auch wenn ich ein Verbrecher bin, Geheimnisse darf ich wohl noch haben! Ich sehe zu ihm hoch, doch er ignoriert meinen Blick. In mir schreit es. Nein! Halt die Klappe! Bitte nicht!

»Die erste Liebe ist etwas Unvergessliches. Sie gehört zu unseren schönsten, mitunter aber auch schmerzhaftesten Erinnerungen. Dieses Erlebnis hätte für Sebastian einen Wendepunkt darstellen können. Denn die Frau signalisierte, sie sei auch an ihm interessiert. Doch Isabella da Moura Brandão war nicht einfach irgendeine Frau. Die damals 18jährige Brasilianerin war kokainabhängig. Und hatte nicht die Mittel, ihre Sucht zu finanzieren.«

Der Fuchs erzählt, wie sie mir Hoffnungen machte. Aus seinem Mund klingt es lächerlich. Mir schießt das Blut in den Kopf. Ich spüre förmlich, wie ich leuchte. Genauso gut hätte mich der Fuchs dazu verdonnern können, vor allen zu strippen. Mein Magen zieht sich zusammen. Die Wut beginnt sich zu regen. Plötzlich geschieht etwas mit mir. Ich zerfalle in zwei Hälften. Eine sieht nur noch rot. Sie will dem Fuchs die Faust in den Mund rammen, damit er aufhört zu reden. Doch die zweite Hälfte hält sie zurück. Ich höre Dr. Wagners Stimme. Er hat mir gesagt, ich dürfe die Wut jederzeit zulassen. Nur handeln solle ich nicht. Erst, wenn die Wut verschwunden sei.

»Die Wut geht nicht von alleine weg«, erklärte ich. »Ich muss sie rauslassen.«

»Versuchen Sie zu fokussieren«, riet er. »Werden Sie sich zum Beispiel bewusst, welche Gefühle in Ihrem Inneren toben. Konzentrieren Sie sich darauf, diese zu benennen.«

Ich habe es noch nie versucht. Aber ich weiß nicht, was ich sonst tun könnte. Also beginne ich, nach Worten zu suchen.

Ich bin wütend.

Zornig.

Ich fühle mich verarscht.

Bloßgestellt.

Verletzt.

Gekränkt.

Das Wort »gekränkt« löst einen neuen Gedanken aus. Ich rufe mir die Strategien in Erinnerung, die ich gelernt habe, um mit Kränkungen umzugehen. Stumm zähle ich sie auf, obwohl ich einige immer noch lächerlich finde. Ich überlege, welche ich jetzt anwenden soll. Ich kann dem Fuchs nicht sagen, was seine Worte in mir auslösen. Genauso wenig kann ich fragen, was er damit ausdrücken will. Aber ich kann mir selbst Fragen stellen.

Zum Beispiel: Warum sollte mich der Fuchs verletzen wollen? Er ist mein Anwalt. Seine Aufgabe besteht darin, mir zu helfen. Ich wiederhole das mehrmals. Er will mich nicht bloßstellen. Er steht auf meiner Seite. Er macht seinen Job. Vielleicht kommt es vor Gericht besser an, mich als Idioten darzustellen statt als Schlägertypen. Keine Ahnung. Ich weiß nicht, wie Richter denken.

Langsam versickert die Wut. Mein Kopf glüht noch immer, doch mein Magen beginnt, sich zu entspannen. Ich kann wieder atmen. Ich habe gar nicht gemerkt, dass ich die Hände zu Fäusten geballt hatte. Ich öffne sie vorsichtig, löse einen Finger nach dem anderen. Die Knöchel sind weiß, es dauert einen Moment, bis das Blut in sie zurückkehrt. Unter meinen Armen haben sich Schweißflecken gebildet.

»Isabella da Moura Brandão hat das geringe Selbstwertgefühl meines Klienten dreist ausgenutzt. Sie hat mit ihm gespielt, ihn hoffen lassen, aus ihnen könnte ein Paar werden. Als Sebastian merkte, dass sie nur jemanden suchte, der sie mit Drogen und Alkohol versorgte, verkraftete er die Enttäuschung nicht.«

Die Wut ist zwar weg, doch Scham überwältigt mich. Ich höre zu, atme tief ein und aus und versuche, die Menschen um mich herum zu vergessen. Alle bis auf den Fuchs und die Richter. Als der Fuchs erzählt, wie ich daraufhin den Sicherheitsangestellten bedroht habe, denke ich sogar kurz darüber nach, ob ich heute anders handeln würde. Vermutlich schon.

»Kommen wir zum 2. August«, fährt der Fuchs fort. Er beschreibt, wie wir am See herumgealbert haben. »Sebastian fühlte sich gut. Für einmal war er nicht der Außenseiter, sondern Teil einer Gruppe. Von Marius Boltizar und Kevin Deutwyler wurde er bewundert. Jannic Kobelt und Ergim Yilmaz akzeptierten ihn zumindest als Anführer – ein ganz neues Gefühl für Sebastian. Nicht seine Defizite standen im Mittelpunkt, sondern seine angeblichen Stärken. So sah er es zumindest. Er fühlte sich, ich zitiere, ›als König‹. Bis Hung Nguyen ihn vom Thron stieß.« Er legt eine Kunstpause ein.

»Hung Nguyen nannte Sebastian eine ›Schwuchtel‹, ein gebräuchliches Schimpfwort unter Jugendlichen. Sebastian empfand die Beleidigung als Kränkung. Um sein Gesicht nicht zu verlieren, glaubte er, handeln zu müssen.«

Ich habe lange auf diesen Moment gewartet. Endlich sagt jemand, wie es wirklich war. Doch jetzt, da ich die Worte höre, klingen sie falsch. Sie haben einen schalen Beigeschmack, wie Lebensmittel, die nicht mehr ganz frisch sind. Plötzlich merke ich, warum. Hast du schon mal Lieder vom Internet heruntergeladen und später gemerkt, dass du nur eine Verknüpfung gespeichert hast? Ohne das Original kannst du den Song nicht hören. Du siehst zwar das Icon und den Namen, doch sie sind nur leere Hüllen.

Ganz ähnlich fühlt sich die Erklärung an. Sie ist bedeutungslos.

22

»Führt der Täter, nachdem er mit der Ausführung eines Verbrechens oder Vergehens begonnen hat, die strafbare Tätigkeit nicht zu Ende oder tritt der zur Vollendung der Tat gehörende Erfolg nicht ein oder kann dieser nicht eintreten, so kann das Gericht die Strafe mildern.«
Art. 22 Abs. 1 Schweizerisches Strafgesetzbuch (StGB)

Die Plädoyers sind vorbei. Alles wurde gesagt. Oder fast. Der Einzige, der noch nicht zu Wort gekommen ist, ist Martin Elmiger. Der Fuchs hat gemeint, vermutlich werde ihm der Richter am Schluss noch einige Fragen stellen. Tatsächlich bittet er ihn nun, nach vorne zu kommen. Zwischen den drei Anwälten wirkt Martin Elmiger fast ein wenig verloren. Er trägt zwar ausnahmsweise keine Jeans, besonders elegant sieht er trotzdem nicht aus. Sein Ohrring passt nicht zu den Hemden, seine schwarzen Turnschuhe nicht zu den polierten Lederschuhen der Juristen. Die Sohlen quietschen, als er sich setzt.

»Herr Elmiger«, beginnt der Richter. »Sie arbeiten als Sozialpädagoge im Maßnahmenzentrum. Bitte erläutern Sie kurz Ihre Beziehung zum Beschuldigten.«

»Ich bin seine Bezugsperson«, antwortet Martin Elmiger und erklärt, dass jeder Jugendliche beim Eintritt eine Bezugsperson zugeteilt bekommt.

»Also kennen Sie Sebastian Bischof seit knapp zwei Jahren?«

»Das ist richtig.«

»Können Sie dem Gericht schildern, wie sich der Beschuldigte in dieser Zeit entwickelt hat?«

Martin Elmiger nimmt ein Mäppchen hervor. Er hat sich Notizen zu den Standortbestimmungen gemacht und breitet sie nun auf dem Tisch aus.

An der Art, wie er mit dem Bein wippt, merke ich, dass er nervös ist.

»Ich habe Sebastian Bischof als verschlossenen, unsicheren Jugendlichen kennengelernt.« Kurz blickt Martin Elmiger zu mir. »Er hatte Mühe, Beziehungen zu knüpfen, ging lieber auf Distanz. Zwar fügte er sich gut in die Strukturen ein, akzeptierte die strengen Abläufe sowie die Vorschriften, emotional ließ er sich aber nicht auf seine neue Umgebung ein. Uns kam es vor, als begreife er nicht, wieso er bei uns gelandet war. Als sei es ohne sein Zutun geschehen. Er stimmte allen Regeln zu, hielt diese mit wenigen Ausnahmen auch ein, gleichzeitig prallte die Wirklichkeit an ihm ab. Der Einzige, der an ihn herankam, war sein Therapeut.«

»Im Therapiebericht steht, der Beschuldigte mache große Fortschritte«, zitiert der Richter. »Merken Sie im Alltag etwas davon?«

Martin Elmiger nickt. »Deutlich, vor allem in den letzten sechs Monaten. Im ersten Jahr war Sebastian Bischof sehr damit beschäftigt, seinen Platz bei uns zu finden. Er musste sich für eine Lehre entscheiden, seine Rolle in der Gruppe definieren, sich in der neuen Umgebung einleben. Das lässt sich vielleicht am besten anhand eines Beispiels erklären: Es dauerte acht Monate, bis Sebastian Bischof begann, sein Zimmer einzurichten. Das ist unüblich, denn es ist die einzige Rückzugsmöglichkeit, die unsere Klienten haben. Das Leben in einem Maßnahmenzentrum ist hart. Die Jugendlichen stehen dauernd unter Beobachtung. Sie haben kaum Spielraum. Viele haben noch nie zuvor einen strukturierten Alltag erlebt. Die Umstellung verlangt einiges von ihnen ab. Deshalb ist den meisten das eigene Zimmer enorm wichtig. Dort dürfen sie sich selbst sein, ohne dass es Konsequenzen hat.« Martin Elmiger verstummt und blickt auf seine Notizen. Er scheint vergessen zu haben, was er sagen wollte. »Genau, die Fortschritte.« Er räuspert sich. »In den letzten Monaten hat sich Sebastian Bischofs Verhalten verändert. Statt sein Umfeld lediglich zu dulden, begann er, darin zu leben. Monatelang hatte er alleine Billard gespielt, nun forderte er Kollegen auf, gegen ihn anzutreten. Er fing an, anderen zuzuhören. Am Anfang hat er einfach dichtgemacht, wenn ihm etwas nicht passte. Bestenfalls wurde er wütend. In den letzten Monaten war er zunehmend bereit, sich auf andere Meinungen einzulassen. Aber vielleicht am allerwichtigsten: Er hat begonnen, Verantwortung zu übernehmen.«

»Wie äußert sich das?«, fragt der Richter.

»Wenn etwas schiefläuft, sind nicht automatisch die anderen schuld. Klar, Sebastian Bischof ist kein neuer Mensch geworden. Er wird immer noch schnell wütend, vor allem, wenn ihm etwas misslingt. Doch er fängt sich immer häufiger auf. Ohne fremde Hilfe. Und er ist aufrichtig darum bemüht, diesen Weg weiterzugehen. Er lernt, seine Grenzen zu akzeptieren. Wir sind alle überzeugt, dass er seinem Leben eine neue Wende zu geben versucht. Er hat begriffen, dass er so nicht weitermachen kann.«

Martin Elmiger hat nie ein Blatt vor den Mund genommen. Er hat es mir immer gesagt, wenn ich Mist gebaut habe, und er hat mich auch gelobt, wenn ich etwas gut machte. Doch im Gerichtssaal haben seine Worte mehr Gewicht. Auf einmal glaube ich daran, dass ich eine Chance habe. Ich habe vieles verbockt. Nichts lässt sich rückgängig machen. Aber möglicherweise gibt es ein Leben danach. In zwei Jahren bin ich fertig mit der Lehre. Wenn die Richter es gut mit mir meinen, könnte ich dann rauskommen. Vielleicht, denke ich, werde ich doch nicht als Jungfrau sterben.

Gedanken an meine Zukunft habe ich bis jetzt verdrängt. Ich sah nicht ein, wozu sie gut sein sollten. Man muss eine Zukunft haben, um an sie denken zu können. An einer Standortbestimmung wurde ich einmal gefragt, wo ich mich in zehn Jahren sehe. Ich konnte die Frage nicht beantworten. Das gelingt mir auch jetzt nicht, doch darüber nachzudenken, kommt mir nicht mehr sinnlos vor.

»Herr Bischof«, unterbricht der Richter meine Gedanken. »Bevor wir uns für die Urteilsberatung zurückziehen, möchte ich Ihnen die Gelegenheit geben, ein Schlusswort zu sprechen. Möchten Sie uns noch etwas sagen?«

Obwohl ich darauf vorbereitet war, erwischt mich die Frage auf dem falschen Fuß. Mein Puls schießt in die Höhe. Hilfesuchend schaue ich zum Fuchs, doch seine Miene ist ausdruckslos. Meine Gedanken überstürzen sich. Was möchte ich sagen? Es gibt so vieles. Womit soll ich beginnen?

Ich könnte den Richtern von der Alarmanlage erzählen, die Dr. Wagner bei mir eingebaut hat. Sie geht los, wenn ich mich in einer gefährlichen Situation befinde. Ich meine nicht eine Situation, die für mich gefährlich ist, sondern eine, in der ich zur Gefahr werde. Beleidigt mich jemand, misslingt mir etwas oder geschieht ein Missgeschick, so geht der Alarm los. Dann weiß ich, dass ich besonders aufpassen muss. Wenn ich das erkenne, kann ich mich auf die Wut vorbereiten, die sich anzuschleichen versucht. Gut, es klappt nicht immer. Einmal spielte ich auf der geschlossenen Abteilung Billard und hatte gerade zu einem kniffligen Stoß angesetzt, als ein Typ, den ich nicht mag, das Queue streifte. Der Stoß ging voll in die Hosen. Ich hörte den Alarm nicht, weil ich so auf das Spiel konzentriert war. Als ich die Warnzeichen bemerkte, war es zu spät. Ich hatte den Typen bereits mit dem Ellenbogen weggeschubst, was er mir natürlich nicht verzieh. Das war die einzige Schlägerei, in die ich auf der geschlossenen Abteilung geraten war.

Manchmal funktioniert es aber auch. Da gab es zum Beispiel den Vorfall beim Mittagessen, als ich bereits auf der Halboffenen war. Wir nehmen die Mahlzeiten immer gemeinsam ein. Sogar der Direktor setzt sich zu uns an den Tisch. Es gab Kartoffelsuppe, und neben mir hockte ein ziemlicher Brocken. Weil er immer Angst hat, zu wenig zu essen zu bekommen, füllt er seinen Teller jeweils bis zum Rand. Als er nach dem Salz griff, streifte er seine Suppenschale. Der Inhalt schwappte über und landete auf meinem Unterarm. Ich hatte die Ärmel hochgeschoben, und die Suppe war ziemlich heiß. Obwohl sie mir auf der Haut brannte, meldete der Alarm sofort »Missgeschick«. Zwar stieß ich einen Fluch aus, doch dahinter steckte keine Wut, lediglich Überraschung.

Die Alarmanlage ist nicht das Einzige, was mich davon abhält, erneut einen Menschen zu verletzen. Ich weiß auch, dass ich keine Waffe tragen darf. Dass es verboten ist, war mir schon immer klar. Ich meine aber das Risiko, in eine gefährliche Situation zu geraten, so tief wie möglich zu halten. Im Maßnahmenzentrum nennen wir das Prävention. Obwohl ich Fortschritte mache, muss ich immer damit rechnen, rückfällig zu werden. Ganz kann ich es wohl nie ausschließen, manchmal sehe ich einfach Dinge, die nicht da sind. Ich kann aber die Tragweite meiner Ausraster beeinflussen. Indem ich zum Beispiel dafür sorge, nichts bei mir zu haben, das gefährliche Verletzungen verursacht. Und weder Alkohol noch Drogen konsumiere. Im Knast ist das einfach, da Alkohol und Drogen verboten sind. Einen lauen Abend am See ohne Bier kann ich mir aber nicht so richtig vorstellen. Dr. Wagner sagt, ein einzelnes Bier sei in der Regel kein Problem. Aber Alkohol löse Hemmungen, und da ich nicht besonders gut darin sei, meine Impulse zu kontrollieren, wirke Alkohol bei mir wie ein Katalysator. Deshalb rät er mir vom Trinken ab. Mir wäre es lieber, ich könnte meine Impulse kontrollieren. Daran arbeiten wir noch.

All das könnte ich dem Gericht erzählen. Doch in welcher Reihenfolge? Vielleicht müsste ich damit beginnen, dass ich jetzt verstehe, was ich Daniel und Hung angetan habe. Es war falsch. Ich habe zwei Leben zerstört. Hung hat sein Solarvelo nie gebaut. Daniel hat seine Matura zwar inzwischen geschafft, er geht aber kaum aus dem Haus. Das weiß ich auch von meiner Mutter. Sie hat mit den Familien von Hung und Daniel Kontakt aufgenommen, um mit ihnen zu reden. Hungs Familie wollte offenbar nichts davon wissen, aber Daniels Mutter hat die Gelegenheit genutzt, um meiner Mutter ordentlich die Kappe zu waschen. Sie habe mich falsch erzogen. Das geht meiner Mutter schlecht runter.

Sie besucht mich übrigens immer noch regelmäßig, etwas hat sich jedoch zwischen uns verändert. Sie erwartet, dass ich Daniels und Hungs Schmerz fühle. Aber so sehr ich es versuche, da ist einfach nichts. Mein Kopf weiß, dass sie wegen mir leiden. Wenn ich könnte, würde ich die Zeit zurückdrehen und alles ungeschehen machen. Trotzdem spüre ich nichts. Dr. Wagner meint, das sei in Ordnung. Ich müsse zuerst lernen, mit meinen eigenen Gefühlen umzugehen. Es reiche, wenn ich wisse, was richtig und falsch sei, und in der Lage sei, entsprechend zu handeln. Meiner Mutter genügt das nicht. Sie ist von mir enttäuscht. Das tut weh.

Früher hätte ich das nicht einfach so sagen können. Es wäre mir peinlich gewesen. Meine Gefühle laut auszusprechen, fällt mir immer noch schwer, aber wenn ich alleine bin, kann ich es mittlerweile. Vielleicht nicht immer, aber immer öfter. Zu Beginn jeder Therapiestunde fragt mich Dr. Wagner, wie es mir gehe. Ein einfaches »Gut« oder »Schlecht« genügt ihm nicht. Er will es genau wissen. Vor allem, wenn es mir mies geht. Dann will er Sätze wie »Ich fühle mich verwundbar« oder »Ich bin heute dünnhäutig« hören. Und natürlich muss ich es begründen. Das ist echt schwierig. Oder weißt du immer, warum du schlecht drauf bist? Manchmal erwache ich, und es kommt mir vor, als könnte ich den Tag nicht bewältigen. Es ist fast so, als stünde ich mit schweren Beinen am Start eines Marathons. Dann sehne ich mich nach einer Linie Koks, einer Flasche Wodka, einfach nach etwas, das mir Zuversicht gibt.

Vor einigen Wochen hatte ich einen solchen Tag. Ausnahmsweise wusste ich jedoch, warum ich mich so schlecht fühlte. Ich hatte von einem Mädchen geträumt. Es war nicht Isabella da Moura Brandão gewesen, sondern die Latina vom See mit dem hammermäßigen Hüftschwung. Sie kam auf mich zu, den Blick auf etwas anderes gerichtet. Vermutlich auf ihren Freund Benito. Doch dann sah sie mich und blieb stehen. Bevor ich wusste, wie mir geschah, lag ich mit ihr auf dem Rasen. Ich konnte mein Glück nicht fassen! Sie stützte sich auf dem Ellenbogen ab, ihre Brüste wölbten sich genau vor meinem Gesicht, prall wie Melonen. Als ich die Hand nach ihnen ausstreckte, rückte die Latina von mir ab und begann zu lachen. Ihre Stimme war schrill, und alle Köpfe drehten sich nach uns um. Ich wusste nicht, was so lustig war, bis mein Blick ihrem ausgestreckten

Zeigefinger folgte. Er deutete auf meine Beine. Ich sah nach unten und stellte entsetzt fest, dass ich Leggins trug.

»Wie haben Sie sich gefühlt?«, fragte Dr. Wagner, als ich ihm vom Traum erzählte.

»Mies.«

Er wartete.

»Klein«, erklärte ich. »Und gleichzeitig unübersehbar.«

»Erniedrigt und bloßgestellt?«

Ich nickte. »Ich wollte sie schlagen. Aber dann wachte ich auf.«

Früher hätte ich mich nicht getraut, so etwas zuzugeben. Dr. Wagner hat mir dann erklärt, dass die Fantasie, jemanden zu verletzen, ein normales Ventil für Wut oder unerfüllte Sehnsüchte sei. Es ist sogar gut, sich einzugestehen, dass man Aggressionen hat. Sie zu unterdrücken, ist viel gefährlicher.

»Haben Sie darüber nachgedacht, was der Traum bedeuten könnte?«, wollte er wissen.

Klar hatte ich das. »Vielleicht, dass ich gerne eine Freundin hätte.«

»Sie glauben, der Traum sei Ausdruck dieser Sehnsucht gewesen?«

»Vermutlich schon.«

»Und die Leggins?«

»Eine Erinnerung an Thomas König?«

Ich hatte Dr. Wagner die Geschichte mit Thomas König einmal erzählt. Wie er meine Turnhose versteckt hatte und ich deshalb Leggins hatte anziehen müssen.

»Eine Erinnerung?«

»Was sonst?«

»Könnte der Traum auch symbolisch zu verstehen sein?«

Ich dachte darüber nach. Mir war nicht klar, was die Leggins symbolisieren sollten. Kleider? Die Turnstunde? Vielleicht sogar Thomas König selbst? Das war eher unwahrscheinlich. Er ging mich nichts mehr an. Soviel ich wusste, studierte er inzwischen Wirtschaft oder so etwas. Blitz und er sind immer noch Freunde.

»Fürchten Sie sich möglicherweise vor etwas?«, half mir Dr. Wagner auf die Sprünge.

Und da sah ich es. Ich hatte Angst zu versagen. Die Leggins waren das Symbol für die totale Blamage. Ich meine, hey, ich bin inzwischen zwanzig Jahre alt! Wenn ich rauskomme, bin ich vermutlich zweiundzwanzig. Vielleicht älter. Jedes normale Mädchen wird sich denken, dass ich schon Erfahrung habe. Und dann fummle ich an ihr herum wie der letzte Idiot. Wenn mich überhaupt noch eine haben will. Meine Ansprüche sind ziemlich gesunken. Sie muss keine Isabella da Moura Brandão sein, nicht mal die Latina vom See. Ein ganz normales Mädchen wäre völlig in Ordnung.

Manchmal befürchte ich, dass es nicht nur für ein Mädchen zu spät ist, sondern für alles. Bringt es überhaupt etwas, wenn ich mein Leben in den Griff kriege? Habe ich noch eine Chance? Zwar werde ich einen Lehrabschluss in der Tasche haben, wenn ich rauskomme, aber genügt das, um eine Stelle zu finden? Welcher Betrieb will schon einen Ex-Knasti? Meine Mutter hat mir kürzlich gesagt, nach meiner Entlassung müsse ich selber schauen, wie ich zurechtkäme. Sie werde immer für mich da sein, mir aber nichts mehr abnehmen. Sie macht auch eine Therapie.

Auch das könnte ich den Richtern erzählen. Ich glaube jedoch kaum, dass es sie interessiert. Die Anzugträger haben mich als »emotionslos« bezeichnet. Vermutlich denken die Richter ähnlich. Daran würden nicht einmal Tränen etwas ändern. Nicht dass ich je im Gerichtssaal heulen würde. Martin Elmiger hat gemeint, ich solle mich einfach entschuldigen. Mehr bräuchte ich gar nicht zu sagen. Aber die Worte kommen nicht. Keine Ahnung warum. In den letzten Jahren habe ich kaum etwas anderes gemacht, als reden zu üben. Doch jetzt bringe ich keinen Ton über die Lippen. Vielleicht könnte ich es, wenn ich mit den Richtern alleine wäre. Bin ich aber nicht. Die Zuschauer warten genauso wie die Journalisten auf mein Schlusswort.

Verstohlen schaue ich mich um. Martin Elmiger hat sich

wieder an seinen Platz gesetzt. Als sich unsere Blicke treffen, nickt er leicht. Die Bewegung ist kaum wahrnehmbar, aber ich weiß, dass er mir damit Mut zu machen versucht. Ich räuspere mich. Im Kopf lege ich mir die Worte zurecht. Sie waren schon einmal bereit, gestern nacht, als ich wach lag. Am Morgen waren sie weg. Ich denke daran, wie Dr. Wagner immer darauf besteht, dass ich die Opfer beim Namen nenne. Daniel Gutenberg. Seine Mutter sagt »Dani« zu ihm. Seine Kollegen rufen ihn »Dan«. Viele Freunde hat er nicht mehr, seit er bloß zu Hause herumsitzt.

Über den Namen »Hung« hatte ich mich einmal lustig gemacht. Eigentlich nur, um Dr. Wagner zu provozieren. Er ging nicht darauf ein. In die folgende Therapiestunde hat er mir einen Artikel über vietnamesische Namen mitgebracht. »Hung« bedeutet »heldenhaft«. Es ist ein ziemlich häufiger Name in Vietnam. Hung kam zwar in der Schweiz zur Welt, seine Eltern sprechen aber kaum Deutsch. Sie sind vor dem Krieg geflohen, hat mir der Fuchs einmal gesagt. Hungs Vater besitzt ein eigenes Restaurant. Am Wochenende arbeitet Hung oft umsonst im Betrieb mit. Sein Vater ist bestimmt stolz auf ihn.

»Herr Bischof?«, wiederholt der Richter. »Möchten Sie noch etwas sagen?«

Mich juckt es am Knöchel. Ich versuche, mich unauffällig zu kratzen. Das Geräusch klingt laut in der Stille. Ich fahre mir mit der Zunge über die trockenen Lippen, in der Hoffnung, dass die Worte ihren Weg besser finden. Ich spüre sie im Mund, muss sie nur noch in die richtige Reihenfolge bringen. Mein Atem brennt in der Kehle.

»Herr Bischof?« Der Richter verliert langsam die Geduld.

Hinter mir höre ich, wie eine Bank knarrt. Jemand flüstert etwas. Ich hole Luft, öffne den Mund. Forme die Worte. Plötzlich erklingt ein leiser Schluchzer. Ich drehe den Kopf. Daniels Mutter weint. Unsere Blicke treffen sich, in ihren Augen liegt nackter Schmerz. Rasch sehe ich weg. Es ist mir peinlich.

»Herr Bischof!«

Jetzt oder nie.

»Haben Sie etwas zu sagen?« Der Richter betont jedes Wort einzeln.

Ich schüttle den Kopf.

23

»Die Begründung enthält bei Urteilen: die tatsächliche und die rechtliche Würdigung des der beschuldigten Person zur Last gelegten Verhaltens, die Begründung der Sanktionen, der Nebenfolgen sowie der Kosten- und Entschädigungsfolgen.«
Art. 81 Abs. 3a Schweizerische Strafprozessordnung (StPO)

Im Billard kann man aus taktischen Gründen darauf verzichten, mehr als eine Kugel hintereinander zu versenken. Wenn du vor deinem Stoß »Sicherheit« sagst, brauchst du nicht weiterzuspielen, auch wenn du triffst. Vor Gericht gibt es keine solche Regel. Es geht immer weiter. Ob du willst oder nicht. Es gibt auch kein Zurück. Gesagt ist gesagt. Nicht gesagt ist nicht gesagt.

Als ich von zwei Polizisten aus dem Gerichtssaal geführt werde, höre ich, wie sich die Journalisten über meine Gefühlskälte unterhalten. Der Typ, der seinen Stift so verkrampft gehalten hat, schüttelt den Kopf und murmelt etwas, das nach »wegsperren« klingt. Daniels Mutter weint immer noch. Ich bin froh, sind meine Eltern nicht hier.

»Machen Sie sich keine Sorgen«, sagt der Fuchs. »Das Schlusswort ist nicht entscheidend.«

Wir sind wieder im Anwaltszimmer. Ich stelle mich ans Fenster und sehe, wie ein Tram an der Haltestelle hält. Zwei Typen mit Papiersäcken von McDonald's steigen aus. Sie überqueren die Straße und setzen sich vor dem Gericht auf eine Bank im Schatten. Als einer einen Big Mac herauszieht, läuft mir das Wasser im Mund zusammen. Ich spüre das weiche Brot zwischen den Zähnen, schmecke die Sauce, die warmen Essiggurken, rieche das gebratene Fleisch. Ich habe seit Jahren keinen Big Mac mehr gegessen.

»Im Großen und Ganzen ist es gut gelaufen«, stellt der Fuchs fest.

»Heißt das, ich werde wegen Körperverletzung verurteilt? Und nicht wegen versuchter Tötung?«

Der Fuchs zögert ein bisschen zu lange. »Das ist nicht entscheidend. Wichtiger ist die ausgesprochene Maßnahme.«

Er meint, ob ich eine Maßnahme nach Jugendstrafrecht bekomme oder eine für junge Erwachsene. Eine Maßnahme nach Jugendstrafrecht ist spätestens dann zu Ende, wenn ich 22 Jahre alt bin. Also in zwei Jahren. Egal, ob sie erfolgreich ist oder nicht. Das würde bedeuten, dass ich nun die Hälfte der Zeit abgesessen hätte. Mir kommt es länger vor. Ich habe das Gefühl, mein halbes Leben im Knast verbracht zu haben.

Verurteilen mich die Richter zu einer Maßnahme für junge Erwachsene, bin ich vielleicht 30 Jahre alt, wenn ich rauskomme. Je nachdem, wie meine Entwicklung eingeschätzt wird. Das wäre der schlimmste Fall. Der Fuchs sagt, damit sei nicht zu rechnen. Wenn, dann käme ich vermutlich vor 25 raus. Aber auch das kommt mir wie eine Ewigkeit vor. Noch fünf Jahre. Am meisten stresst mich an den ganzen Maßnahmen, dass es zwar Gesetze über die maximale Dauer gibt, dir jedoch niemand sagen kann, wann du geheilt sein wirst. Das ist Ansichtssache. Deshalb heißt es eigentlich auch nicht »geheilt«, sondern »erfolgreich beendet«. Die Begriffe sind mir egal. Ich möchte mich einfach darauf einstellen können, wann die Maßnahme vorbei ist. Wann mein Leben weitergeht.

»Das ist jetzt Ihr Leben«, hat mir Dr. Wagner einmal gesagt. »Und es wird immer Teil Ihres Lebens bleiben. Auch wenn Sie wieder draußen sind.«

Genau wie ich die Zeit nicht zurückdrehen kann, kann ich die Jahre, die ich im Knast verbringe, nicht ausradieren. Das wollte Dr. Wagner mir damit klarmachen. Sie werden immer da sein. In meinem Lebenslauf, in meinen Erinnerungen. Ich werde ewig ein verurteilter Straftäter bleiben. Die Jahre, die ich hinter Gitter verbringe, kann ich nicht nachholen. Ich werde nie mehr achtzehn sein.

Trotzdem finde ich, es ist ein Unterschied, ob ich wegen Körperverletzung oder versuchter Tötung verurteilt werde. Und zwar deshalb, weil ich nie jemanden töten wollte. Das Ganze mit dem »in Kauf nehmen« geht mir schlecht runter. Ich habe nicht eine Sekunde daran gedacht, dass Daniel oder Hung sterben könnten. Gut, wenn ich es mir überlegt hätte, wäre ich auch darauf gekommen. Aber das hatte ich nicht. Deshalb fände ich es unfair, wenn die Richter zu einem andern Schluss kämen.

»Wie lange dauert es, bis sie sich entschieden haben?«, frage ich.

»Das ist unterschiedlich«, meint der Fuchs. »In der Regel um die zwei Stunden. Manchmal länger, manchmal weniger lang, je nachdem, wie komplex der Fall ist.«

»Was geschieht nachher?«

»Das kommt auf das Urteil an. Wenn wir zufrieden sind, ist alles gut. Wenn nicht, ziehen wir den Fall weiter.«

Es gefällt mir, dass er von »wir« spricht. Wenigstens in einem Punkt kann ich mitreden. Ich muss den Entscheid der Richter nicht einfach hinnehmen. Andererseits – noch einmal vor Gericht gehen? Mich ein zweites Mal den Blicken ausliefern? Daniels Mutter sehen müssen? Ich weiß nicht.

Ich sehe dem Fuchs nicht an, wie meine Chancen stehen. Er hat sein Pokerface aufgesetzt. Ich wende mich wieder zum Fenster. Die Bank, auf der die Typen mit den Big Macs saßen, ist leer. Einer wäscht sich an einem Brunnen die Hände, dann spritzt er sich Wasser ins Gesicht. Ich kann die Tropfen, die ihm vom Kinn fallen, fast spüren. Am See wäre es jetzt bestimmt schön.

Wir werden bereits nach 90 Minuten geholt. Ich wische mir die feuchten Hände an den Hosen ab und stehe auf. Monatelang habe ich auf diesen Moment gewartet, und jetzt, da er gekommen ist, möchte ich ihn hinausschieben. Noch ein paar Stunden hoffen. Mich der Illusion hingeben, ich würde heute abend meine Sachen packen und nach Hause fahren, auch wenn das unter keinen Umständen geschehen wird. Nicht einmal wenn es zu einem Freispruch kommt, und das wird es nicht. Der Fuchs hat mir von Anfang an gesagt, ich solle mir keine falschen Hoffnungen machen. Aber träumen darf ich, egal, ob meine Träume realistisch sind oder nicht. Als Kind habe ich manchmal »Was wäre, wenn ...«-Spiele gemacht. Was wäre, wenn ich im Fußball das Siegestor schießen würde? Oder so beliebt wäre, dass ich an jede Party eingeladen würde? Wenn sich das tollste Mädchen der Klasse in mich verlieben würde?

Die Tür zum Gerichtssaal geht auf. Der Fuchs und ich sind die Ersten, die eintreten. Ursula Kruse-Wiederkehr und die Anzugträger folgen uns auf den Fersen. Erst dann kommen die Zuschauer. Eine Weile lang hört man nur das Knarren des Bodens und das Ächzen der Holzbänke. Der Gerichtspräsident ruft die Anwesenden zur Ordnung. Die Journalisten halten ihre Stifte bereit.

Ich versuche, das Urteil von den Gesichtern der Richter abzulesen, doch ihre Mienen sind ausdruckslos. Einer putzt sich die Brille. Ich fühle mich fiebrig, ob vor Aufregung oder wegen der Wärme, weiß ich nicht. Der Fuchs hat erklärt, dass die Richter das Urteil kurz zusammenfassen und begründen werden. Später werde ich dann alles noch schriftlich bekommen. Im Moment ist mir das egal. Ich will einfach hören, wie die Richter entschieden haben. Der Gerichtspräsident wartet, bis sich sein Kollege die Brille wieder aufgesetzt hat. Dann nickt er ihm kurz zu.

Ich fühle mich wie bei einer Rangverkündigung. In der sechsten Klasse mussten wir am Sporttag an verschiedenen Wettbewerben teilnehmen. Am Ende des Tages wurden die Sieger gekrönt. Ich war kein As in Sport, trotzdem habe ich mir ausgemalt, wie es wäre, einen der Preise zu gewinnen. Der Turnlehrer hat es absichtlich spannend gemacht. Er begann immer bei Rang 4, dem Ehrenplatz, wie er es nannte. Obwohl ein vierter Rang nicht schlecht ist, durchströmte mich jeweils ein Gefühl der Erleichterung, wenn mein Name nicht genannt wurde. Auch beim dritten und zweiten Rang war ich froh, nicht aufgerufen zu werden. Rund zehn Minuten lang konnte ich mich so der Illusion hingeben, Erster geworden zu sein, obwohl ich in meinem ganzen Leben nie etwas Wichtiges gewonnen hatte.

Während der Richter Luft holt, stelle ich mir vor, wie es bei einem Freispruch wäre. Fassungslos säße ich da und ließe die Worte wirken. Der Fuchs würde die Hand zur Faust ballen und einen Jubelschrei unterdrücken. Er sähe mich an, stolz und zufrieden, gäbe mir einen Klaps auf den Rücken, umarmte mich vielleicht sogar kurz. Ursula Kruse-Wiederkehr und die Anzugträger würden mit gesenkten Köpfen dahocken. Die Anzugträger gingen ohne ein Wort aus dem Gerichtssaal, doch Ursula Kruse-Wiederkehr käme zu mir und würde sich dafür entschuldigen, dass sie mir Tötungsabsichten unterstellt hatte. Sie gäbe zu, dass ich im Grunde genommen ganz in Ordnung sei.

Die Journalisten wären enttäuscht. Ihre Schlagzeilen sähen ganz anders aus als geplant. Doch sie müssten ihre Artikel trotzdem schreiben. »Freispruch« stünde morgen auf den Titelseiten aller Zeitungen. Vielleicht auch »20-Jähriger zu Unrecht im Knast« oder »Es war nur ein Unfall«. Ich wäre nicht mehr der Freak, sondern ein Opfer der Justiz.

»Wir kommen zur Urteilsverkündung«, sagt der Richter.

Seine Stimme ist neutral. Ich hatte einen feierlichen Tonfall erwartet, vielleicht auch, dass die Richter aufstehen. Doch sie bleiben sitzen. Drei Augenpaare richten sich auf mich. Auch im Rücken spüre ich die Blicke der Anwesenden. Ein Zittern ergreift meine Waden und setzt sich langsam durch meinen Körper fort, wie eine Welle. Ich schiebe die Hände zwischen die Beine, um sie ruhig zu halten.

»Das Gericht erkennt, Sebastian Bischof ist schuldig der mehrfachen versuchten Tötung im Sinne von Art. 111 StGB in Verbindung mit Art. 22 StGB, der Drohung im Sinne von Art. 180 StGB, der mehrfachen Widerhandlung gegen das Waffengesetz im Sinne von Art. 33 Abs. 1 lit. a WG in Verbindung mit Art. 4 Abs. 1 lit. c WG.«

Mir schwirrt der Kopf. Ich blende die Artikel und Gesetze aus. Höre nur die Wörter »schuldig« und »versuchte Tötung«. In der Hoffnung, dass ich mich täusche, blicke ich zum Fuchs. Eine Ader an seinem Hals ist angeschwollen, sie sieht wie ein fetter Wurm aus. Die Lippen hat der Fuchs fest zusammengepresst. Also ist es wahr. Die Richter glauben Ursula Kruse-Wiederkehr und den Anzugträgern. Nicht mir. Sie sind überzeugt, dass ich Daniel und Hung töten wollte. Oder zumindest, dass es mir egal war, ob sie sterben würden. Ich habe keine Zeit, den Schuldspruch zu verdauen. Der Richter redet weiter.

»Der Beschuldigte wird mit sieben Jahren Freiheitsstrafe bestraft«, verkündet er.

Mir wird eiskalt. Habe ich mich verhört? Oder hat er wirklich sieben Jahre gesagt? Mehr, als Ursula Kruse-Wiederkehr gefordert hat? Ich zittere immer unkontrollierter. Sogar meine Zähne beginnen zu klappern. In meinen Ohren rauscht es so laut, dass ich die nächsten Sätze verpasse. Als das Rauschen ein wenig verebbt, höre ich, dass der Richter etwas von Genugtuungssummen und Schadenersatz sagt. Offenbar muss ich auch das Honorar der beiden Anzugträger zahlen. Es lässt mich kalt. Ich ringe immer noch um Fassung wegen der Höhe der Strafe. Sieben Jahre. Wegen versuchter Tötung.

Dass die Gefängnisstrafe zugunsten einer Maßnahme für junge Erwachsene aufgeschoben wird, bekomme ich noch knapp mit. Es ist so, wie es der Fuchs gesagt hat. Ich bleibe im Maßnahmenzentrum, bis ich keine Gefahr mehr für andere darstelle. Schlimmstenfalls, bis ich 30 Jahre alt bin. Vermutlich aber nicht so lange. Wenn ich mich anstrenge, wenn ich mich in der Therapie bemühe, komme ich früher raus. Habe ich hingegen keine Lust mehr, mein Innerstes nach außen zu kehren, wandere ich in den Knast. Dort müsste ich die ganzen sieben Jahre absitzen. Ich glaube, es gibt noch so etwas wie gute Führung, aber darauf verlasse ich mich nicht.

Sieben Jahre.

Ich bin der versuchten Tötung schuldig gesprochen worden.

»Ich komme zur Urteilsbegründung«, sagt der Richter.

Ich will nicht hören, was er zu sagen hat. Doch ich schaffe es nicht, mich auszuklinken. Hast du dich schon einmal geschnitten und fasziniert das Blut beobachtet, das aus der Wunde quillt? Genau so geht es mir. Ich zittere am ganzen Körper, der Schweiß rinnt mir den Rücken hinunter, doch ich kann weder die Stimme des Richters ausblenden noch wegschauen. Gebannt starre ich auf seine Lippen. Sie bewegen sich kaum, wenn er spricht.

»Es braucht keine besondere Intelligenz, um zu erkennen, dass Messerstiche in Brust und Bauch tödliche Folgen haben können.« Der Richter schaut mir gerade in die Augen. »Sie haben den Tod von Daniel Gutenberg und Hung Nguyen zwar nicht direkt gewollt, aber durch Ihr Handeln haben Sie ihn in Kauf genommen. Innert weniger Minuten haben Sie zwei Menschen schwer, einen sogar lebensgefährlich verletzt. Ihr Verhalten war brutal und rücksichtslos. Als besonders feige und hinterhältig beurteilen wir die Tatsache, dass Sie eines der wehrlosen Opfer von hinten angegriffen und das zweite verletzt haben, als es seinem Kollegen helfen wollte. Da kommt eine kaum zu überbietende Brutalität und Gewaltbereitschaft zum Ausdruck.« Der Richter hält kurz inne. »Angemessen wäre eine Freiheitsstrafe von 18 Jahren.«

Im Gerichtssaal ist es so still wie in einem Sarg. Nur mein Herz pocht laut und heftig. Ich muss mich zwingen, ein- und auszuatmen. Als ein Auto auf der Straße hupt, zucke ich zusammen. Draußen geht das Leben weiter. Nur wenige Meter entfernt sitzen Menschen in ihren Wagen, fahren nach Hause oder sonstwohin, als wäre es ein Tag wie jeder andere.

»Dass wir nur eine Strafe von sieben Jahren verhängen, hat mit Ihrer mittel- bis schwerverminderten Schuldfähigkeit zu tun. Ich rede nicht davon, dass Sie alkoholisiert waren oder Kokain konsumierten, sondern davon, dass der Gutachter bei Ihnen eine Persönlichkeitsstörung diagnostiziert hat. Aufgrund dieser fällt es Ihnen schwer, mit Kränkungen umzugehen. Diesem Umstand haben wir Rechnung getragen.« Der Richter beugt sich vor. »Doch Tatsache ist: Sie haben Ihren eigenen

Ruf höher bewertet als das Leben von Daniel Gutenberg oder Hung Nguyen.«

Ich habe also die Acht versenkt. Nicht am Ende des Spiels, sondern mittendrin. Will heißen: Ich habe verloren. Es ist aus. Im Billard bleibt eine nicht korrekt versenkte Kugel in der Tasche. Ich bleibe im Maßnahmenzentrum.

Endlich kann ich meinen Blick vom Richter lösen. Ich drehe den Kopf zum Fenster. Die Sonne ist hinter den gegenüberliegenden Häusern verschwunden. Die Hitze lässt etwas nach. Irgendwo in mir lauert die Wut. Ich warte darauf, dass sie sich anschleicht, von mir Besitz ergreift. Doch sie regt sich nicht. Da ist nur eine große Leere.

Petra Ivanov

Petra Ivanov wurde 1967 in Zürich geboren und verbrachte ihre Kindheit in den USA. Nach ihrer Rückkehr in die Schweiz absolvierte sie die Dolmetscherschule und arbeitete als Übersetzerin, Sprachlehrerin sowie Journalistin. Heute ist sie als Autorin tätig und gibt Schreibkurse an Schulen und anderen Institutionen. Ihr Debütroman *Fremde Hände* erschien 2005, ihm folgten bislang sechs weitere Bände mit dem Ermittlerpaar Regina Flint und Bruno Cavalli. Petra Ivanov hat zahlreiche Auszeichnungen erhalten, unter anderem den Zürcher Krimipreis (2010) für *Stille Lügen* sowie das Kranichsteiner Jugendliteraturstipendium des Deutschen Literaturfonds und des Arbeitskreises Jugendliteratur. Petra Ivanov lebt in Zürich.

Bibliografie

Romane mit dem Ermittlerduo Flint/Cavalli: *Fremde Hände* (2005); *Tote Träume* (2006); *Kalte Schüsse* (2007); *Stille Lügen* (2008); *Tiefe Narben* (2010); *Leere Gräber* (2012) und *Hangar B* (2015).
Romane mit dem Ermittlerduo Jasmin Meyer/Pal Palushi: *Tatverdacht* (2011) und *Hafturlaub* (2014).
Regionalkrimis: *Angst, Haas und Glockenschlag* (2008); *Angst, Haas und Seitensprung* (2009) und *Angst, Haas und Wellness* (2010).
Jugendbücher: *Reset* (2009); *Escape* (2010); Delete (2011) und *Control* (2012).

Petra Ivanov hat zudem mehrere Kurzgeschichten in Zeitschriften und Anthologien veröffentlicht.

Ausführliche Informationen zur Autorin und zu ihren Büchern auf Petra Ivanovs Homepage: *www.petraivanov.ch*

Fremde Hände

In der Kehrichtverbrennungsanlage Zürich Nord wird die Leiche einer jungen Frau gefunden. Bezirksanwältin Regina Flint und Kriminalpolizist Bruno Cavalli kommen im Zürcher Rotlichtmilieu Frauenhändlern auf die Spur. Je verworrener die Spuren, desto klarer das Motiv: Geld. Bis ein zweiter Mord geschieht, der viel mit dem Fall, aber gar nichts mit Geld zu tun hat. Gleichzeitig kämpfen Flint und Cavalli gegen ihre Liebe an, die sie in der Vergangenheit bereits einmal an den Abgrund geführt hat.

Tote Träume

Nach einem Brand in einer Zürcher Asylunterkunft wird der Sudanese Thok Lado tot aufgefunden. Erste Untersuchungen ergeben, dass der junge Mann bereits vor dem Ausbruch des Feuers nicht mehr am Leben war. Während Kriminalpolizist Bruno Cavalli glaubt, den Täter über das Opfer ermitteln zu können, verlangt Bezirksanwältin Regina Flint, da anzusetzen, wo die ersten Spuren hinführten: zum Pfarrhaus. Dort gehen einige als Ausländerhasser bekannte Jugendliche ein und aus.

Kalte Schüsse

Kurz nach Weihnachten wird eine Kickboxerin in ihrem Badezimmer tot aufgefunden, wenig später wird die Leiche einer älteren Frau entdeckt, beide mit einem Deformationsgeschoss getötet. Und doch suchen Staatsanwältin Regina Flint und Kriminalpolizist Bruno Cavalli zunächst vergeblich nach weiteren Gemeinsamkeiten zwischen den Mordfällen. Einzig Lukasch, ein ukrainischer Bekannter der Kickboxerin, zieht mit seinem Schweigen Verdacht auf sich. Führt die Spur in den Osten?

Mehr über Autorin und Werk auf *www.unionsverlag.com*

Stille Lügen

Staatsanwältin Regina Flint und Kriminalpolizist Bruno Cavalli machen Urlaub im Südkaukasus. Das Ermittlerteam nutzt die Ferien, um nach Isabelle Jenny, Reginas ehemaliger Schulfreundin zu suchen. Diese arbeitete in Georgien als Entwicklungshelferin und verschwand von einem Tag auf den anderen. Einer ihrer Kollegen, der Buchhalter der Hilfsorganisation, stirbt kurz darauf. Selbstmord? Flint und Cavalli stoßen auf eine Mauer des Schweigens. Ihr Aufenthalt wird zum Albtraum, als die georgische Polizei sie in Untersuchungshaft nimmt.

Tiefe Narben

Bauarbeiten fördern die Leiche einer Frau zutage. Die Rippen wurden mit einer Gartenschere durchtrennt, der Schädel mit einem spitzen Gegenstand aufgebrochen – dasselbe Muster wie beim »Metzger«. Aber der sitzt im Gefängnis. Ein Nachahmungstäter? Da verschwindet eine weitere Frau. Kriminalpolizist Bruno Cavalli kann nur noch Staatsanwältin Regina Flint vertrauen, denn der Täter scheint über Insiderwissen zu verfügen.

Leere Gräber

Im Zürichsee stößt ein Polizeitaucher auf eine Leiche. Staatsanwältin Regina Flint und Kriminalpolizist Bruno Cavalli stehen vor einem Rätsel. Niemand hat den Mann als vermisst gemeldet. Erst über Interpol gelingt es dem Ermittler-Duo, die Identität des Toten zu klären. Die Spur führt nach Südamerika in die Wirren der argentinischen Diktatur. Während Regina Flint nach Buenos Aires fliegt, fällt Bruno Cavalli in Zürich die schwerste Entscheidung seines Lebens.

Mehr über Autorin und Werk auf *www.unionsverlag.com*

Filmriss

Zürich, drei Tage vor Heiligabend. Die Zwillinge Lukas und Lorena werden aus ihrem Elternhaus am Zürichberg entführt. Verzweifelt wenden sich die Eltern an die Privatdetektivin Nora Tabani, die auf Hochtouren zu ermitteln beginnt. Warum lügt die Mutter? Was verschweigt das Kindermädchen? Und was hat der seltsame junge Mann mit der Erinnerungslücke mit dem Fall zu tun? Da geschieht in einem Kinosaal ein Mord. Die Lage spitzt sich zu.

Seelensplitter

Ein Firmenboss springt von einem Hochhaus in die Tiefe. Die Polizei geht von einem Unfall im Alkoholrausch aus, doch Privatdetektivin Nora Tabani entdeckt die wahre Todesursache: eine Überdosis der Giftpflanze Alraune, die das Gefühl vermittelt, fliegen zu können. Keiner der Mitarbeitenden trauert dem cholerischen Chef nach. Etliche haben ein Motiv. Nora Tabani stößt bei ihrer Suche nach dem Mörder auf seelische Abgründe.

Blutsfeind

Zwei Maskierte stürmen die Zurich Credit Bank. Privatdetektivin Nora Tabani, die in der Schalterhalle auf einen Auftraggeber wartet, wird als Geisel genommen. Zufall? Oder hat jemand Nora Tabani in eine Falle gelockt? Einer der Täter kennt sie. Doch warum hasst er sie so sehr? Der Plan der Täter geht schief, der erste Mord geschieht, die Lage eskaliert. Und Nora, in Gefangenschaft zur Untätigkeit verdammt, sieht sich mit den Schatten ihrer Vergangenheit konfrontiert.

Mehr über Autorin und Werk auf *www.unionsverlag.com*

metro – Spannungsliteratur im Unionsverlag

Roberto Alajmo Mammaherz
Rob Alef Das magische Jahr; Kleine Biester
Raúl Argemí Chamäleon Cacho; Und der Engel spielt dein Lied
Bernardo Atxaga Ein Mann allein
Lena Blaudez Spiegelreflex
Patrick Boman Peabody geht fischen; Peabody geht in die Knie
Hannelore Cayre Der Lumpenadvokat; Das Meisterstück
Driss Chraïbi Inspektor Ali im Trinity College
José Luis Correa Drei Wochen im November; Tod im April
Pablo De Santis Die Fakultät; Voltaires Kalligraph; Die sechste Laterne; Die Übersetzung; Das Rätsel von Paris
Mitra Devi Das Kainszeichen; Filmriss; Seelensplitter
Michael Dibdin Tödliche Lagune; Himmelfahrt
Garry Disher Drachenmann; Flugrausch; Schnappschuss; Beweiskette; Rostmond
Friedrich Glauser Die Wachtmeister-Studer-Romane
Joe Gores Hammett
Chester Himes Harlem-Romane
Petra Ivanov Geballte Wut; Tatverdacht; Fremde Hände; Kalte Schüsse; Tote Träume; Stille Lügen; Tiefe Narben; Leere Gräber
Jean-Claude Izzo Die Marseille-Trilogie: Total Cheops; Chourmo; Solea
Stan Jones Weißer Himmel, schwarzes Eis; Gefrorene Sonne; Schamanenpass
Jörg Juretzka Equinox; TaxiBar; Freakshow; Der Willy ist weg; Rotzig & Rotzig; Alles total groovy hier; Sense; Fallera; Prickel
H. R. F. Keating Inspector Ghote zerbricht ein Ei; Inspector Ghote hört auf sein Herz; Inspector Ghote geht nach Bollywood; Inspector Ghote reist 1. Klasse
Yasmina Khadra Die Algier-Trilogie: Morituri; Doppelweiß; Herbst der Chimären
Thomas King Dreadful Water kreuzt auf
Bill Moody Solo Hand; Moulin Rouge, Las Vegas; Auf der Suche nach Chet Baker; Bird lives!
Christopher G. Moore Haus der Geister; Nana Plaza; Stunde null in Phnom Penh; Der Untreue-Index
Bruno Morchio Kalter Wind in Genua; Wölfe in Genua
Peter O'Donnell Modesty Blaise – Die Klaue des Drachen; Die Goldfalle; Operation Säbelzahn; Ein Hauch von Tod
Celil Oker Schnee am Bosporus; Foul am Bosporus; Letzter Akt am Bosporus; Dunkle Geschäfte am Bosporus; Lass mich leben, Istanbul
Leonardo Padura Adiós Hemingway; Der Nebel von gestern; Der Schwanz der Schlange; Das Havanna-Quartett: Ein perfektes Leben; Handel der Gefühle; Labyrinth der Masken; Das Meer der Illusionen
Nii Parkes Die Spur des Bienenfressers
Pepetela Jaime Bunda, Geheimagent
Claudia Piñeiro Betibú; Elena weiß Bescheid; Ganz die Deine; Die Donnerstagswitwen; Der Riss
Paco Taibo II Vier Hände
Masako Togawa Schwestern der Nacht; Der Hauptschlüssel; Trübe Wasser in Tokio
Tran-Nhut Das schwarze Pulver von Meister Hou
Gabriel Trujillo Muñoz Tijuana Blues; Erinnerung an die Toten
Ahmet Ümit Patasana – Mord am Euphrat

Mehr über alle Bücher und Autoren auf *www.unionsverlag.com*

Bücher fürs Handgepäck
Malaysia (UT 720)
Kuba (UT 719)
Kolumbien (UT 718)
Bali (UT 679)
Thailand (UT 678)
Finnland (UT 663)
Sri Lanka (UT 662)
Mexiko (UT 659)
Schottland (UT 644)
Peru (UT 643)
Marokko (UT 642)
Kambodscha (UT 638)
Kalifornien (UT 637)
Brasilien (UT 616)
Dänemark (UT 615)
Korea (UT 576)
New York (UT 575)
Vietnam (UT 574)
Neuseeland (UT 573)
Bayern (UT 554)
Namibia (UT 553)
Schweden (UT 552)
Sizilien (UT 551)
Südafrika (UT 549)
Patagonien und Feuerland (UT 547)
Innerschweiz (UT 513)
London (UT 512)
Belgien (UT 511)
Emirate (UT 510)
Kapverden (UT 509)
Kanada (UT 508)
Malediven (UT 507)
Norwegen (UT 506)
Indonesien (UT 476)
Hongkong (UT 475)
Toskana (UT 474)
Argentinien (UT 473)
Kreta (UT 472)
Sahara (UT 471)
Island (UT 470)
Japan (UT 469)
Myanmar (UT 443)
Tessin (UT 442)
Provence (UT 440)
Ägypten (UT 439)
China (UT 438)
Indien (UT 423)
Himalaya (UT 421)
Schweiz (UT 420)

Jörg Juretzka Equinox (UT 702)
Petra Ivanov Geballte Wut (UT 701)
Michael Dibdin Tödliche Lagune (UT 700)
Michael Dibdin Himmelfahrt (UT 699)
Galsan Tschinag Gold und Staub (UT 698)
Peter Fröberg Idling Pol Pots Lächeln (UT 697)
Leonardo Padura Ketzer (UT 696)
Nury Vittachi Der Fengshui-Detektiv (UT 695)
Jørn Riel Vor dem Morgen (UT 694)
Friedrich Glauser Schlumpf Erwin Mord (UT 693)
Galsan Tschinag Der Wolf und die Hündin (UT 692)
Inge Sargent Dämmerung über Birma (UT 691)
Jury Rytchëu Traum im Polarnebel (UT 690)
Claudia Piñeiro Ganz die Deine (UT 689)
Nii Parkes Die Spur des Bienenfressers (UT 688)
Leonardo Padura Ein perfektes Leben (UT 687)
Nagib Machfus Die Midaq-Gasse (UT 686)
Sahar Khalifa Der Feigenkaktus (UT 685)
Yaşar Kemal Memed mein Falke (UT 684)
Jean-Claude Izzo Total Cheops (UT 683)
Salim Alafenisch Die acht Frauen des Großvaters (UT 682)
Tschingis Aitmatow Du meine Pappel im roten Kopftuch (UT 681)
Jörg Juretzka TaxiBar (UT 680)

Richard Woodman
Die Wette (UT 677)
Daniel Defoe
Kapitän Singleton (UT 676)
Rudyard Kipling
Genau-so-Geschichten (UT 675)
Nagib Machfus
Ehrenwerter Herr (UT 674)
Juri Rytchëu
Der letzte Schamane (UT 673)
Scharuk Husain (Hg.)
Von Hexen, Nixen und Feen (UT 672)
Mitra Devi
Das Kainszeichen (UT 671)
Claudia Piñeiro Betibú (UT 670)
Claire Keegan
Durch die blauen Felder (UT 669)
Germano Almeida Das Testament des Herrn Napumoceno (UT 668)
Jamaica Kincaid Lucy (UT 667)
Jesús Carrasco Die Flucht (UT 666)
Ngugi wa Thiong'o
Der Fluss dazwischen (UT 665)
Upton Sinclair
Der Dschungel (UT 664)
Mansura Eseddin
Hinter dem Paradies (UT 661)
Raja Alem
Das Halsband der Tauben (UT 660)
Hans Leip
Die Klabauterflagge (UT 658)
Dudley Pope
Trommelwirbel (UT 657)
Colette Die Katze aus dem kleinen Café (UT 656)
Frederik Hetmann (Hg.) Wie Frauen die Welt erschufen (UT 655)
Nagib Machfus Der letzte Tag des Präsidenten (UT 654)
Yaşar Kemal
Die Ararat-Legende (UT 653)
Adak/Glassen (Hg.)
Hundert Jahre Türkei (UT 652)
Giuseppe Fava
Ehrenwerte Leute (UT 651)
Petra Ivanov Leere Gräber (UT 650)
Victor Serge
Die große Ernüchterung (UT 649)
Robert Kurson Der Blinde, der wieder sehen lernte (UT 648)
Krishna Baldev Vaid Tagebuch eines Dienstmädchens (UT 647)
Giselher W. Hoffmann
Schattenjäger (UT 646)
Mia Couto
Das schlafwandelnde Land (UT 645)
Friedrich Glauser
Briefe I und II (UT 639)
Dudley Pope
Leutnant Ramage (UT 636)
Andreas Kollender Teori (UT 635)
Tschingis Aitmatow
Goldspur der Garben (UT 634)
Nagib Machfus
Anfang und Ende (UT 633)
Marçal Aquino Flieh. Und nimm die Dame mit. (UT 632)
Edwidge Danticat
Der verlorene Vater (UT 631)
Gustav Regler Die Saat (UT 630)
Maryse Condé
Wie Spreu im Wind (UT 629)
Sia Bronikowski
Einstieg in Fahrtrichtung (UT 628)
Jamaica Kincaid Die Autobiografie meiner Mutter (UT 627)
Giselher W. Hoffmann
Die Erstgeborenen (UT 626)
Claudia Piñeiro Der Riss (UT 625)
Celil Oker
Schnee am Bosporus (UT 624)
Jörg Juretzka Prickel (UT 623)
Mitra Devi Seelensplitter (UT 622)
Rob Alef Kleine Biester (UT 621)
Christopher G. Moore
Nana Plaza (UT 620)
Bruno Morchio
Kalter Wind in Genua (UT 619)
Leonardo Padura
Der Schwanz der Schlange (UT 618)
Tamta Melaschwili
Abzählen (UT 617)

Mehr über alle Bücher und Autoren auf *www.unionsverlag.com*

Leonardo Padura
Adiós Hemingway (ut 614)
Tschingis Aitmatow
Abschied von Gülsary (ut 613)
Dmitri Mereschkowski
Leonardo da Vinci (ut 612)
Jean-Claude Izzo Solea (ut 611)
Jean-Claude Izzo
Chourmo (ut 610)
Jean-Claude Izzo
Total Cheops (ut 609)
Jörg Juretzka Freakshow (ut 608)
Christopher G. Moore
Der Untreue-Index (ut 607)
Ahmed Ümit
Patasana – Mord am Euphrat (ut 606)
Petra Ivanov Tatverdacht (ut 605)
Nagib Machfus
Das junge Kairo (ut 604)
Francine Marie David
Bei den Grabräubern (ut 603)
Gisbert Haefs Radscha (ut 602)
Robert Kurson
Im Sog der Tiefe (ut 601)
John Steinbeck/Robert Capa
Russische Reise (ut 600)
Herman Charles Bosman
Mafeking Road (ut 599)
Monireh Baradaran
Erwachen aus dem Albtraum (ut 598)
Barbara Gowdy
Der weiße Knochen (ut 597)
Maurice Maeterlinck
Das Leben der Bienen (ut 596)
Reginald Arkell
Pinnegars Garten (ut 595)
Chantal Thomas
Leb wohl, meine Königin! (ut 594)
Margaret Landon
Der König und ich (ut 593)
Johnston McCulley
Im Zeichen des Zorro (ut 592)
Nagib Machfus Miramar (ut 591)
Ma Thanegi
Pilgerreise in Myanmar (ut 590)
Nigel Barley
Die Raupenplage (ut 589)
Mo Yan Der Überdruss (ut 588)
Maryse Condé Segu (ut 587)
Garry Disher Rostmond (ut 586)
Masako Togawa
Trübe Wasser in Tokio (ut 585)
Driss Chraïbi Inspektor Ali im Trinity College (ut 584)
Nathacha Appanah
Der letzte Bruder (ut 583)
Halid Ziya Uşakligil
Verbotene Lieben (ut 582)
Rob Alef
Das magische Jahr (ut 581)
Mitra Devi Filmriss (ut 580)
Leonardo Padura
Der Mann, der Hunde liebte (ut 579)
Jörg Juretzka Fallera (ut 578)
Patricia Grace Potiki (ut 577)
Jean-Claude Izzo
Die Marseille-Trilogie (ut 572)
Rafael Sabatini
Der Seefalke (ut 571)
Cecil Scott Forester
African Queen (ut 570)
Louis Bromfield
Der große Regen (ut 569)
Claudia Piñeiro
Die Donnerstagswitwen (ut 568)
Nikos Kavvadias
Die Schiffswache (ut 567)
Baby Halder
Vom Dunkel ins Licht (ut 566)
Luigi Bartolini
Fahrraddiebe (ut 565)
Nii Parkes
Die Spur des Bienenfressers (ut 564)
Mo Yan Die Schnapsstadt (ut 563)
Nagib Machfus
Der Dieb und die Hunde (ut 562)
Fergus Fleming
Nach oben – Die ersten Eroberungen der Alpengipfel (ut 561)
Garry Disher
Drachenmann (ut 560)

Mehr über alle Bücher und Autoren auf *www.unionsverlag.com*

Juri Rytchëu Alphabet meines Lebens (UT 559)
Petra Ivanov Tiefe Narben (UT 558)
Bill Moody Auf der Suche nach Chet Baker (UT 557)
Jean-Claude Izzo Sonne der Sterbenden (UT 556)
Jörg Juretzka Sense (UT 555)
Christopher G. Moore Stunde null in Phnom Penh (UT 546)
Salim Alafenisch Die Nacht der Wünsche (UT 545)
Jørn Riel Nicht alle Eisbären halten Winterschlaf (UT 544)
Mano Dayak Geboren mit Sand in den Augen (UT 543)
Jörg Juretzka Rotzig & Rotzig (UT 542)
Domingo Villar Strand der Ertrunkenen (UT 541)
Pablo De Santis Das Rätsel von Paris (UT 540)
Daphne du Maurier Der Apfelbaum (UT 539)
Nagib Machfus Der Rausch (UT 538)
Pearl S. Buck Das Mädchen Orchidee (UT 537)
Richard Mason Suzie Wong (UT 536)
Kathleen Winsor Amber (UT 535)
Fergus Fleming Barrow's Boys (UT 534)
Shahriar Mandanipur Eine iranische Liebesgeschichte zensieren (UT 533)
Samson Kambalu Jive Talker (UT 532)
Fernando Contreras Castro Der Mönch, das Kind und die Stadt (UT 531)
Nagib Machfus Echnaton (UT 530)
Rafael Sabatini Der Schwarze Schwan (UT 529)
Emilio Salgari Sandokan (UT 528)
Jörg Juretzka Alles total groovy hier (UT 527)
Petra Ivanov Stille Lügen (UT 526)
Jørn Riel Arluks große Reise (UT 525)
Salim Alafenisch Amira. Im Brautzelt (UT 524)
Alai Ferne Quellen (UT 523)
Yaşar Kemal Der Granatapfelbaum (UT 522)
Raja Shehadeh Wanderungen durch Palästina (UT 521)
Tschingis Aitmatow Frühe Kraniche (UT 520)
Galsan Tschinag Der Wolf und die Hündin (UT 519)
Nury Vittachi Der Fengshui-Detektiv im Auftrag Ihrer Majestät (UT 518)
Jean-Claude Izzo Aldebaran (UT 517)
Hannelore Cayre Das Meisterstück (UT 516)
Claudia Piñeiro Elena weiß Bescheid (UT 515)
Sefi Atta Sag allen, es wird gut! (UT 514)
Friedrich Gerstäcker Die Flusspiraten des Mississippi (UT 505)
Charles Sealsfield Häuptling Tokeah und die Weiße Rose (UT 504)
Petra Ivanov Kalte Schüsse (UT 502)
Nagib Machfus Karnak-Café (UT 501)
Tschingis Aitmatow Dshamilja (UT 500)
Mahmud Doulatabadi Der Colonel (UT 499)
Domingo Villar Wasserblaue Augen (UT 498)
Garry Disher Beweiskette (UT 497)
Salim Alafenisch Amira. Prinzessin der Wüste (UT 496)
Raúl Argemí Chamäleon Cacho (UT 495)
Pablo De Santis Die Übersetzung (UT 494)
Jörg Juretzka Der Willy ist weg (UT 493)
Laurent Quintreau Und morgen bin ich dran. Das Meeting (UT 492)
Galsan Tschinag Der singende Fels (UT 491)

Mehr über alle Bücher und Autoren auf *www.unionsverlag.com*

Im Appenzeller Verlag erscheint am 28. August 2015

Petra Ivanov
Heisse Eisen
Roman

13 × 21 cm, 336 Seiten, geb., SFr. 39.80/Euro 39.80
ISBN: 978-3-85882-723-4
Appenzeller Verlag, CH-9103 Schwellbrunn

Seit Jahren engagiert sich Kantonsrat Moritz Kienast pointiert für den Umweltschutz. Besonders am Herzen liegt ihm ein durchgehender Uferweg entlang des Zürichsees – auch wenn das für Villenbesitzer Enteignungen zur Folge hätte. Plötzlich verschwindet der engagierte Politiker. Als in einer Waldhütte am Albis eine verkohlte Leiche entdeckt wird, ist für Staatsanwältin Regina Flint sofort klar, dass es sich hier um ein außergewöhnliches Verbrechen handelt.

Petra Ivanov baut wie gewohnt präzise recherchiert Spannung auf von der ersten bis zur letzten Seite. Schonungslos zeigt sie auf, wie gedankenlos oder leichtfertig geäußerte Verwünschungen zu eigentlichen Gewaltexzessen führen können.

www.appenzellerverlag.ch